AF603714

BAJO EL MISMO CIELO

Ibrahim, el Saharaui

BAJO EL MISMO CIELO

Ibrahim, el Saharaui

José Luis Meneses

© Diseño de portada:
José Luis Meneses y Ana Meneses Nogué
© Fotografías: J. L. Meneses
Revisión y maquetación:
José Luis Meneses

ISBN PAPEL: 978-84-09-50005-5

Edita: José Luis Meneses

A mi padre

Sort, 19 de Marzo de 2023

Preámbulo

Bajo el mismo cielo caminaron y caminamos, erguidos o ajados, animosos o apocados, solos o acompañados…, pero nada es inalterable y todo cambia con el ciclo de las horas, de la luz y de la oscuridad, desde el viaje de las estrellas por el infinito azul, hasta todo lo que acontece sobre la faz de la tierra.

En algún momento de nuestra existencia y pese a las circunstancias que nos rodeen, surgirá la oportunidad con la que podremos hacernos merecedores de nuestra existencia. Aquel que haya decido navegar por las aguas de esta historia, podrá juzgar si los personajes que aparecen en ella: Ibrahim, Shara, Leo, Hussain, Dahia, Bens, Franco, Carrillo, Armengol… se hicieron merecedores de la vida que les fue regalada.

Parte de este relato transcurre durante la primera mitad del siglo XX, desde los años veinte a los cuarenta, un periodo histórico en el que, como en otros, el ser humano mostró lo mejor y lo peor de sí mismo.

Te invito a subir a bordo, levar anclas, desplegar velas y dejar que el viento te lleve hasta la última palabra de esta nueva novela que inicié, con los colores de otoño, en el santuario de mi morada, en los Pirineos, y que acabé en la sala de descanso del Hospital Oncológico de Cataluña, cuando la nieve abandonaba las cumbres de las montañas, los almendros se vestían de blanco, fresa, fucsia... y los ánimos de verde esperanza. Con este lienzo de lugares y colores, tan diferentes, te dejo con las primeras pinceladas.

A finales de 1800 las autoridades españolas, con el objetivo de proteger a los pescadores canarios que faenaban en aguas del atlántico frente a las costas del Sahara Occidental, declararon territorio español la zona comprendida entre el cabo Bojador y cabo Blanco. Durante más de un siglo y medio, fue una provincia española conocida como el Sahara Español. Los saharauis, habitantes autóctonos, aceptaron la protección y colaboraron en el desarrollo y defensa de la zona, gracias a la habilidad negociadora del capitán Francisco Bens que, a principios de 1900, fue nombrado gobernador político-militar del enclave, ejerciendo su autoridad en la ciudad de Villa Cisneros, Dakhla para los saharauis.

Una parte de la vida de Ibrahim Ahmed, uno de los protagonistas de esta novela en la que se mezclan hechos y personajes reales con otros de ficción, transcurre en entornos lejos de la península, como el Sahara Español, el protectorado español de Marruecos o Santa Cruz de la Mar Pequeña (Ifni). Otra, acontece en la península cuando, estallada la guerra civil, combate en las filas del experimentado y temido Ejército Español de África, siendo testigo de las más terribles atrocidades cometidas por ambos ejércitos. Más allá de la guerra, el corazón de Ibrahim late con fuerza cuando florece el amor, con su querida Shara, y la amistad, con su compañero Leo.

En muchas ocasiones, los quehaceres de los hombres pasan desapercibidos ante los ojos de un Dios cansado de contemplar hasta donde puede llagar la estupidez y la maldad humana. Pero hay otras, en las que el Supremo Hacedor nos muestra su mejor sonrisa, son aquellas en las que ve florecer la amistad y el amor con la misma determinación y fuerza que lo hace la rosa del desierto.

"Si una flor puede florecer en el desierto,
tú puedes hacerlo en cualquier lugar"

Matshona Dhliwayo, Escritor zimbabuense.

Capítulo 1

El pescador se llamaba Fulgencio y digo se llamaba, porque la misma noche que la violaba murió sobre la cálida lengua de arena blanca de la playa de Lasarga, en la provincia española de Río de Oro, en el Sahara Español. Dahia, haciendo honor a su nombre, "valiente", le seccionó la yugular con una navaja árabe de madera de estamina roja, acero de vanadio y cierre de palanquilla, que le había regalado su padre antes de incorporarse al destacamento de regulares de África, en el que perdió la vida mientras patrullaba por la frontera entre Marruecos y Argelia.

Fulgencio, el pescador canario, sangró y sangró hasta que sus pecados fluyeron hacia el mar por la cañada perfilada por la sangre derramada. Sus últimas palabras, trémulas como la llama de una vela que se apaga a los pies del Nazareno, no fueron para pedir clemencia, ni un auxilio o un perdón, ni un te quiero ni un por favor…, las utilizó, para expresar un último deseo con la esperanza de que, algo de él, permaneciese en los reinos de este mundo. Dahia le hizo saber, cuándo le enviaba sin preámbulos desde el umbral de la puerta al otro lado de la vida, que no se lo concedería.

—Si tienes un hijo, llámale…, Fulgencio…, como yo…, su padre…, —le dijo poco antes de que se cerrara la puerta y se apagaran sin tardanzas, una a una, todas las luces del firmamento.

—Juro por mis antepasados —respondió, tras colocar su mano sobre el rostro ensangrentado de Fulgencio—, que si tengo un hijo no tendrá tú nombre y que, con él, se extinguirá tu casta.

Tendrá una vida corta porque no verá salir la luz del sol y con su muerte, pondré fin al ultraje sufrido.

Dahia, fue detenida y conducida a la fortaleza de Dakhla, construida para defender los intereses pesqueros españoles en el Sahara Occidental, pocos días después de que la tripulación del San Antonio denunciase la desaparición de su patrón, Fulgencio Oramas, conocido como "el Guanche", por descender de los aborígenes canarios. El teniente coronel, Francisco Bens, gobernador político militar de la provincia, ordenó el inmediato confinamiento de la joven Dahia y dispuso que su esposa, María, se hiciese cargo de ella y la mantuviese ocupada hasta que la autoridad judicial competente cumpliese con su obligación, una vez llegase a la colonia desde la península.

El hijo de Dahia Ahmed nació en Villa Cisneros, Dakhla para los saharauis, durante la colonización española del Sahara Occidental. Sucedió una cálida noche de septiembre de 1918 cuando la luna pintaba de plata la arena húmeda de la playa de Lassarga. La combinación del olor a mar y a pescado ahumado, que colgaba en tendederos de caña, mezclado con las lágrimas amargas de la madre y los gritos del recién nacido, propagaban a los cuatro vientos que una nueva porción de desasosiego acababa de llegar a los reinos de este mundo.

El cansancio, el sudor y la sangre correteaban por la suave piel bereber de Dahia que no contaba con más compañía que la de la noche clareada y la de un tronco mutilado de una acacia al que se abrazaba con fuerza. Se sintió como el árbol del Teneré, sola y desolada. De pie, con las piernas desmadejadas y arrancando astillas de la espalda de madera del impasible acompañante, suplicaba a gritos al vástago que pusiera fin a la estancia en su violentado paraíso.

Sus negros, abundantes y alborotados cabellos ocultaron la luna en el momento que, con sus blancos y afilados dientes, seccionó el cordón umbilical que había unido dos universos. El recién alumbrado, movía sus piernas y brazos implorando regresar al cielo, pero en los planes del Altísimo, el compasivo, tal posibilidad no había sido ni siquiera contemplada, ni con él, ni con ningún otro ser viviente que cabalgase en cueros, tuviese o no raciocinio. Ibrahim, había llegado para quedarse en este mundo que le recibía a mordiscos y, con él y en él permanecería hasta el momento que el último aliento pusiera fin a su vida.

Dahia, le meció en la cuna de sus jóvenes y tiernos brazos, le canturreó, le elevó hacia el cielo y cuando el perfil del neonato quedó tatuado en la cara de una expectante luna llena, dejó de gemir, de moverse, como si quisiera que ese soplo de quietud y de súplica quedase grabado en las negras pupilas de su madre dispuesta a acabar con su vida. Esa silueta, de chacal azabache aullando en mitad de la noche, dibujó su vida entera.

La joven Dahia, fuera de sí, se adentró en las cálidas aguas de un mar en calma chicha con el propósito de poner fin al despropósito al que había sido sometida. Tenía solo dieciséis años y ni siquiera por un instante, mientras alegremente florecía en su adolescencia, había imaginado ser madre de manera tan deshonesta. No esperaba ni deseaba este hijo, y menos, que el progenitor fuese un curtido pescador canario que la violó, una y otra vez por delante y por detrás, sobre la blanca y cálida arena de la playa nada más llegar a puerto. Los trescientos kilómetros de aguas atlánticas, que median entre Santa Cruz de Tenerife y las costas del Sahara, no habían conseguido serenar el lascivo instinto del capitán del pequeño barco pesquero bautizado con el nombre de San Antonio, patrón de las causas perdidas.

El juramento que Dahia hizo a Fulgencio cayó por su propio peso al ver reflejado en las dilatadas pupilas del bebé su rostro emocionado. La mar inmensa la cubría hasta la cintura cuando se adentró en ella dispuesta a cumplir lo prometido, pero bajó sus brazos armados de ira, le acercó a su cuerpo y expresó su dolor y alegría con un *zaghareet* tan agudo, intenso y prolongado, que hasta la lengua estuvo a punto de abandonar su habitáculo. Tambaleándose, salió del agua y cayó de rodillas sobre la arena. Su corazón, latía cada vez más lento mientras se tendía abatida y colocaba al bebé sobre su pecho. Perdió el conocimiento mientras las estrellas pululaban en la bóveda del cielo intentando disuadir a Dahia de cerrar los ojos, de entregarse sin oponer resistencia al ángel de la muerte.

Una pareja de soldados de la guarnición la encontró, en su turno de guardia, en la playa de Lassarga poco después de que perdiese la conciencia y gracias a los ladridos de un perro callejero que acabó haciendo llorar al bebé y llamando su atención.

— ¿Oíste, Badi?

— ¿Al chucho del teniente?

—No, coño, al rorro.

— ¿Un bebé?

Antes de que el corneta del destacamento tocara a silencio tras arriar bandera, el neonato, encontró en el pezón de la rolliza criada del coronel Bens más alimento del que necesitaba y, en casa del gobernador, dentro del recinto militar, el mejor cobijo que uno podía encontrar entre Tánger y Nuadibú. Atendiendo a las órdenes del gobernador, el bebé sería bautizado por el capellán del acuartelamiento cuando la joven madre se recuperase del alumbramiento.

Dahia asistió a la ceremonia bautismal castrense acompañada por María Bens, la mujer del gobernador, y un par de legionarios. El gobernador quería que quedase evidencia ante Dios y la tropa que por el delito cometido no se la desposeía de su papel de madre y que el ejército, garante del territorio, de las personas y atendiendo a los principios escritos con sangre en los manuales castrenses, procedía a poner nombre al recién nacido. En la misma ceremonia se procedía, a pesar de su corta edad, a incorporar, *ipso facto*, a un aspirante a recluta a las filas del ejército.

La tropa de regulares indígenas se mantenía en absoluto silencio, en posición de firmes y con la mirada clavada en el ondulado horizonte del desierto. Lucían indumentaria de gala: gorro rojo con borla de flecos negra; camisa y pantalones color garbanzo, faja roja, capa blanca y un correaje de cuero de tafiletería que cruzaba sus pechos. Un viento cálido y seco vestido de ocres acudió desde desierto para ondear la bandera tricolor republicana y un sol abrasador de media mañana ponía a prueba, una vez más, la resistencia de los asistentes. María, la esposa del gobernador, permanecía bajo palio junto al capellán castrense, acunando al bebé que había optado por no pronunciarse en sentido alguno. Quizás, los toques de cornetín, la sombra que le arropaba y la sobriedad del acto le hacían presagiar un futuro prometedor, teniendo en cuenta lo acontecido en el pasado reciente.

Atendiendo al protocolo acordado por el gobernador y el capellán para bautizos, comuniones, bodas y entierros en tierras lejanas, el pelotón mantuvo la posición de firmes mientras la madre biológica, Dahia, acompañada por el gobernador y su esposa, se acercó con la criatura en brazos al sacerdote castrense que se había desplazado hasta la pila bautismal colocada en el centro del patio.

—*In nomine Patri, et Filii, et Spíritu Sancti* — canturreó el capellán mientras Dahia acunaba al bebé en sus brazos y María sostenía una sabanita blanca que impedía que las partículas de un naciente simún, además de zarandear el gallardete tricolor, alcanzase los ojos del pequeño,

Todos se santiguaron excepto Dahia que, como musulmana, no entendía por qué la conexión directa con Dios se expresaba con un movimiento vertical cielo-tierra con otro horizontal de izquierda a derecha. De todas maneras, tampoco comulgaba demasiado con otras costumbres religiosas, sobre todo, después de que Alá la abandonase en manos del violador canario.

—Es voluntad de Nuestro Señor —prosiguió el capellán castrense—, que esta criatura inocente marcada por el infortunio sea acogida por quienes, profesando la fe cristiana, ven en ella la voluntad de Dios. Es por ello, por lo que procedemos a bautizarla para redimirla del pecado original y encauzarla para que cumpla con los preceptos de la santa madre iglesia y para que Jesús, tal como señaló el apóstol Mateo, la acompañe hasta el fin de su vida. Porque santo, santo, santo es el Señor del universo que llena los cielos y la tierra con su gloria, hosanna, hosanna…

—¡Aleluya! —respondieron los congregados a una sola voz, con una entonación tan intensa que hasta enmudeció el silbido del viento y el titilar de una bandera tantas veces teñida con la sangre del pueblo.

—¿Con qué nombre deseáis que sea bautizada esta nueva criatura de Dios? —preguntó el capellán al coronel, máxima autoridad del acuartelamiento y padre adoptivo, tras asumir la patria potestad tras la muerte de Fulgencio.

—Se llamará…, Aquilino, en memoria de mi laureado abuelo —sentenció el gobernador sin dar opción a que su madre, callada y compungida, se pronunciase—, y conservará el apellido de la madre, Ahmed, que naturaliza, ante Dios y la ley la procedencia del bautizado.

—¡Yo soy su madre! —intervino Dahia con voz alzada—, saharaui, y mi hijo se llamará Ibrahim, como mi padre, y vivirá y morirá como hijo de mi pueblo…

—¡Sargento! —gritó el gobernador—, llévense a esta mujer a Lassarga y que sea el juez, cuando llegue de la península, quien dicte sentencia por los hechos cometidos.

—¡Se llamará Ibrahim…, el Saharaui…, como mi padre! —gritaba Dahia mientras se la llevaban, casi a rastras, un par de reclutas amigos de Fulgencio, el difunto pescador.

El gobernador, Francisco Bens, dio por finalizada la accidentada ceremonia y, después de mandar posición de descanso al pequeño batallón, cogió al niño en sus brazos y lo llevó a sus aposentos. Solos en su habitación, se acercó a la ventana para que la luz, tamizada por los cristales, le permitiese llevar a cabo un exhaustivo examen de la criatura: los brazos y las piernas se movían y flexionaban correctamente; las manos se aferraban a sus índices con fuerza; los testículos firmes y el pene prometedor; responde al cosquilleo, mira con atención… Satisfecho con la inspección, reflexionó sobre su actitud durante el bautizo y mientras sus pupilas quedaban ancladas al horizonte, decidió que el pequeño, tal como deseaba la madre, se llamaría Ibrahim Ahmed, de apodo "el Saharaui", que sería admitido como un miembro más de su familia y de la comunidad militar y, como tal sería educado.

A Dahia y María, su esposa, las responsabilizó de su crianza, prohibiéndoles a ambas hacer al bebé cualquier tipo de carantoña. «Ni arrumacos ni besuqueos», le dijo el gobernador a su esposa mientras cumplía con sus deberes conyugales a su vuelta de una escaramuza en las proximidades de la ciudad de Esmara. Pero ella y Dahia hacían caso omiso de las permanentes instrucciones que les daba sobre su proyecto de educación espartana y, en el momento que su marido abandonaba el nido para cumplir con sus misiones, cogían al bebé vestidas de ternura, le acunaban y le cantaban las más dulces y tiernas canciones que bebé haya escuchado sobre las doradas arenas del desierto del Sahara.

Capítulo 2

Ibrahim crecía como la marea atlántica que, en su ir y venir imparable, recorre todos los rincones dejando su huella plateada sobre la arena de la playa. Con cada paso vacilante del pequeño, un soplo contenido; con cada sonrisa, una babaza; con cada sílaba, un «¡este es mi niño!» y, con cada palabra, un corazón conmovido. No había nacido fruto del amor y del deseo, pero, tan solo su presencia, aromatizada con el más dulce olor y sabor a bebé, conquistaba a cualquiera que se cruzase en su camino.

Durante siete años Francisco Bens ejerció las funciones de padre tras el degüello del desafortunado Fulgencio a manos de la joven Dahia que, entusiasmada con su bebé, había olvidado que un día sería juzgada por el crimen cometido. Pero una cosa es lo dictaminado por Bens y otra lo que su esposa, María Arrasate, nacida en Cuba durante la etapa colonial española, hacía cuando se le antojaba. Lo cierto es que Bens, además de estar encandilado con el niño, había cogido cariño a Dahia y haciendo caso omiso a su situación procesal, hacía la vista gorda con las entradas y salidas de la joven del cuartel. Dahia, recuperada del trauma sufrido, ilusionada con su pequeño Ibrahim y agradecida por el afecto que recibía de la familia Bens, pasaba más tiempo en el acuartelamiento de Dakhla que en el pequeño habitáculo de reclusión en el puerto de Lassarga.

La relación entre las dos mujeres era mejor de lo que cabía esperar, quizás, porque María veía en Dahia la hija que no tuvo, a la que había que cuidar y proteger tanto como a su bebé. Bens, ocupado en entenderse con las tribus saharauis del entorno, las dejaba hacer, pues veía a su mujer alegre, acompañada y entretenida como no lo había estado desde que salieron de Cuba. Por otro lado, María, feliz con el momento que estaba viviendo había recuperado su salsa cubana y, tras la cena, se entregaba a su marido con tanta pasión como la que él recordaba cuando la conoció en el paraíso de las aguas turquesas y arenas blancas.

—¡Dame salsa, morena..., amor mío!, —suplicaba el gobernador, armado, acompasando sus gemidos con los quejidos de los muelles del confortable colchón.

—¡Cómeme entera, mi coronel...! —pedía ella desnuda de cautelas y entregándose sin recato a una pasión que la conducía al embeleso.

Los primeros pasos de Ibrahim fueron un ir y venir a trompicones de las manos de una a las de la otra, regalando sonrisas y abrazos a mansalva. Al año, andaba; a los dos, corría; y a los seis, trepaba como un chimpancé por el mástil del patio del cuartel hasta tocar la bandera. Gritaba, «¡mami!», su primera palabra, a todas las personas que le daban cariño, fuese hombre, mujer o perro sarnoso y no había quien le cerrase el pico cumplido su tercer aniversario. A los cuatro, imitaba a los soldados cuando, tras el toque de diana, izaban la tricolor en posición de firmes. La escena conseguía enternecer al coronel Bens, pues le recodaba los primeros años de su niñez, la de sus quince hermanos y la de los cuatro hijos que quedaron en Cuba. Salvo María, ninguno de sus seres queridos le acompañó en su traslado al Sahara. Con frecuencia pensaba que Ibrahim y Dahia eran un regalo de la Divina Providencia por sus muchos años de entrega y de servicios a la nación en busca de la paz, la concordia y el bienestar común.

Precisamente porque quería a la criatura, Bens, era partidario de una educación sin concesiones que le permitiese, además de hacer suyos los valores humanos básicos, enfrentarse y salir airoso de los envites que, a buen seguro, iba a darle la vida. Partidario de una educación espartana, ordenaba que se siguiesen al pie de la letra las enseñanzas de Plutarco.

«Debes darle solo lo que necesita para sobrevivir...», le decía a su mujer cuando se sentaban a la mesa, «...y no atiborrarle como si fuese un puerco». En otras ocasiones, cuando Ibrahim se le acercaba y le soltaba una perorata que no conducía a ningún sitio, le recordaba: «Una palabra o un gesto claro es mejor que una larga explicación». En cuanto a lo que debía tener en cuenta para enfrentarse a la vida, le decía: «Hay cosas importantes que has de aprender, como la música, las matemáticas, las artes de combate, sobrevivir en condiciones extremas...» y, según crecía, de la teoría pasaba a la práctica y no flaqueaba al llevarla a cabo con el rigor y la dureza que Ibrahim era capaz de soportar.

Los años pasaban rápido y el coronel Bens se hubiera olvidado el degüello de Fulgencio de no ser porque, tras la inmediatez de los hechos, se vio incapaz de eludir sus responsabilidades y obligado a solicitar la intervención de la justicia.

—Da usted permiso mi coronel —solicitó el cabo Ojeda tras golpear suavemente la puerta del despacho.

—Pasa Ojeda, pasa, no te quedes ahí —respondió Bens—. ¿Qué tal Isabelita y tus polluelos?

—Mucho mejor desde que se instalaron aquí.

—Calanda está muy lejos —añadió el coronel— y la familia cuanto más cerca mejor, tanto para lo bueno como para lo malo, ¿no te parece?

—Desde luego, señor.

—Bueno, ¿qué noticias me traes?

—Ha llegado este comunicado de la península —respondió el cabo al entregarle el sobre.

Bens, con el estrecho y aguado estilete que utilizaba de abrecartas, abrió el sobre y leyó en silencio. Saltó los prolegómenos formales y fue directo al asunto, *«...el motivo de la presente es para informarle de que, aunque la encausada Dahia Ahmed no forma parte del cuerpo del ejército ni tiene relación alguna con el mismo, es responsabilidad de nuestro ministerio hacerse cargo de cuanto sucede en las colonias, por lo tanto y atendiendo a lo expuesto, el teniente coronel del cuerpo auxiliar jurídico militar, don Hermenegildo Lamas, ha dictaminado que sea el juez auxiliar don Aquilino de Asuaga, por supuesto militar, quien viaje la próxima semana desde Melilla a Dakhla y proceda a emitir sentencia sobre el caso en el plazo más breve posible...».* Bens, dejó el comunicado sobre la mesa y sobre él, el afilado estilete que mantuvo cogido con fuerza por la empuñadura y se concentraba mirando los centelleos de la afilada hoja al girarla.

—¿Buenas noticias mi coronel? —preguntó el cabo al ver a Bens doblar la carta y perderse entre reflexiones.

—No Jacinto, nada buenas, si tenemos en cuenta lo olvidado que estaba el delito y lo bien que se llevan María, Dahia y el niño —respondió mientras se sumergía de nuevo en el problema.

—¿Y?, mi teniente coronel.

—Pues nada, que el juez que solicité para el caso de Dahia nada más producirse el desagradable incidente, llega la semana que viene..., ¡maldita sea la hora y mi apresuramiento en cumplir las normas!

—Un desagradable contratiempo. A decir verdad, del hecho ya ni se habla y hasta la tripulación del San Antonio da por zanjado el incidente.

Tal como estaba previsto, a mediados de la semana siguiente llegó a Dakhla don Aquilino De Asuaga desde Melilla. Bens, antes de su llegada, había pedido informes sobre el magistrado y todos los comentarios que recibía hacían hincapié en la dureza de sus sentencias, tanto en juicios a militares como en los de otra índole en los que se veían implicados nativos de los territorios ocupados en África. Por otro lado, solía considerar a los nativos, sin moderar su lenguaje, seres inferiores, carentes de modales y educación.

El juicio se llevó a cabo en una pequeña dependencia del acuartelamiento de Dakhla, a primera hora de la mañana y poco después del izado de bandera. El juez entró en la sala con su sobria toga de alpaca negra, a juego con la corbata y los zapatos. En los extremos de sus bocamangas, unas puñetas de puntilla completaban la vestimenta que transmitían frialdad y severidad, fiel reflejo de la personalidad de don Aquilino De Asuaga.

Avisados por el cabo Ojeda de la inminente entrada del juez en la sala, los pocos asistentes se pusieron en pie: el coronel Bens y su señora, el capellán Matas, tres marineros de la tripulación del San Antonio y un par de soldados encargados de garantizar el orden en la sala.

Dahia, sentada junto al que iba a desempeñar las funciones de abogado defensor, por supuesto militar, se puso en pie y también, el teniente Vázquez que ejercería de fiscal.

—Tomen asiento —ordenó el juez poco después de ocupar el sillón colocado tras la pequeña mesa improvisada en el estrado y de depositar sobre la mesa el mallete que iba a imponer orden y a dar por sentenciado el juicio.

Tras colocarse unos anteojos sin patillas sobre el puente de la nariz, abrió la carpeta que contenía el expediente del caso. El silencio sepulcral que duró el tiempo que el juez dedicó a familiarizarse con los hechos, puso de manifiesto la seriedad del acto y recordó a los asistentes, quién ostentaba la máxima autoridad en esos momentos. El tono subido de las primeras palabras del juez disipó cualquier duda que pudiese tenerse sobre su fría forma de proceder.

—Dada la lejanía de este acuartelamiento y para poder atender cuanto antes mis obligaciones en Melilla, este juicio deberá tener sentencia firme en el día de hoy, por lo que solicito a las partes sean breves y concisos en sus intervenciones. Se abre la sesión —dijo el juez De Asuaga tras golpear con el mallete el taco de madera—. Puede presentar sus alegaciones previas, teniente Vázquez.

—Señoría, mi exposición será breve, ya que los hechos que se le imputan a la autora del delito, Dahia Ahmed —dijo mientras se acercaba a la izquierda del estrado donde ese encontraba la acusada—, son tan claros que no dejan lugar a duda sobre la autoría del delito. La acusada, de manera consciente y me atrevo a decir planificada, causó la muerte…

—Protesto su señoría —interrumpió la defensa—, el fiscal da por hecho la autoría de…

—No a lugar —le interrumpió el juez—prosiga teniente.

—Como decía, la acusada, de manera consciente y sin dar la oportunidad de defenderse, causó la muerte al marinero canario Fulgencio Soto con esta navaja que presento como prueba número uno.

—Está bien teniente Vázquez, es suficiente por ahora, puede sentarse —le indicó el juez mientras dirigía su mirada al banquillo de la acusada—. Señor letrado, ¿tiene usted algo que alegar en defensa de la acusada?

—Pues verá, su señoría —dijo tras ponerse en pie y dirigir una mirada amistosa a la acusada—, no hay pruebas concluyentes de que la acusada, la joven Dahia, una criatura de tan solo dieciséis años cometiese el asesinato. Aunque el fiscal ponga una navaja sobre la mesa adjudicando la pertenencia a mi defendida, yo, pongo sobre la mesa su inocencia, ya que la joven ni sabe de navajas, ni siquiera como usarlas y tampoco tenía la fuerza y envergadura física para cometer tal asesinato.

—Veo, que una y otra parte quieren hacerme perder el tiempo y que el camino que han emprendido no conduce a ninguna parte —interrumpió el juez con gestos evidentes de contrariedad—, les doy una segunda oportunidad y, por favor, cíñanse a los hechos.

—Con la venia de su señoría —dijo el teniente Vázquez dirigiéndose al juez—, solicito que suba a declarar el soldado Juan Patiño.

El coronel Bens clavó su mirada en Patiño mientras se levantaba y se dirigía a la silla que, para tal fin, se había colocado sobre la improvisada tarima.

—Soldado Patiño, ¿detuvo usted a la acusada un par de días después de que la tripulación del San Antonio denunciase la desaparición de Fulgencio?

—Sí, mi teniente.

—¿Dónde se produjo la detención?

—En la playa, donde murió Fulgencio.

—¿Dos días después y todavía estaba en la playa?

—Sí, mi teniente.

—Y, ¿qué hacía…?, ¿cómo la encontró?

—Sentada junto al cadáver.

—¿Y…?

—Tenía la navaja en una mano… y

—Prosiga soldado —dijo el juez molesto por el estancamiento del soldado Patiño

—Con su permiso, señor juez —dijo Patiño.

—Si, si, responda la pregunta del teniente.

—Pues..., pues que en la otra..., tenía...

—Si vuelve a estancarse le sanciono por obstaculizar el proceso.

— Pues que en la otra..., tenía el miembro de Fulgencio —prosiguió Patiño mientras señalaba con el índice su bragueta.

Se oyó un murmullo en la sala que acabó con todos los silencios. Las miradas de los asistentes iban del juez a la acusada, del cabo al teniente, de Bens a su mujer, mientras juntaban las piernas como reacción inconsciente para proteger sus partes más íntimas y delicadas.

—Señor letrado —dijo el juez mientras fruncía el ceño y juntaba las piernas—, ¿quiere interrogar al testigo?

—Sí, su señoría —respondió mientras se acercaba al estrado.

—Soldado Patiño, ¿es cierto que la encontraron entrada la noche?

—Sí, señor.

—Su compañero de guardia, el soldado López, ¿vio lo mismo que usted nos ha relatado?

—Sí..., creo que sí.

—¿Cómo, cree que sí?

—Bueno, andaba algo más atrás.

—Más o menos, ¿a qué distancia?

—No sabría decirle... puede que...

—¿Puede que su compañero anduviera borracho y usted tuvo que hacer la guardia solo?

Durante unos segundos la sala quedó en absoluto silencio, como si hasta las paredes estuviesen esperando una respuesta.

—¡Conteste, por Dios!, no se vaya a quedar usted dormido —intervino el juez.

—Sí, así es.

—Entonces —prosiguió la defensa—, solo fueron dos ojos y no cuatro los que vieron y encontraron a Dahia.

—No sé dónde quiere usted llegar —interrumpió el juez que estaba empezando a mostrar evidentes signos de hartazgo.

—Su señoría, si el testigo miente para proteger a su compañero, ¿hemos de creer que la acusada mantuviese la navaja en una mano y el miembro de Fulgencio en la otra?

—¡Y a mí que explica! —vociferó el juez—, llevamos toda la mañana perdiendo el tiempo cuando la misma acusada se declaró culpable cuando fue detenida. A ver, dejémonos historias y que sea la acusada quien asuma su propia defensa. Puede retirarse el testigo.

—Gracias señoría —respondió el soldado Patiño mientras evitaba la mirada desairada del coronel Bens.

Dahia Ahmed, subió al estrado acompañada por su abogado que le había asegurado, segundos antes, que todo iba bien.

La señora Bens sonrió a Dahia dándole ánimos. Su marido, el coronel Bens, ya no sabía dónde dirigir su mirada.

—Señora Dahia Ahmed, ¿sabe usted de qué se la acusa? —le preguntó el juez.

—Sí, señor juez, de asesinato.

—¿Sabe que una sentencia condenatoria conlleva la pena capital?

—Sí.

—¿Tiene algo que alegar en su defensa?

—Pues que si no me hubiera violado salvajemente estaría vivo —soltó Dahia con toda la rabia que había acumulado en su joven corazón—. Sé que el Corán dice que es una virtud renunciar a la venganza y que sus actos serán juzgados por Alá cuando su vida llegue a término, pero lo hice y lo volvería a hacer.

—Por lo tanto —interrumpió el juez—, usted olvidó esa virtud y se adelantó al juicio de Alá, ¿no es así?

—Así es… —respondió Dahia poniéndose en pie y apretando los puños— y, lo volvería a hacer una y mil veces si siguiese vivo.

—Pues entonces, no hay nada más que añadir, puesto que la acusada ha declarado con suficiente claridad ser la autora de los hechos. El caso queda listo para sentencia.

Con la misma boca abierta que a uno se le queda al anochecer contemplando como el sol se oculta por el horizonte de un mar saciado por tanta luz, los asistentes siguieron el recorrido curvo del mallete desde que el juez alzó su mano hasta que golpeó el abollado taco de madera que, testigo de todas las causas, esperaba pacientemente la sentencia.

—Atendidas las alegaciones de las partes y una vez escuchada la declaración de Dahia Ahmed, este tribunal da por concluido este juicio y declara a la acusada culpable de homicidio en primer grado.

Las palabras del juez interrumpieron el silencio. Dahia no respondió ni siquiera con un parpadeo; la señora Bens tapó con las manos su rostro mientras su marido mantenía fija la mirada en el juez que, tras golpear de nuevo con el mallete, procedía a dictar sentencia.

—Póngase en pie la acusada —ordenó el juez—. Atendiendo a lo establecido en el artículo 23/7 del código penal militar vigente, este tribunal condena a la acusada Dahia Ahmed a la pena capital. Deberá procederse al cumplimiento de esta, a las siete de la mañana del próximo viernes tres de abril de mil novecientos veinticuatro y se llevará a cabo al amanecer mediante fusilamiento en las instalaciones de esta plaza. Se levanta la sesión.

Un año después, tras incumplir la sentencia del juez Don Aquilino de Asuaga, el coronel Francisco Bens recibió la orden de traslado a la península. Atrás, dejaba más de veinte años de servicio en el Sahara Español. Durante ese último año, Bens aplazó una y otra vez la ejecución de la sentencia, ya fuese por los ruegos de su esposa, por convencimiento propio o porque había acabado viéndola como la hija que no tuvo y a Ibrahim como su amado nieto. Su Dahia, descendiente de Ibrahim Ahmed Reguibi, hombre santo y líder beduino de la tribu Beni Hassan, no podía acabar dejando su último aliento a los pies del muro donde, en contadas ocasiones, se llevaba a cabo alguna ejecución.

El coronel Bens, consciente de que no podía seguir protegiéndola cuando abandonase Dakhla, optó por llevar a Dahia y a Ibrahim a Tifariti, en la región de Saguia Al-Hamra, al norte de la colonia española y donde vivían los abuelos de la joven. Las lágrimas, al despedirse, corrieron a borbotones por las mejillas de la señora Bens, de Dahia y se contuvieron en los lagrimales del coronel. Sabían que la compañía y el afecto que se tenían, aunque quedase atrás, nunca sería olvidado y que el pequeño Ibrahim, ya no volvería a correr ni a llenar de sonrisas sus rostros.

Ibrahim había cumplido siete años y, pegado a la sombra del coronel, había aprendido que la familia es la cuna de la vida donde se mecen todas las alegrías e infortunios; que la palabra, es la mejor arma frente al enemigo; que la compasión abre las puertas del corazón que, alegre, celebra cada madrugada el despertar del sol y cada anochecer el baile de las estrellas. Esos son también los valores del pueblo saharaui y en Tifariti, Ibrahim encontraría el revulsivo que necesitaba para apaciguar el dolor sentido tras la separación de unas personas con las que había crecido y aprendido a amar.

Capítulo 3

Ibrahim crecía rápido, como lo hacen los ríos al descender de las cumbres de las montañas cuando llega la primavera y la nieve, abatida, migra hacia las cálidas aguas de todos los mares. Su cuerpo mojado, resplandeciente como el vientre plateado de los peces, se fortalecía con la embestida de las olas que le volteaban entre las aguas, obligándole a retener el aire de la vida hasta lanzarlo, cubierta por una fina capa de espuma blanca, sobre la cálida arena de la playa. Una y otra vez, sin treguas ni descansos, se había enfrentado al Atlántico con los brazos y las palmas de sus manos abiertas con el propósito de detener las olas gigantes que levantan los vientos mareros. La señora Bens y Dahia, sentadas a la orilla de la playa y de la infancia del pequeño, no se perdían ni un solo detalle de tan singulares cruzadas. Ibrahim, gozoso de saberse observado, improvisaba un sinfín de piruetas que provocaban continuas carcajadas en sus dos espectadoras favoritas con las que había aprendido lo que es la ternura, el amor y la empatía entre seres humanos.

Los tiempos de guerra con las embravecidas aguas atlánticas, con el olor a mar, a pescado ahumado tendido bajo toldos en la playa, de su confortable cama en el cuartel y de las arriadas de bandera cuando el sol menguaba, quedaron atrás el día en que el coronel Bens, antes de partir a su nuevo destino en Madrid, los llevó a Tifariti. La pequeña localidad se encontraba al noreste del Sahara Occidental, en una zona disputada por diferentes tribus nómadas interesadas en controlar la ruta de comercio transahariano.

Los abuelos de Dahia, Abdul y Yasira, vivían allí, en la misma jaima de pelo de camello y cabra que sus antepasados habían tejido a la sombra de las palmeras del pequeño y cercano oasis de Bir Tigissit. Escondida entre dunas ambarinas, pasaba desapercibida a las caravanas que viajaban desde el puerto de Orán, en Argelia, hasta Tombuctú, al norte de Mali. El tiempo también pasaba para ellos y, envejecidos, veían en Ibrahim y Dahia su permanencia en este mundo más allá de la muerte. La vida, generosa y compasiva, les regalaba la oportunidad de disfrutar de la compañía de sus seres queridos, aquellos que dejan huella de esos momentos por los que vale la pena haber vivido.

Francisco Bens y su esposa María entraron en la jaima acompañando a Ibrahim y Dahia. Se sentaron sobre las alfombras de lana de infinitos dibujos geométricos y variados colores que tapizaban el suelo. Otras, adornaban las paredes de la estancia. La calidez del ambiente contrastaba con la sobriedad de los recintos del cuartel en los que el coronel y gobernador del Sahara Español y su esposa habían vivido durante veintidós largos años. El agradable entorno y conocer a Yasira y Abdul calmó sus incertidumbres y la sonrisa floreció en sus labios al constatar que el viento soplaba favorable en esa nueva etapa de la vida de Ibrahim y de Dahia.

El día se desplomaba, la temperatura descendía con discreción. Una tenue luz, cálida, vestida de ocres invitaba a adoptar una actitud relajada y a compartir el tiempo de los que, por uno u otro motivo, transitan por los mares del desierto y se sientan frente a un pequeño fuego encendido en el centro de la jaima.

Los abuelos de Dahia habían expuesto a Bens su mejor disposición a acoger a Dahia y al pequeño Ibrahim. No podía ser de otra manera tras sentir, como suyos, los infortunios que había padecido su querida y única nieta. Primero, con la muerte de la madre al traerla al mundo, después, la de su padre en una lucha tribal en la frontera con Mauritania y por si no fuera suficiente dolor, había que añadir el sufrido con la violación y posterior sentencia de pena de muerte que, de no ser por los continuos aplazamientos de Bens, Dahia, hubiera sido fusilada al alba del día siguiente.

Yasira, sirvió el té y Abdul, con casi tantos años como las *surahs* del Corán, encontró el momento oportuno para intervenir en la conversación.

—Queridos amigos, permitirme que os ofrezca los tres tés que Yasira ha preparado para daros la bienvenida y expresaros nuestro agradecimiento por el afecto que habéis dado a nuestra querida nieta Dahia y a su hijo Ibrahim durante todos estos años.

—Mi esposa y yo —dijo el coronel Bens—, somos los que tenemos que estar agradecidos por la generosidad de Dahia al permitirnos compartir el cariño de Ibrahim. También, por la hospitalidad que nos dispensáis.

—Nosotros, los saharauis, además de expresar nuestro agradecimiento con palabras, lo hacemos también con la ceremonia del té. El primer té —comentó Abdul mientras llenaba las pequeñas tazas de porcelana blanca—, es amargo como la vida, como habréis podido comprobar; el segundo, dulce como el amor que siempre llega y a veces cuando menos te lo esperas; y el tercero, es un té suave, como la muerte que ha de llegar como parte de la vida.

—Qué Dios nos proteja y nos dé fuerza en los tiempos que hemos de vivir —añadió el coronel mientras acercaba a sus labios, una tras otra, las tres tacitas de té.

—Nuestra cultura y creencias —dijo a continuación el abuelo de Dahia—, son los ingredientes que mantienen la paz y la armonía en nuestro pueblo. Durante milenios, nos hemos tenido que enfrentar a las situaciones más adversas que el ser humano pueda imaginar y aquí estamos hoy, honrando a nuestros ancestros manteniendo vivo su legado.

—Comparto esas creencias —añadió el coronel Bens—, y, salvo matices, la humanidad entera debería aprenderlas y grabarlas en su memoria. Pero no es así, la pérdida de valores humanos y la ambición de poder nos están llevando al borde del abismo y, presumo que, si no se toma conciencia de ello, la historia del hombre no tardará en alcanzar su final.

—Alá sea compasivo y nos ayude a encontrar el camino —dijo Abdul mientras abría las palmas de sus manos y las dirigía junto a su mirada al cielo.

—Que así sea —respondió Bens.

—En cuanto a nuestra querida nieta Dahia —prosiguió Abdul—, nuestra tradición dice que una mujer no puede estar sin marido y que casada, quedan perdonados todos sus pecados, si es que los tuviese. Por otra parte, Ibrahim necesita un padre, alguien que continúe la labor emprendida por vosotros en Dakhla. Si me permitís os diré que viendo la salud de Ibrahim y como se desenvuelve he de deciros, de corazón, que vuestra labor ha sido extraordinaria y por ello, os estaremos eternamente agradecidos.

—Gracias Abdul, pero lo cierto es que no ha sido difícil. El mérito es de tu nieta y de mi mujer y, en cuanto a Ibrahim, llegó a este mundo sin ser deseado, pero se ganó el afecto de todos con sus primeros pasos, con sus sonrisas y lágrimas, y como no, con la alegría y el entusiasmo que siempre puso en lo que hacía. Nunca olvidaremos estos primeros años y siempre estaremos dispuestos a atender y colaborar en todo lo que sea preciso.

—Sabemos que será así y compartimos vuestro dolor por esta separación que deseamos sea temporal y que, en los años que han de venir, nuestras familias, como una sola, puedan compartir mejores momentos.

Dahia, vistió de novia a los veintitrés años, siete después del nacimiento de Ibrahim. Hussain, fue el primer amor de su vida. Le conoció en la jaima de su abuelo a los pocos meses de llegar a Tifariti y después de que él comunicara a Abdul su interés en desposarse con su nieta. Abdul, hubiera rechazado la solicitud si Hussain no gozase de buena reputación o si su nieta no hubiera dado su consentimiento. Era doce años mayor que ella, pero eso, lejos de ser una desventaja, hacía prever a Abdul que su madurez daría estabilidad al matrimonio y sería una buena base para la educación de Ibrahim.

Hussain, era bereber y por tradición, un nómada que comerciaba a lo largo y ancho del desierto del Sahara, desde las orillas del Nilo hasta la costa atlántica. Quizás, este quehacer itinerante no le había permitido conocer a la mujer con la que formar una familia, sobre todo años atrás en los que el comercio por el norte de áfrica se desarrollaba con intensidad y no había manera de prever en qué momento volvería a casa. Pero los tiempos estaban cambiando y otros medios de transporte llevaban las mercancías en menos tiempo que los camellos y con mayor seguridad. Hussain, permanecía cada vez más tiempo en Tifariti y pensó que era el momento idóneo para conocer a una mujer y contraer matrimonio. Sin proponérselo, la bella Dahia, de piel tostada, con grandes ojos de color ámbar y que andaba con Ibrahim conduciendo el rebaño de cabras de Abdul hacia el oasis de Bir Tigissit, había cautivado su corazón haciéndole sentir lo que nunca había sentido. Era tan evidente que Hussain era el hombre adecuado para Dahia, que Abdul no dudó ni un instante en dar su consentimiento para que se casase con ella.

La boda duró tres días, lo que suelen durar según la tradición saharaui. Asistieron a ella parientes, amigos y vecinos que, animados por la fiesta, colaboraron cubriendo las paredes y suelos de las jaimas, montadas expresamente para albergar a los invitados, con alfombras tejidas a mano de infinitos colores que Hussain había comprado en Isfahán, Irán, en uno de los pocos viajes que hizo más allá del Nilo.

También estuvieron presentes el coronel Bens y su esposa, que viajaron desde Madrid para asistir a la ceremonia, pero sobre todo para volver a ver a Ibrahim y a Dahia. Aunque se escribían con frecuencia y se despedían con abrazos, no era lo mismo que volver a sentir el calor de sus cuerpos, ver la emoción en sus ojos o embriagarse con el olor a pétalos de jazmín con los que Dahia perfumaba su cuello.

El primer día de la boda, Hussein ofreció a la familia de Dahia la dote con la que quería mostrar su amor por ella. Además de algunas reses, no faltó nada que Dahia pudiese necesitar: piezas de telas, perfumes, joyas, té, azúcar...

—Es una espléndida dote, Hussain —le dijo Abdul mientras colocaba su mano en el corazón—. Eres un buen hombre, trabajador y honrado, y nos sentimos muy felices al atender y dar el consentimiento a tus deseos.

—Me siento muy alagado por tus palabras y no te quepa duda de que cuidaré de Dahia y de Ibrahim con mi mejor disposición. Espero querido Abdul que, en los tiempos que han de venir, podamos disfrutar de la compañía y el afecto que nos profesamos.

—Gracias Hussein, así será, si Alá quiere. Y ahora, tomemos té y atendamos a los invitados.

Con la entrega de la dote, la toma de los tres tés y la larga tertulia entre los que acudieron a la jaima de Abdul ese primer día de ceremonia, la boda quedaba confirmada. Al anochecer, Hussain regresó a su jaima y Dahia e Ibrahim se quedaron hablando con el coronel Bens y su esposa María hasta bien entrada la noche.

El segundo día, se llevó a cabo la ceremonia matrimonial. Hacía un día espléndido, habían pasado los intensos calores del verano y el simún, ausente, permitía disfrutar de un cielo despejado que se vestía de diferentes azules con el paso de las horas, las mismas que, al atardecer, pintaban las arenas del desierto con todos los ocres, rojos, naranjas… El horizonte, perfilado por dunas de diferentes tamaños, mantenían su compostura sin que ningún viento levantase una sola partícula de arena, como requería la ocasión.

Hussain, el novio, llegó hasta la jaima de la novia en camello seguido por familiares, amigos y vecinos. Vestía dos túnicas, una blanca y otra azul, un turbante negro anudado a su cabeza y sandalias de cuero. No atravesó la puerta cubierta con una tela blanca hasta dar las siete vueltas preceptivas alrededor de la jaima. Después, entró y se sentó junto a Dahia, que ocultaba su rostro tras un velo suficientemente transparente para ver y disfrutar de la ceremonia. Iba vestida con una túnica de tela blanca y otra negra, llevaba varias pulseras de plata y bronce en las muñecas y un *jeljel* en el tobillo. Sentados, con miradas disimuladas, los novios guardaron silencio mientras sonaba la música, se entonaban cantos, se recitaban hermosas poesías y se improvisaban bailes. La comida fue abundante y el té acompañó, en todo momento, las cháchara de los asistentes.

En la noche del tercer día se acabaron los festejos tras tres disparos al aire acompañados por los ululatos de las mujeres que, en cortejo, con cánticos y el sonar de los tambores, llevaron a Dahia hasta la jaima de Hussain. En ella, sus cuerpos desnudos se acercaron por primera vez animados por el calor del amor y la necesidad de satisfacer un deseo que, con el paso de los días, había ido creciendo hasta convertirse en pasión.

Ibrahim caminó esa noche hacia las dunas que perfilaban el cielo. Se sentó y contempló las infinitas estrellas que, prendidas en el azul cobalto oscuro de principios de otoño, iluminaban sus pensamientos. Las horas de la noche pasaron mientras imaginaba cómo sería su vida en adelante. Se preguntaba si encontraría en Hussain el afecto que había sentido con el coronel Bens y si los días que vendrían estarían llenos de experiencias, de vida, como había sucedido en el pasado.

Capítulo 4

Ibrahim mantenía la mirada fija en las huellas que su padre y los camellos de la pequeña caravana dejaban tatuadas en la arena del desierto. Tenía quince años y no era la primera vez que le acompañaba, pero sí, la que viajaban tantos días juntos y tan lejos de Tifariti. Se dirigían hacia los concurridos mercados de Tombuctú en Mali y a otros al norte del río Níger, en el Sudan francés. Un viaje de más de mil kilómetros por el desierto después de aprovisionarse y de cargar la mercancía, en el puerto de Argel, llegada de diferentes países mediterráneos. Acompañar a su padre era para Ibrahim, entre los muchos sueños que tenía, el más ansiado y, como la luna, se hacía presente cada noche y le mantenía en vela hasta que sus párpados se cerraban.

Los tiempos habían cambiado y el número de caravanas y de rutas por el desierto del Sahara ya no era como en tiempos pasados en las que los hombres azules, los tuaregs, transitaban por esas tierras inhóspitas en grupos de hasta mil camellos, desde el Cairo, en el Alto Nilo, hasta el África Occidental.

También, había quedado atrás la infancia de Ibrahim en Dakhla, los primeros años en Tifariti lejos del mar y su primera familia, los Bens. No fue rápido ni fácil el tener que adaptase a ese nuevo entorno, a convivir con sus abuelos, a cambiar la sólida fortificación por una jaima, a poner fin a los juegos infantiles y a tener que arrimar el hombro llevando las reses a pacer en el oasis de Bir Tigissit. Tampoco lo fue compartir la atención y el cariño de su madre con Hussain. De todo ello aprendió que en el viaje por la senda de la vida nada permanece inmutable y que debía aprender a adaptarse a los cambios y abrazarlos con el mismo instinto sagaz y con el mismo entusiasmo que utilizó en el pasado. No fue fácil, y no solo por el nuevo entorno lejos de las añoradas playas de Dakhla, sino también, porque las personas con las que había convivido durante siete años, salvo su madre, habían desaparecido del mapa de sus días. Ellas, fueron las primeras que había conocido, las que le habían hecho feliz y enseñado a amar la vida y a llenar las horas del día como si fueran las últimas que fuese a vivir. En su memoria anidaban los recuerdos, las personas que los forjaron y lo vivido a lo largo de esos años le acompañaba en su nuevo caminar.

Dahia y Hussain eran conscientes del cambio y optaron por aplicar la mejor medicina para ese nuevo trayecto que Ibrahim debía recorrer: mantenerlo ocupado. Pronto, aprendió a trajinar un rebaño, a llevar a las cabras trepadoras allí donde hubiese un matorral o una acacia en el que pudiesen subirse para comer sus frutos y escupir sus semillas; a buscar un pozo o un pequeño oasis en el que apaciguar su sed y la de los animales; a resguardarse del sol bajo una manta colocada sobre ramas; a encender un fuego y pasar la noche esperando el alba... Tenía tanto que aprender y fue tan adecuada la medicina aplicada que, poco a poco y sin darse cuenta, la sonrisa volvió a sus labios y las nuevas experiencias se fueron convirtiendo, como las anteriores, en las mejores de su vida.

Los años siguientes de su matrimonio, Hussain redujo sus viajes y pudo dedicar más horas a su mujer y a su hijo. En ocasiones, se alejaba de Tifariti con Ibrahim unos días y en el vasto desierto le enseñaba a orientarse, a fijarse en el movimiento de las dunas, a conocer los vientos, a poner nombre a las cosas, a improvisar un fuego con el que calentarse cuando la temperatura se desploma al anochecer, a protegerse de la calima y, a salir ileso de las mordeduras de cobras, víboras y del mortífero escorpión africano, "el asesino de hombres".

—Mira Ibrahim —le dijo Hussain mientras clavaba su cayado en la arena—, fíjate en la sombra que proyecta, según pasa las horas del día irá cambiado su tamaño y posición. Ahora es larga porque está amaneciendo y la sombra se orienta hacia el oeste por donde se pondrá el sol; al medio día la sombra desaparece y cuando anochezca, nos indicará por dónde saldrá el sol al día siguiente, ese, es el este. También, le enseño los nombres de las estrellas, a buscarlas y encontrarlas en la bóveda del cielo y a orientarse a través de ellas. «Estés donde estés, si aprendes esto podrás volver a casa», le decía.

El sol ya no se ocultaba por el horizonte del océano azul que tantos anocheceres contempló en compañía de su madre y de la señora Bens. Ahora, a las puertas del Sahara, lo hacía pintando de naranjas las perfiladas y tornadizas dunas del desierto. A lo largo de su vida las experiencias se habían sucedido en un sin parar, generando todo tipo de emociones que Ibrahim aprendía a manejar y valorar. Muchas cosas habían desaparecido o cambiado y, en su lugar, otras ocupaban su sitio. Sus abuelos, Abdul y Yasira, compensaban la ausencia de la familia Bens. Hussain, llegó a su vida como el maná, con sabor a hojuelas con miel, que Dios envió para alimentar al pueblo de Israel. Pero, quien ocupó un lugar preferente en su corazón, además de su madre, fue una hermosa joven saharaui, llamada Shara, que despertó en él unas emociones y sentimientos que no había experimentado hasta entonces y que, con la fuerza de un sunami, avivaban el fuego de una forma diferente de querer.

¡Oh, Shara..., Shara...! —susurraba Ibrahim dormido junto al fuego en su viaje hacia Tombuctú— y, al despertar, poco antes de que la consciencia le arrancase del ensueño, batallaba por retener en su mente la última imagen: «Shara, sonriente, corría hacia él abriéndose paso entre velos de colores que pendían del cielo; se acercaba descalza, luciendo un aro de plata en su tobillo como el que Dahia llevaba el día de su boda; el viento mecía su cabello ondulado igual que cuando la suave brisa riza la superficie del mar; sus ojos, de un brillante azul turquesa, le traían con su dulce mirada un arco de infinitos colores que se fundían con la espuma de las olas al son de los latidos de su corazón…».

—Esta noche estuviste hablando cuando dormías —le dijo Hussain mientras recogía las mantas y las colocaba tras la giba del camello.

—¿Si…?, no lo recuerdo… ¿Qué decía? —ahí quería llegar Ibrahim con la pregunta, con la esperanza de que en la respuesta no hubiese ningún indicio del afloramiento de sus sentimientos hacia Shara.

—Bueno, decías algo, pero no se entendía… —respondió Hussain permitiendo a Ibrahim salvaguardar su intimidad—, creo que…, algo sobre la espuma del mar…

Un ligero rubor apareció en el rostro de Ibrahim mientras soltaba un resoplido al subir a la grupa del camello.

Llegaron a Tombuctú, lugar de intercambio comercial para tuaregs y otras tribus nómadas bereberes, un mes después de su salida de Tifariti. Anochecía y el duro viaje, de algo más de mil kilómetros, dejaba baldado a cualquiera y, por supuesto, a Ibrahim, que tan solo contaba con quince años y todavía no había adquirido la fortaleza y resistencia física de Hussain o la de los otros cuatro bereberes que completaban la pequeña caravana. Si no fuese porque durante los dos años anteriores no había parado de explorar y pastorear por el riguroso desierto del Sahara, no hubiera estado preparado para viajar a Tombuctú, uno de los lugares del norte de áfrica con mayor actividad comercial. El oro, la fruta, las especies o los peces de la cuenca del río Níger, que los centroafricanos tenían en abundancia, eran monedas de cambio con las que adquirir las codiciadas placas de sal, armas u otros utensilios que los comerciantes nómadas se proveían por todo el Sahel. Años atrás, Tombuctú había sido, también, un enclave de referencia para el comercio de esclavos, aportando importantes beneficios a las grandes potencias hasta la abolición de la esclavitud.

—¿Toda la mercancía proviene de países africanos? —preguntó Ibrahim a su padre.

—Bueno, la mayoría sí, pero en realidad es de todo el mundo. Los malienses no suelen decir de donde proceden los productos que venden. Su respuesta, siempre, es la misma: *«El oro viene del sur, la sal del norte y el dinero del país del hombre blanco; pero los cuentos maravillosos y la palabra de Alá solo se encuentran en Tombuctú».*

Hussein, que comerciaba en esta ruta desde hacía años, era consciente de que los tiempos estaban cambiando y como consecuencia de ello, la etapa de oro de los nómadas del desierto estaba llegando a su fin. El número de caravanas como los beneficios obtenidos disminuían año tras año, lo que le hacía pensar que los días estaban contados y que pronto, llegaría el final.

—Es probable que este sea uno de los últimos viajes —le dijo Hussain a Ibrahim mientras anudaba su camello a las afueras de la ciudad.

—Estoy bien, Hussain, y no estoy más cansado que tú —le respondió Ibrahim, pensado que no había satisfecho las expectativas de su padre— y también me ha gustado mucho hacer este viaje contigo.

—No, Ibrahim, no se trata de ti —añadió Hussain—, estoy sorprendido con tu resistencia, ya estás hecho un hombre y no hay en el mundo mejor compañía que la tuya. La cuestión es que las cosas están cambiando y los nuevos medios de transporte son más rápidos que nuestros pies y los de los camellos. Por otro lado, las caravanas, al ser pequeñas, no transportan tanta mercancía como antes, son menos seguras y se producen numerosos asaltos. Pero tú, Ibrahim, eres listo y fuerte, y sabrás adaptarte a los tiempos que han de venir.

Ibrahim había crecido y lo hizo un poco más después escuchar los elogios de su padre, al que no solo respetaba, sino que también admiraba. Casi le igualaba en altura, era de complexión fuerte, piel tostada, con cabello negro azabache y un rostro que gozaba de contornos suaves, pero definidos y en el que se asentaban unos ojos color café que se oscurecían o aclaraban con los cambios de luz. Pero si sus ojos eran hechiceros, más lo era su mirada amable, relajada, observadora, cálida y sus labios, cuando una grácil sonrisa aparecía en ellos.

—La cuestión —continuó Hussain—, es que las cosas no son como eran antes. Los colonos franceses son ambiciosos y cada vez obstaculizan más el comercio tradicional al que estábamos acostumbrados. No tienen suficiente con la tierra que ocupan, también quieren su contenido. Por otro lado, se está perdiendo el respeto entre tuaregs y el resto de las tribus bereberes y se producen frecuentes enfrentamientos.

—En Dakhla, los españoles protegían a sus pescadores, pero a nosotros nos respetaban y no se entrometían en nuestros asuntos.

—Los españoles son diferentes, durante más de ochocientos años convivimos con ellos en Al-Ándalus, en lo que ahora es España, y en su sangre está la nuestra.

—Pero, Alá, no es su dios.

—Sí, bueno, solo es el nombre, ellos y nosotros sabemos que Dios no hay más que uno.

Nada más entrar en la ciudad se vieron inmersos en un océano de tenderetes que parecía no tener fin. Gente y bullicio inundaban un ambiente difuminado por las minúsculas partículas de polvo azafranado suspendidas en el aire. Ibrahim caminaba cerca de su padre intentando no perderle de vista y, al mismo tiempo, su mirada vagaba de un lado a otro abriendo tanto los ojos que parecía que iban a salirse de sus órbitas. Recorrieron el mercado de Tombuctú de arriba abajo, cruzándose con gente que procedía de todas partes, que hablaban lenguas que no entendía. Sus oídos, como antenas dispuestas, se llenaban de palabras aderezadas con infinitas tonalidades. Ellos hablaban hasaní, un dialecto beduino derivado del árabe, también el español con fluidez, sobre todo Ibrahim, que creció con ambas lenguas y también chapurreaban el francés debido a la proximidad de las colonias francesas en el áfrica occidental.

Los transeúntes se amontonaban alrededor de los puestos que ofrecían todo tipo de productos, muchos de ellos Ibrahim los veía por primera vez. Durante los días que estuvieron en Tombuctú y en los mercados cercanos, cambiaron las pesadas losas de sal que transportaron los camellos desde el puerto de Argel, por pepitas de oro cuyo destino era los mercados europeos, en los que multiplicaban su valor después de transformarlas en lingotes y en joyas,

—El valor de las cosas está en lo que uno necesita para vivir —le dijo Hussain—, aquí, necesitan sal y para ellos la sal es tan valiosa como el oro.

Antes de iniciar el viaje de regreso, tras desprenderse de la mercancía y proveerse de lo necesario, Hussain llevó a su hijo por toda la ciudad, también llamada "la Perla del Desierto" por su importancia cultural y comercial durante siglos. Recorrieron la gran muralla que la rodea, la biblioteca Andalusí con numerosos y antiquísimos manuscritos, las antiguas mezquitas y altos minaretes, los mausoleos y tumbas que no dejaban de sorprender a Ibrahim. Nunca había visto ni había estado en una ciudad tan grande, ni tampoco con tanta actividad comercial. Se sintió tan pequeño ante el mundo que acababa de conocer y tan satisfecho con la nueva experiencia, que decidió estar dispuesto a viajar siempre que se le presentase la oportunidad de hacerlo.

Sobre los camellos, aliviados del peso de las losas de sal de roca, cargaron semillas de maíz, arroz, mijo y especies, piezas de tela, además de diferentes utensilios para uso doméstico. Escondida en el dobladillo de la túnica, una pequeña bolsita de tela contenía algo más de una docena de pepitas de oro. Aquella noche durmieron junto a sus camellos a las afueras de la ciudad, entre otras caravanas que transitaban tanto por la ruta transahariana como los que lo hacían hacia oriente, hacia los pueblos y ciudades del Nilo, en Egipto. Partieron de madrugada, cuando el sol mostraba sus primeras luces y sus alargadas sombras se proyectaban hacia poniente sobre la arena del desierto.

—Padre, mira, son las sombras que nos llevarán de regreso a casa.

—Si, Ibrahim, por la mañana las tendremos a la izquierda, cada vez serán más cortas. Si siguiésemos esa dirección llegaríamos a las costas de Senegal, a la tierra de los zanaga, ocupada hoy por los franceses. Pero no queremos ir allí, ¿verdad?

—No, no, volvemos a Tifariti, al norte.

—Así es, al mediodía cabalgaremos sobre ella y según avance la tarde, irá creciendo a nuestra derecha, hacia las tierras del Nilo. Nosotros, siempre rectos, al norte, a casa.

Ibrahim, pendiente de la evolución de la sombra e inmerso en sus elucubraciones, no se daba cuenta de que las horas pasaban hasta que la sombra desapareció al ponerse el sol y al empezar a encenderse las estrellas. Era el momento de detenerse, de montar una pequeña jaima suficiente para ellos y para los cuatro bereberes que los acompañaban. Pronto llegó la oscuridad de la noche y en una pequeña fogata, que no paraba de enviar centellas al cielo, cocinaron un cuscús de verduras al que no le faltó trozos de cordero y todo ello aderezado con curry en polvo y sésamo negro.

Saciada el hambre y relajados junto a la pira de fuego, Hussain ambientó la velada cantando las venturas y hazañas de sus antepasados con el sonido de la cuerda del *imzad.* Así pasaban las noches, cada vez más lejos de Tombuctú y más cerca de su destino. Según pasaban los días, el número de fogatas que alumbraban el desierto iba disminuyendo y se veían cada vez más lejos. Cada caravana seguía su ruta de regreso y con ellas, desaparecían los fuegos, la música, el compartir experiencias en aquellas ocasiones en las que acampaban juntos. No tardo en verse bajo el cielo una sola lumbre y el silencio, permitía escuchar el caminar del simún que, vestido de partículas de todos los ocres, les visitaría de madrugada.

—Juntemos y atemos los camellos —gritaba Hussain con las primeras luces del amanecer al ver que el viento huracanado avanzaba hacia ellos a velocidad de vértigo.

El primer azote fue de una ola gigante de arena cálida y seca que les sorprendió mientras se atrincheraban entre los animales y cubrían todo su rostro con el turbante. Ibrahim se aferraba al brazo de su padre temeroso de que el embravecido viento fuese a arrancarle de la tierra y enjaularlo en sus entrañas.

Tras su paso, la inmensa nube de partículas de luz se teñía de rojos anaranjados uniendo el cielo y tierra en un solo escenario. La temperatura era insoportable y, de no ser por el exceso de ropa que abrigaba sus cuerpos, hubiera sido imposible mantener a salvo sus vidas.

—¿Cuánto tiempo durará esta nube de arena? —preguntó Ibrahim a su padre, mientras subían a sus camellos y reemprendían la marcha.

—Cuando el aire se enfríe un poco, la arena volverá al desierto y cambiará su aspecto —respondió Hussain—, es, como la lluvia, el agua de la tierra se evapora y viaja al cielo, allí se condensa para después caer sobre nosotros y descansar de nuevo en el suelo.

Tres días estuvieron cabalgando entre nubes de polvo hasta que, al montar la jaima la tercera noche, la capa rojiza había desaparecido y volvían a ver la perfilada luna que menguaba y la estela de algunas estrellas que se desintegraban al acercarse. Hasta donde la vista alcanza no había fogata alguna, salvo la suya, perfectamente visible desde los altos del cielo. Tampoco señales de vida que no fuesen las de ellos.

—A partir de esta noche haremos guardias cada dos horas —dijo Hussain mientras avivaba el fuego—, el que esté de turno mantendrá la fogata encendida, el resto dormiremos fuera del campamento.

—¿Crees que habrá esta noche algún asalto? —preguntó Amil mientras se disponía a tocar el *imzad* una velada más.

—No lo sé, ningún fuego y demasiado silencio me hace pensar que puede que así sea. Mantener la *koummya* en el cinto y cerca vuestros fusiles.

Ibrahim estaba acostumbrado a utilizar su daga bereber, con empuñadura de madera con incrustaciones de plata y su hoja curvada, que afilaba mientras pacía el rebaño para sacar punta a las ramas o hacer incrustaciones en su callado, pero nunca, la había utilizado contra nadie. Tampoco el fusil, salvo cuando su padre le enseñó a usarlo.

—¡Dispara Ibrahim, dispara! —le gritó su padre al ver caer degollado a Amil que hacía guardia entrada la noche.

Media docena de siluetas se veían junto al fuego cuando empezaron los disparos. Ellos, desde la oscuridad que les proporcionaba el estar alejados de la hoguera, veían cada uno de sus movimientos y hacer blanco, era relativamente fácil hasta que los atacantes consiguieron apagar la fogata con arena.

—Han caído tres —comentó Manuf mientras cargaba de nuevo su fusil—, por las detonaciones creo que debe haber tres o cuatro más.

—No disparéis —dijo Hussain—, sea cuantos sean nos tienen localizados por los disparos, separémonos. Vosotros, rodeadlos por la izquierda, Ibrahim y yo lo haremos por la derecha.

De nuevo sonaron los fusiles, una, dos, tres, cuatro… detonaciones. Cuando Hussain se puso en pie para indagar sobre la suerte de sus hombres, uno de los asaltantes se lanzó sobré él, haciéndole caer al suelo. Una mano apretaba con fuerza su cuello y la otra, la que iba a poner fin a sus días, se alzó con la curvada daga cuya hoja resplandecía con la luz de la luna. En menos tiempo de lo que dura un instante, el último hombre se desplomó sobre el cuerpo de Hussain después de que Ibrahim le rebanara el cuello con su afilada hoja plateada en un solo movimiento. Fue el primer hombre al que le quitaba la vida y una voz, en su interior, le hacía saber que no sería el último.

Capítulo 5

Queridos amigos,

El tiempo pasa rápido y con él, las oportunidades de volver a compartir aquellos buenos momentos que vivimos hace algunos años. Aquí, en el piso de Madrid, la monotonía y el cielo grisáceo forman parte del día a día y después de las emocionantes experiencias en Cuba y en el Sahara, nuestras horas van perdiendo su dulce aroma y su agradable sabor.

Gracias por vuestras cartas, son la mejor compañía para María y para mí. Por ellas, sabemos de vosotros, de cómo crece y va haciéndose hombre Ibrahim. Nos alegramos de que saliesen ilesos en su viaje a Tombuctú y por lo que contáis, me enorgullece que el pequeño, con el que convivimos tantos años, actuase con la serenidad de un adulto y con la firmeza y determinación que se requiere en un momento como ese.

Los tiempos están cambiando. Aquí y allá, los ricos son cada vez más ricos y los pobres siguen siendo pobres. Todo son promesas y buenos deseos en boca de los que asumen la responsabilidad de atender las necesidades de los ciudadanos, pero no tardan en olvidarlas cuando llegan al poder. Tras la abolición de la monarquía y la proclamación de la Segunda República, hace un par de años, el ánimo de los partidarios del rey Alfonso XIII está que arde y, por otro lado, los comités revolucionarios, los grupos antisistema y organizaciones sindicales andan calentando la calle. El aire que se respira no hace presagiar nada bueno. Dios quiera que la cordura nos asista para bien de todos.

Hace unos días vino a visitarme mi amigo Claudio Temprano, teniente coronel del grupo de las fuerzas regulares indígenas con base en Segangan, cerca de Melilla, y me habló del prestigio de esta unidad en el protectorado español de Marruecos y del valor que se le da aquí en la península. Os comento esto porque, tal como están las cosas, si Ibrahim quisiera hacer carrera en el ejército solo tenéis que decírmelo. Recuerdo aquellos años en el acuartelamiento de Dakhla en los que el pequeño Ibrahim se levantaba el primero con el toque de diana, corría a la formación e imitaba todo lo que hacía el destacamento. Por otro lado, si el ejército no ha de ser su futuro, todo lo que aprenda le servirá para afrontar los retos que la vida trae consigo, a fin de cuentas, la vida es una lucha en la que salimos airosos muchas veces a lo largo de ella, aunque siempre acaba venciendo la muerte.

A pesar de este retiro forzoso, todavía mantengo contacto con mis compañeros de armas y alguna influencia. La vida en el ejército es dura, pero también, da mucha estabilidad y satisfacciones.

A le espera de poder veros pronto, os enviamos un afectuoso saludo y un fuerte abrazo para Ibrahim.

Francisco Bens
Madrid, 1 de noviembre de 1933.

En enero de 1934, Ibrahim, con dieciséis años, se incorporó al destacamento Alhucemas 5 de las fuerzas regulares indígenas, con base en el cuartel de Segangan, cerca de Nador. La misión básica del destacamento consistía en defender y mantener el orden en el protectorado español de Marruecos, una extensa zona del norte de África de casi treinta mil kilómetros cuadrados, que iba desde las islas Chafarinas al este del Mediterráneo, hasta Larache, en el Atlántico. Si al norte era el mar el que delimitaba el protectorado, la zona de influencia francesa eran los territorios del centro de Marruecos. El sultanato marroquí, bajo la dinastía alauita, se había debilitado por las injerencias europeas y España y Francia se repartían el norte del África occidental.

Cuando Ibrahim cruzó la entrada del cuartel bajo un arco túmido, suelo empedrado y paredes decoradas con azulejos de todos los colores alineados en franjas o componiendo figuras geométricas con acabados brillantes, pensó que entraba en un palacio y no en un cuartel. En su interior, el estilo andalusí armonizaba todos los edificios: la residencia para oficiales, los barracones para soldados, la plaza de armas, las cuadras, las viviendas para las familias de los oficiales españoles y para las sirvientas nacidas en la región. Los campos de entrenamiento completaban unas instalaciones que en aquellos tiempos eran de las más modernas de Europa.

—Según pone la carta de recomendación del coronel Bens, tu nombre es Ibrahim Ahmed y has cumplido dieciséis años —le dijo el oficial Santiago Casinos tras ojear la carta que tenía en sus rollizas manos.

—Sí, ese es mi nombre —respondió Ibrahim, que se mantenía de pie frente a la mesa del oficial con su atuendo saharaui: túnica amplia de algodón teñida de aceituna oscuro, turbante de un color añil enrollado en su cabeza y unas babuchas de cuero puntiagudas que dejaban sus talones descubiertos.

—A ese "sí", debes añadirle "señor" cuando respondes a un oficial —le indicó Casinos.

—Sí.

—Sí, señor —insistió el oficial.

—Sí…señor —respondió Ibrahim.

—Bien, el cabo Jabir te acompañará a suministros para recoger el uniforme y te enseñará el barracón donde te alojarás con tus compañeros. Lo demás, lo irás aprendiendo con el quehacer de cada día. Cumple con lo que se te ordene y todo irá bien. ¿Tienes algo que preguntar?

—No.

—No, señor —le recordó el oficial Casinos.

—No, señor —repitió Ibrahim sin titubeos.

Los entrenamientos eran durísimos, tanto en los campos del cuartel como en los alrededores de Segangan, quizás, porque los altos mandos militares afines a una u otra ideología política, intuían el inicio de una guerra. Con las primeras luces del alba, la tropa se ponía en pie tras el agudo sonido del cornetín en el toque de diana. Después, carreras a las letrinas, un superficial aseo y algo ligero que llevar al estómago precedían al momento en el que, formados en el patio y tras izar la bandera republicana, recibían las primeras órdenes del día.

A Ibrahim le asignaron una plaza en el pelotón de enlaces, porque además del español, hablaba el hasaní, tenía nociones de francés y también, para que aprendiera con rapidez la actividad de los otros pelotones y puestos. De no haber sido por la recomendación de Bens, le habrían asignado la tarea de mozo de cuadras, como a otros moritos novatos, donde hubiera acabado de vómitos y de mierda hasta las cejas.

Ibrahim se incorporó al pelotón de regulares que comandaba el sargento Gómez, un militar nacido, crecido, casado y enviudado en Melilla que se había entregado en cuerpo y alma al ejército tras la muerte de su joven esposa y del bebé que venía en camino. En el ejército encontró el consuelo y la paz que necesitaba. Era su familia y trataba a los soldados bajo sus órdenes como a los hijos que no tuvo. Mostraba dureza en la instrucción y tolerancia de padre frente a los deslices y las flaquezas propias de la juventud.

—Soldados —gritó el sargento Gómez en el patio de armas antes de iniciar el entrenamiento del día—, ¿mi pelotón es?

—¡El mejor de la compañía! —respondieron a una sola voz los soldados.

—¿Mi compañía es?

—¡La mejor del regimiento!

—¿Mi regimiento es?

—¡El mejor del ejército!

Si perder la compostura, en posición de firmes y con los músculos tensados, gritaron todos a pulmón templado, a corazón abierto y testículos calibrados: «¡Cumpliré la misión que me asignen, nunca aceptaré la derrota y lucharé hasta la muerte!»

Ibrahim, era uno de los seis soldados del primer pelotón de enlaces. Los otros le doblaban la edad, excepto Leo González, el Gaditano, dos años mayor que él. Estaban entrenados a moverse entre trincheras y puestos de mando, llevando, con alto riesgo de perder sus vidas, órdenes y comunicados entre los oficiales del frente.

Años atrás, la guerra del Rif, una dura contienda contra los independentistas marroquís liderados por Abd El Krim, había puesto a prueba las habilidades de estos hombres y curtido a las tropas de regulares indígenas del protectorado español. Habían vivido el dolor de la derrota, como la de Annual, cerca de Melilla, donde perdieron a más de diez mil compañeros y también, saboreado la victoria venciendo a los rifeños en Alhucemas. El descontento de varios mandos militares del protectorado por cómo se había gestionado la guerra por el gobierno de la república sería la causa, entre otros motivos, por los que pocos años después se produjese la sublevación y el inicio de la guerra civil española.

Ibrahim, escuchaba todas esas historias bélicas y heroicidades de sus compañeros e imaginaba que, algún día, sería él el que correría a lo largo de las trincheras con su compañero Leo.

—Veo que hablas bien nuestro idioma —le dijo Leo con la intención de iniciar una conversación que le permitiese hacerse una idea de quién era ese morito de dieciséis años que le habían adosado a sus espaldas.

—Bueno, me defiendo —respondió Ibrahim, atraído por el tono amistoso de su compañero—. Nací en Dakhla y soy saharaui, pero crecí entre soldados, en la guarnición española.

—¿Con el coronel Francisco Bens?

—Sí, fue una especie de padre adoptivo, muy buena persona y también su mujer. Mi madre y ella hicieron que mis años de infancia estén entre mis mejores recuerdos.

—Buen negociador el coronel Bens con las tribus de la zona, según dicen por aquí. Mi padre combatió a sus órdenes en Alhucemas.

Durante los primeros meses de estancia en Segangan la amistad con Leo fue creciendo y también, sus conocimientos sobre el cometido que lleva a cabo el enlace entre los pelotones de las diferentes compañías y los mandos de estas. Leo siempre le adjudicaba ante los superiores todos los méritos y aunque Ibrahim le corregía, lo que corría por el regimiento eran sus habilidades para desplazarse, su resistencia física, su sentido de la orientación y su valentía frente a las situaciones de riesgo extremo. La realidad no era muy distinta de lo que propagaba Leo, pues, criado en un cuartel y crecido en un medio tan difícil como el Sahara, era lógico que se diferenciase de aquellos otros que, acostumbrados a la ciudad, les resultaba novedoso desenvolverse en otros entornos.

Con el toque de fajina, los soldados acudían al comedor de la tropa, siempre que las actividades del día se hubieran llevado a cabo en el cuartel o en los campos de entrenamiento próximos. Cuando el entrenamiento o las operaciones se desarrollaban lejos, una ración cocinada y guardada en una pequeña fiambrera de aluminio era lo mantenía el estómago calmado hasta el regreso. Al atardecer, cuando no había que cumplir algún servicio, podían dedicar su tiempo a sus asuntos personales y a tertuliar con sus compañeros. Era el momento del día para compartir historias reales o inventadas, de las confidencias, de hacer correr los bulos, los rumores o, de buscar algún lugar tranquilo en donde leer la correspondencia o escribir a la familia y a los seres queridos.

—¿Vienes a jugar al dominó? —le preguntó Leo poco después de salir de la ducha y de haberse quitado los quilos de polvo y barro que cubrían sus cuerpos.

—Tengo carta de Shara —respondió Ibrahim mientras la comisura de los labios casi alcanzaba los lóbulos de sus orejas—, luego nos vemos.

—Afortunado tú, yo todavía ando a la espera.

—¡Quién te va a querer a ti con lo feo que eres!

—¿Feo?, tú no te has visto en el espejo —respondió Leo después de soltarle una colleja antes de que saliera corriendo.

Finalizaba el mes de febrero, la temperatura era agradable y ni el frío ni el calor iban a decidir el sitio donde sentarse. El sol, de un amarillo indio intenso, coloreaba de pajizo el cielo mientras se ocultaba por el parapeto del acuartelamiento. Ibrahim se alejó lo suficiente para encontrar la soledad en la que poder estar con ella, escuchar su voz silenciada pero interiorizada en lo más profundo de su corazón y de su memoria. Ni el suave viento de levante, ni la inminente puesta de un sol escondiéndose tras el Gurugú en la sierra de Nador, iban a distraer su atención ni un solo instante.

—Ya estoy contigo, Shara —susurró a media voz con la certeza de que sus palabras llegarían a ella a lomos de una mansa brisa.

Mi amado Ibrahim:

Ayer recibí tu carta y me alegró saber que estás bien y que todavía me tienes en tus pensamientos. Al explicarme lo ocupado que has estado durante estos primeros meses en Segangan, he comprendido por qué no recibía noticias tuyas.

Ya no estoy triste, aunque echo en falta tu compañía y aquellos días que caminábamos, muy cerca el uno del otro, por el desierto hasta el oasis de Bir Tigissit con las cabras de tu abuelo. Nos sentábamos bajo las palmeras y refrescábamos los pies en el estanque viendo como las horas y los días pasaban convirtiendo la vida en un sabroso dulce y en instantes inolvidables. Allí, a tu lado, no necesitaba nada más, porque solo con oírte o escuchar tus silencios quedaban colmados todos mis anhelos.

Sigo llevando a tu casa aquellos enormes dátiles tan dulces como la miel y aquellos otros más pequeños que mascábamos durante un buen rato. Tus abuelos están bien. Dahia, tu madre, te echa en falta y me dice que te envíe un fuerte abrazo y que te diga que no te olvides de cumplir con tus obligaciones. Hussain ha marchado a Tombuctú hace un mes y todos esperamos su regreso y que no le pase ninguna desgracia como cuando tú viajaste con él.

Sé, que no necesitas nada más que las estrellas del cielo y la tierra bajo tus pies, pero entiendo que Hussain quiera que conozcas otros lugares, otras personas y otras formas de vivir, para que aprendas de todo ello y cuando regreses, pido a Alá que así sea, lo hagas porque es tu deseo y porque quieras que el Sahara sea el lugar donde envejecer y morir. Me alegro de que hayas encontrado en Leo un amigo con el que compartir esta etapa que has escogido vivir. Estoy convencida de que la distancia que nos separa hará que te desee más de lo que ya te deseo.

Mi amado Ibrahim, todavía siento el calor de los labios que pusieron tu tierno beso en la palma de mi mano. Su recuerdo me hace feliz y afortunada. Tenerte en mi corazón, es algo que hace soportable tu ausencia. No dejes de ir donde tengas que ir, ni de hacer lo que debas hacer, yo, estaré siempre contigo, en tu corazón y en tus pensamientos. Nunca olvides que te quiero.

Siempre tuya,

Shara
Tifariti, 19 de marzo de 1934.

Capítulo 6

Isabel I, reina de Castilla, tomó en 1476 posesión de un enclave frente a las islas Canarias al que llamaron Santa Cruz de la Mar Pequeña. La sencilla fortificación a orillas del Atlántico tenía por objetivo proteger a los pesqueros canarios que faenaban en esa zona. Estaba defendida por un reducido número de soldados, no llegaban a una docena, y los continuos ataques de los bereberes dificultaban la permanencia en ella. Al final, cincuenta años después, para no enviar más soldados y recursos, abandonaron la región, pero la corona no renunció a sus derechos de pertenencia. Siempre estuvo en la mente de los diferentes gobiernos recuperar el enclave para que hubiese presencia española en un territorio codiciado por franceses y portugueses, pero no se actuó con determinación hasta que, entendiendo que podían perder la posición definitivamente, el gobierno de Lerroux, del Partido Republicano Radical, encomendó en 1933 al coronel Capaz instalarse en la zona.

—¿Da su permiso, señor? —preguntó Ibrahim tras golpear con los nudillos la puerta.

—Pasa Ibrahim —respondió el oficial Casinos— siéntate, enseguida estoy contigo.

Ibrahim tomó asiento y se distrajo observando a la tropa formada en el patio de armas. Vestían con el atuendo de gala, el pertinente para despedir al ministro de la guerra, Juan José Rocha, que se había desplazado a Segangan por el asunto de Santa Cruz de la Mar Pequeña. Lucían camisa y pantalón color garbanzo, capa blanca sobre los hombros y el *tarbush,* un gorro circular de color carmesí del que pendía una borla con flecos negros.

—He recibido instrucciones… —dijo el oficial Santiago Casinos reclamando la atención de Ibrahim.

—Sí, señor —respondió adecuando la postura y centrando su mirada en el oficial.

—Como le decía, he recibido instrucciones para que un pequeño grupo de regulares se dirija a Villa Bens y desde allí a nuestro enclave en Santa Cruz de la Mar Pequeña. Dado que la misión a llevar a cabo requiere entender bien y hablar el hassaní, le he incluido en el grupo que partirá hacia allí al alba. Hable con el sargento Barrios y él le dará todos los detalles. Eso es todo. Puede retirarse.

—A sus órdenes, mi coronel —articuló Ibrahim tras ponerse el *tarbush* y llevar hacia la sien su mano derecha.

—Ah, y no lo olvide, máxima discreción.

La camioneta, una Ford T ensamblada en la factoría de Cádiz, partió con los primeros rayos de sol hacia Villa Bens. Al mando del grupo iba el teniente Manuel González, conocido como “el Gaditano”, con demostrada experiencia en combate durante la guerra del Rif y capacitado para actuar con la discreción necesaria en misiones especiales. Esta lo era, y no solo porque el presidente Lerroux así lo ordenaba, sino porque el simple conocimiento de ella por parte de las tribus indígenas o del gobierno francés podían hacerla fracasar.

La conducía el cabo de primera de los regulares indígenas Chakib Benmoussa, natural de El Aaiún, hombre de confianza del teniente González y buen conocedor de la ruta. Detrás, en los bancos de la caja del camión que circulaba cubierta por una lona para pasar lo más desapercibidos posible viajaban, además de Ibrahim y su amigo Leo, hijo del teniente Manuel González, un grupo de cinco regulares indígenas: Mounir Kejji, Driss Barsi, Anir Joussa, Mohamed Chafic y Hassan Aourid, todos ellos, avezados combatientes curtidos en las campañas militares del norte de África y en especial en las confrontaciones con los rifeños.

Con el fin de no pasar cerca de poblaciones importantes, el plan era dirigirse hacia sur, al desierto del Sahara, atravesar la Argelia Francesa hasta Tinduf y ya, en el Sahara Español, cruzar la región de Cabo Juby hasta Villa Bens. Había que recorrer cerca de dos mil kilómetros, la mayor parte de ellos por el desierto y disponían de cinco días para llegar al destino.

El primer tramo hasta el poblado de Debdú, en la cordillera del Atlas, fue el más duro del viaje. Las curvas se sucedían unas a otras contorneando las altas montañas y un chirimiri de gotas diminutas obligaba a Chakib a accionar, una y otra vez el parabrisas y a circular con precaución por la embarrada carretera. De tanto en tanto, soltaba un improperio en algún dialecto o con una entonación que no resultaba familiar a nadie.

—¡*Whalá!*

—¿Vas a decirme de una vez que significa tanto *Whalá*, *Whalá*? —le preguntó el teniente harto de curvas, de botes y de oírle.

—Cosa mía, mi teniente —respondió Chakib mientras accionaba de nuevo el parabrisas.

—¡Diantres!, mira que eres cabezota.

—¿Qué ser diantres?, mi teniente.

—Cosa mía, Chakib, no pienses que te lo voy a decir.

—!*Whalá, Whalá!*

—¡Diantres, diantres, diantres…!

Poco antes de anochecer y después de transitar por un territorio totalmente despoblado, llegaron al oasis de Taghyte a los pies del Atlas y a tiro de piedra de la frontera argelina. Salvo para llenar el depósito con la gasolina que llevaban en bidones, no habían bajado del camión ni para estirar las piernas.

—Pasaremos la noche aquí —dijo el teniente González—. Mounir, Ibrahim y Leo irán a buscar algo de leña mientras los demás montáis la tienda.

No tardaron en volver con las ramas de una acacia quebrada, de matorrales y con un puñado de dátiles que comieron mientras encendían la hoguera. El cielo, se había abierto, el chirimiri había quedado atrás y las centellas de fuego competían por alcanzar un cielo azul que las estrellas no estaban dispuestas a abandonar.

Poco antes de amanecer, entraron en la Argelia francesa por un estrecho paso entre montañas de la cordillera del Atlas. El camión circulaba campo a través, a poca velocidad y con las luces apagadas, para no ser vistos desde el poblado de Béni Ounif. Una luna pálida menguaba ofreciéndoles la suficiente luz para no desorientarse. El teniente, había pedido a Ibrahim que se sentase en la cabina para que les echase una mano.

—Tenemos el tiempo justo, o sea que no podemos perderlo dando tumbos —le dijo el teniente a Ibrahim.

—Lo sé, teniente. Nos dirigimos hacia el oeste y los cuernos de la luna están orientados hacia allí. Si seguimos esa dirección llegaremos a tiempo.

La posibilidad de ser atacados por los habitantes de estas pequeñas y dispersas aldeas era prácticamente nula, ya que su dedicación principal era el pastoreo con ovejas, cabras o camellos y, salvo las afiladas *koummyas* de doble filo o el estrecho estilete, no disponían de armas de fuego para atacar o defenderse.

—A partir de ahora, ojos abiertos —les dijo el teniente después de detenerse el camión poco antes de entrar en una cadena serpenteante de estrechos desfiladeros—. No creo que nos ataquen, pero no podemos descartar que algún grupo de salteadores esté a la espera de alguna pequeña caravana y lo hagan por sorpresa. Mantendremos el toldo bajado, pero estar atentos a mis órdenes.

—¿Es peligrosa esta ruta? —preguntó Leo desde la caja del camión.

—La ruta desde Argel-Sijilmasa-Tombuctú —respondió Chakib mientras conducía despacio procurando evitar baches y piedras del camino—, es muy utilizada por comerciantes bereberes para transportar mercancías desde el Mediterráneo hasta Mali, pero también es una ruta en la que están al acecho salteadores de caminos. Es importante estar atentos, como dice tu padre…, quiero decir, el teniente.

—En una ocasión —intervino Ibrahim—, regresando de Tombuctú con Hussain, mi padre, fuimos atacados por la noche por una docena de ladrones, Alá, quiso que hoy podamos contarlo.

—Si estamos atentos, todo irá bien —puntualizó el teniente— es importante llegar a Villa Bens sanos y salvos.

—¡*InshAlá*! —imploró Mohamed, provocando una repetición en cadena del resto de compañeros.

De lo alto de un cerro situado en el paso fronterizo entre el Marruecos español y la Argelia francesa, un grupo de hombres apeados de sus camellos observaba como un pequeño camión con las luces apagadas, atravesaba a poca velocidad y sin levantar demasiado polvo, el paso fronterizo. Era evidente que querían pasar desapercibidos y que algo de valor podían estar transportando.

—Atacaremos a la salida de la garganta de Benzireg, después de que crucen el río Uadi Saoura —puntualizó Samir

Adsuar, cabecilla de los salteadores, después de observar como el empolvado camión se detenía después de atravesar la frontera.

—Solo son dos hombres —comentó Ali que observaba el vehículo con su catalejo.

Eran Chakib y el teniente. Mientras uno añadía agua al motor, el otro estiraba las piernas y daba un vistazo a la caja del camión. Nada parecía indicar que hubiese alguien más.

—Salgamos ya y llegaremos antes que ellos —dijo Samir mientras subió a su camello y le hizo levantar las patas traseras para ponerlo en pie.

A lo largo y ancho del Uadi Saoura fluyó agua en abundancia hace más de cinco mil años. En aquel entonces, el Sáhara era un vergel con abundantes plantas verdes, árboles, flores y crecían las aldeas a uno y otro lado del cauce del río. Ahora, el río se mantenía seco la mayor parte del año y, salvo pequeños oasis dispersos, el verde se había transformado en los sienas y ocres de las arenas del desierto. Cuando la Ford T atravesó el río, el cauce estaba seco y ni siquiera había una delgada capa de fango en la que quedasen tatuadas las huellas de los neumáticos.

Al salir del cauce, a poco más de cien metros, un hombre montado en camello se encontraba en mitad del camino. No se movía y resultaba evidente que les estaba esperando y que, aunque no se les viera, habría un grupo al acecho. Iba vestido con un *thawb* de algodón gris pizarra y un turbante azul intenso que ocultaba su rostro. Chakib redujo la velocidad del camión, que de por sí ya era lenta, hasta detenerse. Vieron que iba armado y como, segundos después, levantó su fusil solicitando el alto.

—Era lo que esperábamos —comentó el teniente tras colocar su mano en la culata de la pistola que llevaba en el cinto—, estar atentos a mis órdenes.

Samir, fusil en mano, se acercó a paso lento con su ungulado, forzando a centrar todas las miradas en él. No tardaron en aparecer dos grupos de cuatro hombres que avanzaban en paralelo a cada costado del camión.

—Mantened la calma y estar preparados —dijo de nuevo el teniente tras pedirle a Chakib que pusiera el motor en marcha.

—De acuerdo, teniente.

—Arranca y no pares.

Samir se apartó del camino y apuntó con su fusil a la cabina. Los otros asaltantes, a ambos flancos del camión, azuzaron a los animales para igualar la velocidad con la que Chakib conducía el vehículo. De los fusiles alzados salieron los primeros disparos de los jinetes que avanzaban al galope.

—¡Responder al ataque! —gritó el teniente mientras Chakib aceleraba suplicando a Alá no ser el centro de la diana que aspiran alcanzar todas las balas.

Perfectamente sincronizados, los faldones de lona de los laterales del camión se elevaron lo justo para sacar los fusiles Mauser y empezar a responder a los disparos. Ibrahim, a babor, junto a Leo y Mounir, tiroteaban sin tregua a los asaltantes que cabalgaban en paralelo en su flanco. Mohamed, Anir y Driss, hacían lo mismo en el costado opuesto.

Sorprendidos, cayeron uno tras otro de sus camellos quedando sus cuerpos esparcidos sobre la arena del desierto. Samir, ordenó a los tres supervivientes que se retirasen mientras seguía disparando su fusil. Una, del centenar de balas disparadas aquella noche, atravesó el cráneo del regular y compañero Driss Darsi, natural de Nador, que cayó a plomo sobre la caja del camión.

El teniente González cerró sus ojos instantes después de que, echado sobre la arena, viese como se apagaban los azules del cielo. Le cubrieron con una mortaja negra y pusieron las palmas de sus manos sobre su cuerpo. No dispusieron de tiempo para lavar al difunto, cortarle las uñas y el vello de su cuerpo, eso sí, cavaron una fosa lo suficientemente profunda para impedir que media docena de buitres encapuchados que merodeaban por el lugar, se adueñasen de la más pequeña parte de su cuerpo.

—La paz y las bendiciones de Alá sean con él —dijo el teniente mientras Ibrahim, desatendiendo las costumbres del islam, colocaba sobre la tumba una rosa del desierto de tronco recio y pétalos liliáceos, sobre una patena de ovaladas hojas verdes.

—*InshAlá* —respondieron. Después, las voces se apagaron y el eco se alejó poco a poco de ellos para perderse en el silencioso e inhóspito desierto.

Capítulo 7

Un fogoso Siroco, cargado de polvo rojizo y empeñado en llegar al atlántico, los acompañó hasta el Aiún durante los días siguientes. Parapetados en el interior de la caja del camión, esperaban el momento en el que apaciguara la tormenta y mejorara la visibilidad para poder seguir avanzando a buen ritmo hacia su destino.

—Este es el viento de los locos —soltó Chakib a bocajarro harto de combatir con las nubes de polvo que empañaban el parabrisas de la camioneta—, me está poniendo de los nervios.

—En Cádiz, donde nací, —dijo el teniente González— dicen que «Con viento de norte no hay hombre bueno, ni mujer amable, ni caballo manso, ni víbora que no muerda».

—Lo que diga mi teniente, pero el Siroco no viene del norte, viene del Sahara —le respondió Chakib.

—Ya, pero no sé frases sobre todos los vientos, ¿sabes tú alguna listillo?

—Pues sí, en Chefchaouen, donde nací, hay otro que dice «Cuando saltan los corderos, señal de viento».

—¿Allí vive tu familia?

—Allí, entre todos los azules del mundo —respondió Chakib mientras se iluminaban sus ojos y aparecía un amago de sonrisa en sus labios.

—¿Azules?

—Si, tal como lo oye, mi teniente. Los azules con los que el bendito Alá pintó el cielo: el celeste, el índigo, el cobalto..., entre otros. Los chaunís pintamos con ese color nuestras casas, las calles, las escaleras…, también las montañas del Rif se visten de un azul liliáceo cundo el sol se pone al anochecer.

El silencio apareció entre los azules y el color se hizo dueño de sus pensamientos: Chakib, con los de Chefchaouen; el teniente, con los de “la Tacita de Plata”; Ibrahim, con el turquesa de los ojos de Shara; Leo, con los de la mar rizada y también, en la caja de la camioneta viajaban con los colores Mounir, Mohamed, Anir y Hassan. Driss, que cayó al ser atacados en Ksiksou, guardaba silencio eterno bajo las ambarinas partículas de las dunas del desierto.

—¿Qué tal el viaje? —preguntó el coronel Osvaldo Capaz al entrar el teniente Manuel González en el despacho de la comandancia militar del acuartelamiento de las tropas españolas en Villa Bens, habilitado para asuntos relacionados con la misión de Santa Cruz de la Mar Pequeña.

—Nos atacaron en Ksiksou, después de atravesar el Uadi Saoura y perdimos un hombre— respondió el teniente.

—¿De los nuestros?

—Saharaui, y sí, de los nuestros —respondió el teniente sorprendido y molesto por la pregunta—, del grupo de las fuerzas regulares indígenas Alhucemas 5, de Segangan.

—Claro, claro, de los nuestros —respondió el coronel al darse cuenta de que no había estado acertado formulando la pregunta.

Osvaldo Capaz había desarrollado gran parte de su carrera militar en el protectorado español en el África Occidental. Su conocimiento del idioma árabe, así como sus habilidades negociadoras con las tribus bereberes propiciaron que Lerroux, presidente del gobierno de la Segunda República, le encomendase la misión de ocupar Santa Cruz de la Mar Pequeña, una plaza conquistada por el Capitán Diego de Herrera para la corona de Castilla en el siglo XV.

—Siéntate, Manuel —le indicó el coronel Capaz mientras extendía un mapa sobre el escritorio—. Embarcaremos pasado mañana en el Canalejas y partiremos hacia Santa Cruz de la Mar Pequeña, un enclave que abandonamos y en la que tan solo se conservan los restos de una torre.

—Si lo he entendido bien, coronel, ¿se trata de recuperar un enclave que dejamos hace más de cuatrocientos años?

—Así es —mantuvo el coronel Capaz—, el gobierno quiere que establezcamos los límites del territorio de Ifni, para impedir que Francia los anexione a su protectorado, cosa que supondría la supremacía comercial y política de los franceses en toda la zona.

—Tarde o temprano se producirá la descolonización del norte de África y…

—Así lo creo —le interrumpió el coronel—, y Argelia, cuando deje de ser una colonia francesa, ampliaría sus fronteras hasta el Atlántico. Hay que volver a tomar posesión efectiva de esta zona estratégica antes de que otros lo hagan.

El 5 de abril de 1934, embarcaron en el buque cañonero Canalejas el coronel Osvaldo Capaz, el teniente Manuel González y el pequeño grupo de regulares indígenas que viajaron con el teniente desde Segangan.

Era la primera vez que Ibrahim se hacía a la mar. Durante sus años de infancia, en Dakhla, había observado hasta saciarse la línea de un horizonte en el que cielo y mar se abrazan hasta fundirse en un azul compartido. Recuerdos de su niñez acudían prestos a su memoria mientras la quilla metálica del Canalejas abría en canal las costeras aguas del Atlántico.

—¿Dónde anda tu cabeza, Ibrahim? —le preguntó Leo después de merodear por todo el barco buscándole y de acabar encontrándole ensimismado en la proa del cañonero.

Al verle echado sobre la regala, le recordó las figuras talladas en la proa de las goletas antiguas que su padre le enseñó en el museo naval de San Fernando. En qué estaría pensando el "mascarón Ibrahim" que ni siquiera se dio cuenta de su presencia hasta que le tocó el hombro. ¿Estaría suplicando el sosiego de las aguas o sería una vez más Shara la que ocuparía sus pensamientos?

—Hola Leo —respondió Ibrahim, sin dejar de observar cómo la quilla del barco repartía a diestra y siniestra las aguas formando olas coronadas con espuma blanca.

—Hola Leo, hola, Leo, llevo toda la mañana buscándote.

—Sobre el lomo de las olas veo imágenes de cuando era niño —comentó Ibrahim sin devolverle el saludo, quizás, porque sabía que solo Leo podía estarle buscando.

—¿Estás bien, Ibrahim? —insistió Leo viendo que no acababa de salir de trance en el que andaba metido.

—Sí, Leo, —dijo Ibrahim con una actitud más atenta—, recordaba cómo saltaba sobre las olas haciéndolas añicos en la playa de Dakhla. Mi madre me llamaba a gritos «¡Ibrahim, Ibrahim…!» y yo, no acababa nunca de salir del agua.

Leo, se echó boca abajo, como Ibrahim, sobre la regala de estribor y dejó que su mente cabalgara por la cresta de las olas y le llevara a sus años de infancia.

—Pues yo, estoy viendo a mi padre llevarme de la mano al malecón del puerto de la Caleta y después al museo, donde me enseñaba barcos que surcaron todos los mares, como las galeras y galeotas, bergantines, fragatas… Me contaba largas historias de marineros intrépidos y yo, acababa perdiéndome con ellos en los sueños.

—¡Bonitos recuerdos! —añadió Ibrahim mientras desanclaba su mirada de las olas y se sentaba sobre la regala de babor.

—¡Ojalá todos fuesen bonitos!, y, aunque fuese por un solo instante, ojalá pudiésemos cambiar los que no lo fueron —añadió Leo mientras la tristeza se hacía presente en su rostro—. Yo, no llegué a conocer a mi madre…, la perdí al nacer y no hay noche que pueda apartar de mi mente un sentimiento de culpa.

—Yo tampoco conocí a mi padre, si es que le puedo llamar así —el rostro de Ibrahim se tensó mientras dirigía su mirada hacia el horizonte. El viento azuzaba su cabello negro y tatuaba en sus ojos la imagen de un hombre sin rostro—. Violó a mi madre sobre la misma playa que antes recordaba y ella, sin vacilar un solo instante, le cortó el cuello. Era canario, pescador, un mal bicho que dejó para siempre de hacer daño.

—No lo entiendo, Ibrahim, me dijiste que tu padre se llamaba Hussain, que era saharaui, que te había enseñado cómo orientarte en el desierto y que viajaste con él a Tombuctú.

—Bueno, sí, eso te dije y es cierto. Hussain es el hombre que se casó con mi madre años después en Tifariti. Una buena persona y el padre que todo el mundo desearía tener. Creo que harían buenas migas el tuyo y el mío.

—¿Cómo tú y yo? —disparó Leo mientras se echaba sobre él con la intención de estrujarle los testículos.

—¡Para Leo!, o te doy.

El cañonero Canalejas echó anclas frente a la bahía de Santa Cruz de la Mar Pequeña al amanecer del día siguiente. El intento de ocupación llevado a cabo el año anterior, por el comandante Cañizares a bordo del Almirante Lobo, había sido un fracaso que se saldó con la muerte de algunos nativos y el regreso de la expedición a la península. En esta ocasión, una reunión previa con los jefes de la cabila El Mesti, de la tribu bereber Ait Baamarani, ayudó a crear las condiciones idóneas para llegar a un acuerdo. El gobierno español ofrecía protección a los nativos, blindar la zona y mejorar las condiciones de vida de los lugareños.

—Pasa Manuel —le dijo el coronel Capaz al teniente después de regresar de una primera reunión con los jefes de la cabila—, dígame, ¿cómo ha ido el encuentro?

—Bien coronel, me atrevería a decir que mejor imposible, Karim Ben Jesa ha autorizado el desembarco.

—Buenas noticias, teniente, no era bueno desencadenar una guerra dada la tensión política que hay en la península en estos momentos. Las muertes, que seguro habría de uno y otro bando, no ayudarían a normalizar la situación. Los políticos solo piensan en mantenerse o acceder al poder, solo les importan los muertos para utilizarlos como arma arrojadiza, ¿no le parece?

—Así es, coronel, espero que sus gestiones aquí sirvan para rebajar la tensión en la península, aunque, lo que se dice en el protectorado es que la cosa está que arde.

—¡Ojalá fuese así!, pero me temo que ni Dios puede ya parar la que se avecina. Pero bueno, vallamos a lo nuestro, teniente. De la orden para que arríen los botes.

—No, coronel, quieren que un cárabo se acerque a recogernos y nos lleve a tierra.

—Muy prudentes estos bereberes, yo, hubiera hecho lo mismo. Esperaremos.

—¿Cuántos hombres desembarcarán?, coronel.

—Solo tres, teniente, les tranquilizará ver un grupo poco numeroso. Vendrá usted conmigo y algún regular de su grupo que hable hassaní. Imagino, que no tardarán en venir a recogernos.

El coronel Capaz, el teniente González y el soldado Ibrahim abordaron el cárabo que, un par de bereberes de la tribu de los Ait Baamarani, habían acercado al Canalejas. Llegar a la playa sin incidente alguno y ver a Ben Jesa, solo y esperándolos, fue algo que el coronel interpretó como buena señal.

Se sentaron a la sombra de una carpa improvisada y Karim Ben Jesa les ofreció *kesra,* un sabroso pan de origen bereber, y un cuenco con *leben*, leche agria, que le hizo recordar a Ibrahim aquellos días en los que su padre, Hussain, se reunía con los comerciantes en Tombuctú.

—El interés de nuestro gobierno —explicó el coronel Capaz a Karim Ben Jesa— es, en primer lugar, definir la zona fronteriza según los planos que el capitán Diego de Herrera levantó en el año 1476 tras tomar posesión del territorio; en segundo lugar, nuestro gobierno protegerá el territorio de cualquier injerencia extranjera que pueda poner en peligro la soberanía española o la vida de los que aquí habitan, sean o no nativos; y, en tercer lugar y en el plazo más breve posible, nuestro gobierno construirá un número suficiente de viviendas, además de una escuela y un centro de atención médica, para que mejore la calidad de vida de los vecinos.

El coronel Capaz hablaba árabe y sus explicaciones en líneas generales fueron entendidas, no obstante, y a instancias de Ben Jesa, Ibrahim hizo algunas aclaraciones en hasaní para que las propuestas del coronel fuesen entendidas en su totalidad. Pese a la larga reunión y las buenas maneras, Karim Ben Jesa no dio una respuesta inmediata, pero tampoco la demoró demasiado. A la mañana del día siguiente, después de haberse reunido con los notables de la tribu, aceptó la propuesta y se firmó el acuerdo de unión del territorio de Santa Cruz de la Mar Pequeña a España. Después de cuatrocientos años, un enclave a orillas del Atlántico, frente a la costa de las islas Canarias, se convertía en una provincia más en el noroeste de África, Sidi Ifni.

Los compromisos adquiridos empezaron a cumplirse sin demoras. En las proximidades de Santa Cruz de la Mar Pequeña brotaron las edificaciones como los níscalos tras las lluvias otoñales en las altas montañas de la península; las fronteras quedaron establecidas y acordadas con los franceses; y, la seguridad de los nativos quedó garantizada con el asentamiento de policías y militares llegados de la península.

Tras el éxito alcanzado sin que se derramase una sola gota de sangre, el coronel Osvaldo Capaz fue ascendido a general y nombrado gobernador civil de la provincia. El teniente Manuel González, fue ascendido a capitan del acuartelamiento del grupo de tiradores de Ifni y los seis soldados del grupo Alhucemas que participaron en la operación: Mounir Kejji, Anir Joussa, Mohamed Chafic, Hassan Aourid, Leo González y Ibrahim Ahmed, entraron a formar parte del cuerpo de suboficiales con el rango de cabo y recibieron el emblema de los grupos de operaciones especiales del ejército de tierra. El soldado Driss Anir, que murió en el desarrollo de la operación, recibió los mismos reconocimientos a título póstumo.

Capítulo 8

Tifariti estaba a un par de días de viaje desde Santa Cruz de la Mar Pequeña. Ibrahim, por estar unos días en casa, hubiera ido en camello y hasta andando, pero, disponiendo de permisos cortos, la única manera de recorrer ese trayecto de unos quinientos kilómetros era con un vehículo motorizado. El coronel Capaz, disponía de una Royal Enfield con motor de 350cc para desplazarse por la región y la mayoría de las veces, Ibrahim y Leo le acompañaban para garantizar su seguridad. Uno u otro se alternaban conduciendo mientras el coronel, sentado en el sidecar, disfrutaba verificando el cumplimiento de lo pactado con Karim Ben Jesa y de un puro palmero, hecho a mano en Breña Alta, en la isla de La Palma y que su amigo, el general Francisco Franco, le enviaba periódicamente desde Canarias.

Pese a la corta distancia y la hammada árida y pedregosa que enlentecía y endurecía la marcha, no había día que Ibrahim no ansiase visitar a sus seres queridos. Habían pasado dos años desde que partió a Segangan y ahora, en Santa Cruz de la Mar Pequeña, a orillas del atlántico, su atuendo saharaui permanecía colgado en la taquilla del cuartel sin que una mota de polvo anidase en sus costuras.

Pero su situación había cambiado después de su ascenso y su implicación en las negociaciones con Karin Ben Jesa había dado tan buenos frutos, que ni los dulces dátiles eran más apreciados por los mandos del acuartelamiento. Todo ello y la buena relación con el capitán González y el coronel Capaz, le ayudaron en conseguir un permiso para ir a visitar a su familia.

Ibrahim atravesó el portón del modesto acuartelamiento conduciendo la Royal Enfield con su túnica de algodón de color pardo, que cubría y protegía su cuerpo de las altas temperaturas. Su turbante, aceitunado, anudado a su cabeza, dejaba a la vista poco más que el precioso color café de sus ojos y una cálida mirada incrustada en la bóveda de su cielo blanco. Un cinturón, de cuero de piel de vaquetilla repujado, mantenía la daga sujeta a su cintura.

Condujo en solitario con la elegancia de un príncipe del desierto. Su juventud lucía esplendorosa como el sol al atardecer mientras su sombra y la de la Enfield ondeaban sobre la arena de la hammada. Era el mes de febrero y por la noche la temperatura, en las estribaciones del Anti-Atlas, bajaba hasta la mitad de la alcanzada. Deseaba llegar a Tifariti y abrazar a sus seres queridos, pero, hasta que llegase ese momento, la soledad era la compañera que le ayudaba a ordenar imágenes y pensamientos.

El sol, al anochecer, fruncía sus anaranjados fulgores y se posaba sobre el horizonte de un desierto que, en el pasado, albergó en sus entrañas las semillas que cubrieron de verde su piel, hoy, seca y cuarteada como la de una anciana. En el codo de una vaguada paró el motor y después de recoger algunas ramas de acacia, prendió un fuego acogedor que mantuvo alejado el frescor de la noche.

Bajo el azul oscuro y en compañía del fuego y del silencio, no tardó en entregarse al sueño. Las primeras imágenes brotaron entre las llamas y parpadeos, cada vez más seguidos, cada vez más perezosos... «*Dahia, su madre, se acerca y le arropa en su pequeña habitación del cuartel de Dakhla; él, entorna los ojos, se hace el dormido mientras Shara aviva el fuego cerca del oasis de Bir Tigissit. Las llamas balancean su rostro y sus labios le llaman sin pronunciar su nombre; ella, se acerca y él, entreabre los labios para besarla y sus ojos se cierran..., en la oscuridad, jinetes se acercan enarbolando sus fusiles, disparan y cae sobre la arena...».* Los disparos le arrancaron del sueño y los destellos de las detonaciones se diluyeron en la brasa de un fuego que perdió las llamas entre el anochecer y las primeras luces del alba.

No tardó en correr la voz en Tifariti de que habían visto entrar a Ibrahim en la jaima de Hussain. Shara, encorralaba las cabras cuando le llegó la noticia. Corrió como si a su cuerpo le hubieran crecido alas y, sin haberlo reflexionado ni un instante, se encontró desplazando a un lado el tapiz que cubría la entrada de la jaima. Dahia, Ibrahim y Hussain, todavía abrazados, dirigieron sus miradas hacia ella. En ese preciso instante en el que el mundo se detiene y la incertidumbre convierte los cuerpos en estatuas, un beso imaginario se detuvo a las puertas de su boca que, entreabierta, evidenciaba su profundo sentimiento de afecto hacia Ibrahim.

—Hola, Shara —dijo Dahia acabando con el repentino silencio que había dejado los cuerpos en pausa—, pasa, no te quedes en la puerta, mira quien está aquí.

El salvavidas de Dahia neutralizaba la situación y daba la oportunidad a Shara de buscar una explicación sobre su llamativa aparición en la jaima. Las palabras se amotinaban en su mente y se veía incapaz de escoger las más adecuadas.

—Están aquí —soltó a bocajarro dándose cuenta de lo tonta que sonaba la frase en sus oídos incluso antes de salir de su boca—, quiero decir…, que las cabras del abuelo ya están en el corral…, como siempre y que yo…

Ibrahim se acercó a ella y la abrazo mientras Hussain buscaba en los negros ojos de su esposa Dahia algo que supiese ella y él no estuviese al corriente, pese a que estaba acostumbrado a verlos salir juntos del poblado conduciendo el rebaño, un día sí y otro también, hacia el oasis de Bir Tigissit. Ahora, empezaba a explicarse por qué Ibrahim se levantaba antes de haberse despertado, secaba los restos de leche de sus labios antes de haberla bebido, volaba antes de correr y corría antes de dar el primer paso. Tal explosión de alegría y vitalidad la achacaba al florecer de sus años mozos y, por lo más remoto, había imaginado que tras el polvo que levantaba del rebaño, había un joven y una hermosa mujercita cuyos corazones palpitaban con más brío que el de las cuatrocientas cabras que llevaban al oasis. «Mejor callar y dejar que el tiempo haga su trabajo», se dijo Hussain mientras ponía su brazo sobre el hombro de Ibrahim y le llevaba fuera de la jaima.

—¡Ejem…!, tienes que explicarme cómo van las cosas por Segangan —le dijo mientras caminaban hacia los corrales—, hace meses que no recibo noticias de Bens y llegan rumores de que algo se cuece a orillas del Mediterráneo. Tanto silencio alerta hasta las cabras.

Ibrahim le habló del interés de España en consolidar su presencia en el protectorado de Marruecos, del accidentado viaje desde Segangan, del teniente González, del Canalejas, de su amigo Leo, del éxito de la ocupación de Santa Cruz de la Mar Pequeña sin derramamiento de sangre y de los acuerdos con Karim Ben Jesa.

En general, lo que escuchaba Hussain era tranquilizador y la ansiedad latente que padecía provocada por la falta de noticias, se desvanecía con cada paso que daban. Todo parecía estar más o menos en orden en el entorno próximo, pero en la península la tensión política, de la que Ibrahim prefirió no extenderse, era para preocuparse y preocupar a los demás.

Mientras en Tifariti disfrutaban de las dulces horas ajenas a lo que sucede más allá de donde la vista alcanza, en el nuevo acuartelamiento de Ifni, el coronel Capaz se reunía con el capitán González tras recibir informes de la capitanía general del gobierno republicano.

—Siéntate Manuel —le dijo sin más preámbulos nada más entrar en su despacho.

—¿Todo bien, mi coronel?

—Bueno, según como se mire. He recibido orden de trasladarme a Ceuta, lo que me hace pensar que dan por innecesaria mi presencia aquí, ah, y me ascienden a comandante general de la plaza.

—Enhorabuena, coronel.

—Gracias Manuel, pero no es eso, en el ejército siempre hay un motivo, lo que me lleva a pensar que algo gordo se está cociendo.

—¿Qué insinúa coronel?

—Pues que la cosa no va bien. Los resultados de las elecciones de febrero dan por vencedor al Frente Popular.

—Bueno —señaló Manuel—, estamos como estábamos, sigue gobernando la izquierda.

—Sí, y no me parece mal la alternancia de unos y otros, pero una coalición de siete partidos de izquierda que agrupa, entre otras formaciones, a socialistas moderados con extremistas, marxistas y sindicalistas, me quita el sueño. Por otro lado, los resultados han estado muy igualados, los votantes de izquierda han superado en escaños, pero no en votos a la derecha.

—Llevamos varios años seguidos con elecciones y cada dos por tres hay cambios de gobierno —apuntó Manuel—. Es difícil gobernar un país así y, aunque todo el mundo quiera paz y estabilidad, los diferentes intereses no van a poner la cosa fácil.

—Así lo creo. Según las noticias que me llegan, los extremistas de izquierda asaltan las sedes de los partidos y de los periódicos de derecha y, por si no fuera suficientemente grave, han señalado a la Iglesia como una de las causas de todos los males.

—¿La Iglesia?

—Al parecer, se han producido varios asaltos a templos y conventos. No quiero pensar lo que les habrán hecho.

—¿Y la derecha?

—La derecha, esperando que los militares solucionemos un problema que ni los políticos de izquierda ni los de derecha han sabido resolver.

—Sí, pero los militares tenemos sensibilidades diferentes y no deberíamos inclinarnos por ninguna opción política.

—No te engañes Manuel, en las regiones que gobierne la izquierda, los militares seguirán sus órdenes y lo mismo en las que gobierne la derecha.

—Si es así —dijo Manuel—, los políticos están formando dos bandos y presionando a los militares para que se pronuncien en uno u otro sentido.

—Así es, y, si no me equivoco, Dios lo quiera, todo esto acabará en una guerra civil —apuntilló el coronel Capaz—, aunque de momento, el gobierno del Frente Popular se limita a tomar medidas con algunos militares. Al general Mola le han enviado a Navarra, a Franco, a las Canarias, a mí a Ceuta y quién sabe lo que queda por venir.

—Y nuestra unidad, ¿seguimos en Ifni o regresamos a Segangan?

—Por lo visto, nuestra misión aquí ha terminado. Una unidad de la legión y los baamaranis se harán cargo de la colonia y vosotros regresáis a Segangan.

Los viajes de Ibrahim a Tifariti, habían llegado a su fin. Finalizaba el mes de marzo de 1936 y los hombres de la Unidad de Segangan, a las órdenes del capitán Manuel González, prepararon sus petates en el acuartelamiento de Santa Cruz de la Mar Pequeña para regresar a Segangan. Aquella última noche, después de dar la bienvenida y cenar con la unidad de legionarios y los amigos baamaranis, Ibrahim, sentado en el pequeño malecón del puerto y observando a la luna platear la superficie del agua, le daba vueltas a la idea de dejar el ejército, regresar a Tifariti y dedicar su vida a todo aquello que anhelaba en sueños. Por otro lado, la idea de distanciarse de su amigo Leo y de las excitantes aventuras que habían vivido juntos no le hacía ninguna gracia. También, sabía que no serían las últimas y que su amistad, se fortalecería con el pasar de los años. Aquella noche, antes de entregarse al sueño, escribió a Shara.

Querida Shara,

El capitán González nos ha comunicado que mañana salimos a primera hora hacia Segangan. Al parecer, según me cuenta Leo, oyó decir a su padre que hay bastante tensión en la península y que quizás sea ese el motivo por el que regresamos al cuartel.

Acabo de hacer el petate y aprovecho este momento para escribirte. Estos meses han sido los mejores de mi vida. Poder estar contigo y con la familia, en mis escapadas a Tifariti, ha sido un regalo que no me esperaba cuando llegué a Santa Cruz de la Mar Pequeña. Ojalá pudiese seguir aquí más tiempo, porque me permitiría seguir viéndote, pero estoy en el ejército y eso obliga a cumplir las órdenes tanto si me gustan como si no. Quizás, dentro de algún tiempo, que presumo será más pronto que tarde, mi vida sea otra y, entonces, regresaré a casa para seguir nuestro camino.

Dice un proverbio bereber que «Las cosas no valen por el tiempo que duran, sino por las huellas que dejan». Tiene razón el proverbio, porque lo que siento por ti se debe más a los momentos felices que hemos compartido que a la cantidad de días que hemos estado juntos. No sé cuántos han sido, pero sí sé lo que sentí cuando te conocí. Apenas teníamos quince años cuando llevábamos el rebaño de mi abuelo hasta el oasis de Bir Tigissit, nos echábamos sobre la arena y mirábamos las estrellas. No me atreví a acercar mi mano a la tuya y los besos que soñaba se quedaron a medio camino. Todos esos momentos que pasamos juntos y los que hemos estado estos últimos meses han sido lo mejor de mi vida. También, lo han sido los que hemos pasado con la familia a la que siempre echo en falta.

Dile a mis padres y abuelos que salgo hacia Segangan y que quizás pase algún tiempo sin que pueda ir a visitarlos. Diles que los quiero y que volveremos a vernos.

Ya casi no hay luz que alumbre las letras que te escribo. A través de la ventana veo ponerse el sol en el horizonte de este inmenso mar Atlántico. Siempre estás conmigo, mi amor, luciendo más que las estrellas. Te seguiré viendo entre ellas, sea cual sea el lugar en que me encuentra y la ventana por la que me asome.

Te quiero. Siempre tuyo,
Ibrahim
2 de marzo de 1936

Capítulo 9

"Estrella de plata, la que más reluce, por qué me llevas por este calvario llenito de cruces...".

La canción de Imperio Argentina que amenizaba la tarde en la cantina del cuartel de Segangan enmudeció en la vieja Philco 37 cuando el conocido locutor Ángel Soler, de la emisora Radio Madrid, informaba de una noticia de última hora.

—Leo, sube el volumen —le dijo el sargento López mientras dejaba al descubierto una pareja de ases sobre la mesa.

«Según me informan desde el Congreso de los Diputados, el vicepresidente Jiménez de Asúa, del grupo socialista, ha sido objeto de un atentado, al parecer llevado a cabo por un miembro de la falange...».

—Como te dije, la tensión va en aumento —comentó Leo— y se está pasando de las palabras a los hechos.

«...me comunican que el vicepresidente ha resultado ileso, pero que ha fallecido su escolta...».

—¿Quieres decir, Leo? —dijo Ibrahim—. Aunque quizás tengas razón, porque si nos tienen aquí moliéndonos de sol a sol será por algo.

—Ayer —prosiguió Leo—, fui al despacho de mi padre a llevarle el correo y le oí hablar por teléfono sobre una reunión secreta de militares destacados descontentos con la política del gobierno del Frente Popular. Me quedé tras la puerta escuchando y al parecer un tal Mola, Varela, Franco y otros que no recuerdo, se han pronunciado a favor de la sublevación.

—¿Y tu padre, se apunta a la revuelta?

—Mi padre es militar, de política, siempre dice que no entiende y que serán otros los que decidan su destino. Para mí, creo que está indagando a ver en qué lado se posicionan los militares de rango, sobre todo, sus superiores y, a partir de ahí, hacerse una idea de con quién tendrá que combatir.

—Pues si quieren saber cómo se posiciona tu padre lo tienen claro —añadió Ibrahim mientras volvía a barajar las cartas—, el capitán Manuel no se pronuncia ni sobre qué calcetines va a ponerse. Diría que la preocupación no es por él, sino por ti.

—Dímelo a mí. Me imagino lo que le debió costar responder al cura cuando le preguntó: *«¿Manuel González, quiere usted casarse con Lucía López, amarla y cuidarla ...?» y mi padre* diría: *«Sí, creo que sí»*.

—Anda, Leo, no seas exagerado. Conozco a tu padre y no le tiembla la voz cuando tiene que dar órdenes. No me le imagino diciendo: *«¿Qué os parece si atacamos?»*.

Como de costumbre, la conversación acabó bromeando, con reparto de collejas y manotazos que ambos iniciaban y que ninguno encontraba el momento de pararlos.

Cierto es, como dice el refrán, que *«Cuando el río suena agua lleva»*. No había día que pasase sin que, por uno u otro motivo, las voces de Imperio Argentina, Concha Piquer o de Manuel Molina, entre otros, se interrumpiesen con nuevas noticias. Ni con los "Angelitos negros" de Machín, que tanto gustaba a blancos y negros, llegaba a escucharse la última estrofa en las que se reivindicaba el derecho a ser iguales, por lo menos, en los frescos de las iglesias.

Las dimisiones, los ceses, las destituciones, los traslados, los encarcelamientos, las ejecuciones y los asesinatos estaban a la orden del día. Tanto la izquierda como la derecha se radicalizan y los más exaltados, como los anarquistas y bolcheviques, campaban por sus fueros ocupando haciendas, profanando iglesias, enfrentándose con militantes de otros bandos o incitando a huelgas generales.

En el protectorado español de Marruecos se vislumbraba una mayor inclinación de los militares por la sublevación, a pesar de que algunos de sus mandos habían sido nombrados expresamente por el gobierno republicano. La guerra de Rif había propiciado la unión de los militares en torno a un propósito y los partidarios de la monarquía o de la república dejaron aparcadas sus inclinaciones políticas y se centraban en un objetivo común, ganar la contienda.

—Entre los próximos días 5 y 12 de julio se llevarán a cabo las habituales maniobras conjuntas en Llano Amarillo —empezó diciendo en la comandancia militar de Melilla el general de brigada Manuel Romerales a los altos mando del Ejército de África que estaban convocados—. Como cada año, participaran más de veinte mil hombres de las agrupaciones militares de la circunscripción occidental, al mando del general Gómez Morato y de la oriental, que estará bajo mis órdenes. ¿Alguna pregunta?

—Se dice, mi general —intervino el capitán Álvarez tras ponerse en pie—, que desde el estado mayor de Tetuán y Melilla se ha propuesto al ministro Quiroga el aplazamiento de las maniobras. ¿Es posible que se aplacen?

—En el ejército como en la vida —respondió Romerales echando balones fuera—, todo es posible capitán Álvarez. Hoy, nos ordenan llevar a cabo esas maniobras que, por otro lado, son las habituales en estas fechas, ¿alguna cosa más?

—Disculpe mi general que insista en el tema, pero, por las noticias que recibimos, la tensión y los enfrentamientos políticos son cada vez más graves, incluso llegan noticias del malestar en algunos acuartelamientos de la península. ¿No sería más prudente un aplazamiento de las maniobras?

—Lo que a usted le parezca, al ministro Quiroga no le importa en absoluto y a mí tampoco. Recuerde que está en el ejército, que es militar, no periodista, y aténgase a las órdenes de sus superiores. Por otro lado —añadió el general de brigada Romerales con un ostensible cambio de tono en su voz—, ir al campo, a Llano Amarillo, servirá para relajar las tensiones.

Tanto en el cuartel de Segangan, como en otros cuarteles del protectorado y también durante las maniobras en Llano Amarillo, no se hablaba de otra cosa más que de los dimes y diretes sobre la inminente sublevación. En conversaciones privadas, pero también en público, los oficiales y suboficiales de las unidades se pronunciaban moderadamente en contra del levantamiento, pues no eran momentos para significarse y lo que procedía era dedicarse a las tareas rutinarias como si nada se estuviese cociendo. Pero las conversaciones iban por otros derroteros cuando se hablaba en pequeños grupos en los que la amistad, la confianza o el vino desataba la lengua y se ponía sobre el tapete lo que pensaban, sentían o en qué lado se posicionarían en el caso de que se produjese el levantamiento. Si oficialmente se hacía llegar al gobierno un «*Sin novedad, todo en orden en el protectorado*», lo que llegaba a Madrid extraoficialmente eran los rumores de que determinados mandos habían acordado, entre otros, el teniente coronel Yagüe, jefe de la legión en el acuartelamiento de Dar Riffien, en Ceuta; el coronel Solans, en Melilla; el general Franco, en las islas Canarias; o los generales

Mola, en la península y Sanjurjo, exiliado en Portugal. El levantamiento iba a producirse y estaban ultimando la fecha.

Leo cenó esa noche con su padre con el objetivo de recabar información que pudiese compartir con Ibrahim.

—¿Qué dicen los oficiales sobre los rumores que corren sobre el posible levantamiento? —le preguntó Leo a su padre.

—Pues lo que todo el mundo sabe y calla, es un hecho y ya no hay marcha atrás. El gobierno está al corriente y en los cuarteles se están cancelando los permisos a los soldados. Estoy convencido de que saben en qué bando combatirán unos y otros. La verdad, es que los rumores han dejado de serlo y que más pronto que tarde estaremos en guerra.

—Se veía venir —añadió Leo.

—Pronto nos enviarán a la península. Si quieres, Leo, hago algunas gestiones para que te quedes en Segangan, algunos tendrán que quedarse.

—No, ya quedamos que si estaba en tu unidad nada de privilegios. Además, quiero ir contigo.

—Como ya tienes toda la información que andabas buscando, puedes escribir a los abuelos y diles cómo anda la cosa. Ah, y si quieres, dile a tu amigo Ibrahim que escriba a su casa, quizás tarde en volver a verlos.

Mi querida Shara,

Siento no haberte escrito antes como era mi deseo. La actividad en el acuartelamiento, como el calor, han ido en aumento estas últimas semanas de primavera y de inicio del verano y, cuando regreso ceno algo y caigo a plomo sobre la litera. Hoy no es diferente, pero quería que supieses que mañana, dos de julio, salimos de maniobras hasta el próximo día doce y es bastante probable que no pueda escribirte.

Las maniobras se llevan a cabo en Llano Amarillo. Dicen que lo llaman así, porque en primavera una alfombra de flores silvestres de color amarillo cubre la llanura de Ketama, en las montañas del Rif. ¡Cuánto me gustaría ir allí contigo! Espero que las maniobras que se han organizado y en las que participa prácticamente todas las unidades del Ejército de África, sean más llevaderas.

Cuando tenga permiso y podamos hacerlo, quiero que vayamos allí para poder compartir contigo la belleza de estas montañas llenas de cedros, higueras, almendros..., flores de todos los colores y plantas, algunas, como el cannabis, muy codiciadas por los europeos. El contraste con el desierto y su escasa vegetación es enorme, pero todo se encuentra bajo el mismo cielo. El sol sale y se pone con la misma belleza y, la luna y las estrellas, lucen igual que las que contemplamos juntos algunas noches en Tifariti. Cuando esté con ellas, cerraré los ojos, te imaginaré a mi lado, cogeré tu mano y en su palma depositaré un beso que deberás devolverme cuando volvamos a vernos.

A mis padres, les dices que estoy bien, deseando abrazarlos, aunque dudo que pueda ser pronto porque tanto entrenamiento no es lo habitual y, por las noticias que nos llegan, algo gordo está por venir. Diles también que sé cuidarme, que el camino puede ser largo y los días infinitos, pero más pronto que tarde volveré a casa.

Te quiere, Ibrahim.
Cuartel de Segangan
4 de julio de 1936.

El 13 de julio, cuando las unidades regresaron a sus cuarteles desde Llano Amarillo, Yagüe recibió una llamada diciéndole que el diputado, derechista y monárquico, Calvo Sotelo había sido asesinado.

—¿Asesinado? —dijo ligeramente sorprendido Yagüe—, ¿cómo ha sido?, ¿se conoce la autoría?

—Le fueron a buscar a casa —se oyó al otro lado de la línea—, le dejaron despedirse de su mujer, se lo llevaron y lo fusilaron. Su cuerpo apareció en el depósito de cadáveres.

—Ponme con el general Mola —le dijo Yagüe al sargento de trasmisiones poco después de reunirse con los oficiales.

—¿General Mola?

—Si, dime Yagüe.

—La noticia del asesinato de Calvo Sotelo ha sido la gota que ha hecho rebosar el vaso, por lo que a mí concierne, ya no hay indecisos sobre el levantamiento.

—Sí, —respondió Mola—, aquí tampoco ha sentado bien a los mandos de la mayoría de los acuartelamientos y están comprometiéndose a favor del golpe contra el gobierno del Frente Popular. Cuatro tiros y los mandamos al otro barrio.

—Lo entiendo, cuando llegue el momento ya no serán palabras, serán hechos y todos tendrán que mojarse.

—Desde luego, el no pronunciarse está llegando a su fin, entonces, sabremos de qué pie cojea cada uno.

—Aquí, en el Ejército de África, todo está preparado y listo para entrar en acción. Esperaremos fecha y hora.

—Pronto tendrás noticias mías —concluyó el general Mola antes de colgar el teléfono.

Capítulo 10

—Torre de control de Croydon, aquí Echo-Charlie-Charlie-G-ACYR entrando en pista de despegue, solicito autorización para despegar.

—Echo-Charlie-Charlie-G-ACYR, aquí torre de control de Croydon, autorizado despegue inmediato.

La madrugada del sábado 11 de julio de 1936, el Dragon Rapide despegó del aeropuerto de Croydon pilotado por Cecil Bebb, un experto piloto inglés al que se le había confiado la misión de trasladar a un líder español desde Canarias a Marruecos. Con él, viajaba el periodista malagueño Luis Bolín, una de las caras visibles de un grupo de conspiradores contra el gobierno de las fuerzas de izquierda, conocido como Frente Popular durante la Segunda República.

Nada más despegar, la pequeña avioneta de siete plazas se perdía tras la baja y espesa niebla que envolvía el aeropuerto londinense. Apenas superados los cien metros de altura, el paisaje cambió sustancialmente. El sol se asomaba por el horizonte pintando el techo de las nubes con tonalidades nacaradas y reflejos irisados. El cielo, mostraba su azul profundo en su parte más alta y se desvanecía progresivamente hasta fundirse con el blanco de las nubes. Bebb, conocedor del espectáculo que se avecinaba, había invitado a Bolín a sentarse en el asiento del copiloto.

—No me canso de ver este paisaje una y otra vez, —le dijo Bebb a Luis Bolín.

—Si no se ve, no se cree —apuntó Bolín—, los colores del cielo y estas nubes de algodón te transportan a otro mundo, no a este, sino a aquel en el que los seres humanos conviven en paz y en armonía.

—Desde luego, no es el que tenemos bajo el fuselaje. ¡Dios!, qué complicado es este mundo. A veces, cuando vuelo y me distancio de él, encuentro el sosiego y la paz a la que todo ser humano aspira.

La espesa niebla se quedó en el Reino Unido cuando la avioneta sobrevolaba el Canal de la Mancha en dirección a Francia. Harry, el mecánico, había caído en un profundo sueño y Thomas, el operario del radiotelégrafo informaba a Londres sobre la evolución del vuelo.

—Al parecer, las cosas están muy tensas en tu país —reanudó la conversación el piloto sin mostrar demasiado interés en recibir noticias preocupantes.

— ¿Y dónde no? —respondió el periodista consciente de que no debía facilitar ningún tipo de información sobre la misión que se estaba llevando a cabo—, desde el crac del 29, las cosas no han ido bien en ningún lugar del planeta. La crisis económica ha generado crisis sociales y mucho malestar. Los políticos que ostentan el poder se resisten a perderlo y, la masa trabajadora, encendida por los líderes bolcheviques o por cualquier otro tipo de agitadores, no piensan en otra cosa que en quitárselo.

—Así es, amigo Luis, espero poder seguir volando y disfrutando de la vida porque yo, poca cosa más puedo hacer.

—Desde luego, no todo el mundo está en el meollo de lo que se cuece —respondió Bolín mientras se decía «valla exhibición de egoísmo me ha dado este pollo, con la pasta que ha cobrado. Este se vende al mejor postor».

—¿Meollo? —solicitó aclaración el piloto.

—Si…, en el asunto…, en el quid…, en lo que pasa —respondió el periodista Bolín sin ningunas ganas de continuar la conversación.

La avioneta tomó tierra por primera vez en Burdeos para recoger a Luca de Tena, director del periódico ABC. La segunda, en Biarritz para repostar; la tercera, en el aeropuerto de Lisboa, con la excusa de falta de combustible, aunque el verdadero motivo era para asistir a una reunión con el general Sanjurjo, exiliado en Portugal tras su fallido golpe de estado de 1932.

—Esto no tiene marcha atrás —comentó el general Sanjurjo mientras apuraba una copa de Arinto de Bucelas que acompañaba a un suculento bacalao a *brás* que conquistó el paladar de Tena y Bolín.

—Así es —añadió Tena—, hay mucho dinero invertido y muchas personas importantes implicadas, tanto del país como de fuera. Como es lógico, no las puedo citar, pero os aseguro que no darán un paso atrás. Esta vez, no podemos fallar.

—Si el gobierno del Frente Popular se mantiene en el poder, el país sucumbirá en manos de comunistas, nacionalistas y otros de la misma calaña —prosiguió el general—. Asumiré el mando tal como acordamos con Mola y Franco y, el golpe, se llevará a cabo en la fecha establecida.

Al atardecer del 12 de julio El *Dragon Rapide* llegó, como estaba previsto, a Casablanca. Esta vez, el motivo del aterrizaje era para ajustar alguna pieza de la aeronave tal como se especificaba en los partes de vuelo, pero, lo cierto, es que debían esperar instrucciones de Sanjurjo. Bolín, Tena y el piloto se alojaron en el hotel Carlton. Durante los dos días que estuvieron allí, las noticias, de todo tipo, se sucedieron una tras otra como si hubieran esperado ese momento para hacerles dudar sobre la viabilidad de la sublevación.

El mismo 12 de julio Franco envió un mensaje al general Mola, uno de los cabecillas de la conspiración, en el que le comunicaba que se retiraba debido a los insuficientes apoyos: «*Amigo Emilio, no estoy dispuesto a perder mis pelotas ni a que me envíen a Pernambuco por una chapuza de golpe. Conmigo no cuentes si no está claro quienes están a nuestro lado. Aclárate y acláramelo*». Con esta noticia, se fueron a dormir con la incertidumbre en sus cabezas. No sería la única noticia. Al día siguiente, el 13 de julio, mientras desayunaban, escucharon por la radio el siguiente comunicado: *«Aquí, la BBC News informando desde la ciudad de Londres. Esta madrugada, el diputado del partido monárquico Renovación Española, José Calvo Sotelo, ha sido asesinado por un miliciano socialista con un tiro en la nuca...»*.

—¡Joder! —soltaron al unísono mientras la leche se cuarteaba en sus estómagos.

—¿Cambia algo? —preguntó Bolín mientras sacaba con la servilleta los restos de *ghriba* de pasas sultanas adheridos a sus labios.

—Nada, no cambia nada —respondió con firmeza Tena—, por nuestra parte, el plan sigue adelante como estaba previsto y así se lo haré saber a Sanjurjo, a Mola y a Franco. Por cierto, Franco, después de sus titubeos iniciales, ha confirmado su participación al enterarse del asesinato de Calvo Sotelo y, sobre todo, después de que Sanjurjo, le encomendase capitanear la rebelión desde tierras africanas.

—Franco no se va a contentar con migajas —comentó Bolín— lo suyo es estar en cabeza, aunque tenga que caminar sobre las de ellos.

Desconocedor de estas noticias y de los planes que se llevaban entre manos tan ilustres hispanos, Bebb, dormía a pierna suelta después del ajetreo que le entretuvo durante toda la noche en la suite que ocupaba en el hotel y que, como no podía ser de otro modo, pagaban los conspiradores. Un par bailarinas profesionales del *shikat,* no pararon de mover sus caderas y ondular sus pelvis mientras el gramófono reproducía una y otra vez los variados timbres de percusión que invitaban a combinar movimientos rápidos y lentos. Esta sensual actuación se presentaba especiada con lentejuelas que pendían de los tostados pezones de sus cuerpos y de los trasparentes velos de colores que semiocultaban las partes más íntimas. Apenas algunos segundos separaban sus orgasmos oculares y, cuando las manos de las bailarinas dejaron de moldear el aire y aterrizaron sobre su cuerpo, Bebb, con la torre de control en ristre, alcanzó una vez más, aquella noche de incertidumbres golpistas, el reino de los cielos.

Enclaustrado en su habitación, Casablanca no conoció al piloto que había dejado en buenas manos una pequeña parte de las dos mil libras que Luis Bolín le había entregado en Londres. Ese despilfarro rondaba por su cabeza cuando oyó golpear, con alguna contundencia, la puerta de la habitación.

—¡Espabila Bebb! —le espetó Bolín nada más abrirse la puerta y ver como las damiselas se escondían, una tras las cortinas y la otra bajo las sábanas.

—No es lo que parece, Luis.

—¡Joder Bebb!, vístete…, despegas en una hora.

El día 14, el Dragon Rapide partió hacia Ifni para repostar. Una vez más el motivo era otro, debía esperar nuevas instrucciones de Tena y Bolín que se habían quedado en Casablanca, a su entender, para completar la faena que él había iniciado. Al día siguiente, un oficial del acuartelamiento de Santa Cruz de la Mar Pequeña, le entregó un sobre en la pequeña pista de aterrizaje en la que Bebb, "el acróbata del aire y de la cama", había pasado la noche durmiendo en la avioneta y recuperándose de las cabriolas con las bailarinas. Se frotó los ojos, y mientras calentaba agua en un pequeño hornillo para su té matutino, leyó la orden de partir hacia el aeropuerto de Gando, en Gran Canaria. Parcialmente recuperado aterrizó en Gando. Allí le esperaba un todoterreno que se acercó a la avioneta y un par de soldados le indicaron que debía acompañarlos a capitanía general.

—Siéntese, por favor —le dijo el general Luis Orgaz indicándole la silla que había frente a su mesa—, según la información de que dispongo, usted es el señor Cecil Bebb, de nacionalidad inglesa, ¿es así?

—Así es, señor —respondió escuetamente Bebb mientras su rostro mostraba una tranquilidad pasmosa.

—¿Cuál es el motivo de su viaje a la isla? —le preguntó el general Orgaz, desterrado a Canarias por supuestas conspiraciones contra el gobierno republicano. El general, quería asegurarse de que se estaba procediendo conforme al plan establecido y del que había sido informado por Sanjurjo.

—Pues verá, general, a mí me han contratado para que venga hasta aquí, recoja a un pasajero cuya identidad desconozco y le lleve a donde me indiquen en el momento del embarque. Ese es mi trabajo y por el que me pagan. No puedo añadir ni una letra más, ni tampoco estoy interesado en saber nada más.

—Bien, tal como dice, usted ha recibido instrucciones indicándole que aterrice en Gando.

—Así es, señor.

—¿Quién le ha dado esas instrucciones?

—Disculpe, pero no puedo darle el nombre de mi cliente.

—De acuerdo, pero sí podrá decirme de dónde ha despegado usted esta mañana.

—Sí, de Santa Cruz de la Mar Pequeña.

—Así me consta —respondió Orgaz.

—Entonces, ¿puedo irme?, o quiere que le cuente en qué ocupé mi tiempo en Casablanca.

—No, no..., sobre ese asunto ya tenemos información directa, pero..., gracias por comentar que estuvo en Casablanca, me ayuda en mis comprobaciones.

—Pues nada —respondió el piloto—, no sabía si debía preocuparme sobre las consecuencias que podrían derivarse de una de esas noches en las que uno pierde el oremus. ¿No le parece, general?

—Está bien —soltó Orgaz después de carraspear—, de momento es todo. Ah, y no abandone la isla sin avisarme.

—Así lo haré. Que tenga un buen día.

Capítulo 11

—¡Carmen, no me toques los cojones que bastantes cosas tengo ya en la cabeza!, he dicho que tú y la niña embarcáis hacia Francia y no se hable más.

—Pero Paco…

—Ni Paco ni leches, ha llegado la hora de llevar a cabo la tarea que Dios me ha encomendado y, por vuestra seguridad, debes hacer lo que te digo. Cuando todo esto acabe y os aseguro que no durará muchos días, volveréis a casa. Y ahora, déjame despachar con Francisco.

Francisco Franco Salgado, primo del comandante general de Canarias, entró instantes después de que Carmen Polo, esposa de general Franco, saliese contrariada y refunfuñando del despacho de su marido.

—Siéntate Francisco —le dijo Franco a su primo mientras ordenaba unos papeles— y cuenta, ¿qué noticias traes?

—El Dragon Rapide ha llegado a Gando y Orgaz, después de llevar a Cecil Bebb a su despacho, me ha dicho que sí, que es el piloto y el aparato contratado por Bolín.

—¡Bien, primo!, todo marcha según el plan establecido. Mi estancia en Tenerife ha llegado a su fin y la historia nos juzgará sobre lo que hagamos en adelante.

—¿Y Carmen?

—Carmen y la niña embarcarán en Las Palmas. Fuera del país estarán a salvo. La cuestión ahora es cómo nos vamos a Las Palmas sin levantar sospechas que puedan retrasar o echar por tierra el plan establecido.

—Un funeral justificaría el desplazamiento —insinuó su primo mientras Franco se acercaba a la ventana.

El Atlántico lucía el mejor de sus azules. Los alisios habían moderado tanto su intensidad, que la bandera tricolor pendía perezosa del balcón de la comandancia. La mar, en calma chicha, ofrecía una superficie que invitaba a caminar sobre las aguas. Franco, se veía levitando sobre ellas, caminando bajo el mismo cielo que otros valerosos conquistadores: cabeza ligeramente alzada; la mirada clavada en el horizonte; su mano derecha sobre la empuñadura del sable; fajín de seda rojo con entorchados y dos borlas doradas… Una luz resplandeciente, como la que suelen ver los muertos al final del túnel, le ofrecía una capa blanca de caballero cruzado con la cruz de los templarios.

—Paco, sería conveniente desplazarnos en barco para no levantar sospechas—, añadió Francisco, obligando a Franco a salir de su ensimismamiento.

Los ojos de Franco abandonaron el cielo, se giró y se dirigió, con la mano apoyada en la empuñadora de su pistola, a su mesa de despacho.

—¿Qué decías del funeral? —preguntó Franco.

—Todas las cruzadas demandan sacrificios, Paco.

—Balmes sería un buen candidato. Su afinidad con la política del Frente Popular le convierte, irremediablemente, en la primera víctima de esta cruzada —concluyó Franco mientras marcaba en el dial giratorio, uno a uno, los seis números del teléfono de Orgaz.

—Dime, Francisco.

—Mañana embarcaré hacia las Palmas con la excusa de asistir al funeral de Balmes.

—Pero…, Balmes no está muerto.

—Lo sé, te llamo por eso, para que le des el pasaporte hoy mismo —sentenció Franco—, ya sabes, con discreción y fuera de las instalaciones. Mañana voy a su entierro, no me falles.

La noche del 15 de julio, fue la última que pasaron Franco y su familia en la isla de Tenerife. Paco, como le llamaba su esposa Carmen, organizó una cena familiar de despedida a la que solo asistieron su esposa, su única hija, Carmencita de tan solo nueve años, y su inseparable primo Francisco.

Franco no reparó en detalles. Él mismo, subido en una silla, colgó del techo globos y guirnaldas de todos los colores, como si se tratase de la cena de Nochebuena. Puso farolillos con velas encendidas y sobre un mantel blanco que cubría la mesa, colocó, escrupulosamente, la vajilla completa de su boda y serpentines que se contorneaban entre platos, cubiertos y copas. Dado que era una cena familiar, les pidió a todos que vistiesen con la ropa habitual de estar por casa.

Aquella tarde, dando por hecho que iba a ser la última cena juntos, se implicó al cien por cien, incluso decidiendo el menú que escribió en unas tarjetas, y le pidió a Carmencita que las colocase sobre el plato de cada uno.

—Atiende, Carmencita, le dijo puesto en pie sobre la silla: primer plato, sopa de merluza, almejas y mejillones; segundo, medallones de ternera con verdura; y… ¿qué tomaremos de postre, Carmencita?

—¡Crema de limón! —gritó la niña después de soltar vítores y aplausos mientras se encaramaba a otra silla.

—Y, todo ello —continuó Franco de puntillas en el asiento—, acompañado por un Castillo de San Diego, blanco, con aroma de frutas de las Bodegas Barbadillo de Cádiz.

Franco y su primo asistieron esa última cena en Tenerife vestidos con pijama de rayas azules y gorro de dormir con un borlón que bailaba, con cada movimiento, de uno a otro lado de sus espaldas. Mientras esperaban la llegada de la comida y de las damas, apuraron el culo de la segunda botella de Barbadillo de las cinco que había sobre la mesa.

Las Carmencitas, vestían camisón largo hasta los tobillos de un blanco inmaculado, adornado con un medallón de la Virgen María bordado a la altura del corazón. La pequeña, sonriente, disfrutaba de las carantoñas con las que su padre la obsequiaba y la hacían reír. La consorte, asistía resignada recordando la fiesta nupcial que empezó mal, a causa del *Piper Brut del 18, y* acabó peor, después de que el novio acabase bailando la conga con sus compañeros de armas.

Franco, bendijo la mesa con la solemnidad que requería el momento y, puesto en pie, les dirigió unas palabras con la misma solemnidad que si estuviese dirigiéndose a toda la nación: «Esta, será nuestra última cena en Tenerife y la última que celebraremos hasta que termine esta santa cruzada. Dios, me ha pedido que lidere esta contienda contra las hordas comunistas que regentan hoy nuestra madre patria…».

—¡Bravo, papá! —gritó Carmencita mientras aplaudía.

—No me interrumpas, cielo.

—Calla Carmencita, no interrumpas a tu padre —insistió su mujer.

—Bien, prosigo, «…es mi deber como soldado…», —y las copas se llenaban con cada brindis, con cada juego de palabras, cada vez más dispersas, cada vez peor entonadas. El discurso continuó acompañado por la merluza, los medallones de ternera… y, al acabar la cena, se lanzaron al baile por bulerías con el palmear típico de una juerga flamenca. Ellas movían las faldas de los camisones como auténticas gitanas y ellos, taconeaban el suelo escupiendo olés a diestra y siniestra como los toreros. Franco, tambaleándose encima de una silla y con voz alzada, entonó una canción que, años más tarde, inmortalizó el rey del bolero Lucho Barrios.

Es mi niña bonita
con su carita de rosa,
es mi niña bonita
cada día más hermosa,
¡Ay!, es mi niña bonita
hecha de nardo y clavel
es mi niña bonita, es mi niña bonita
cuanto la llego a querer...

Fue suficiente un guiño de Franco para que su primo Francisco llevase a la pequeña a dormir y para que él se retirase a su habitación. Instantes después, iniciaba un estriptis ante una Carmen que, aunque habitualmente fría como un polo, aquella noche templaba y temblaba. Lanzada al aire la última prenda, tumbó a la parienta sobre el mantel blanco y la desplumó sin más preámbulos: le arrancó de cuajo el camisón, le rasgó las bragas y le embutió el minarete que, por corto, lo que es meterla no la mete, pero se deshace del ejército de espermatozoides humedeciendo los muslos de la parienta. La virtuosa Carmen se prestó a la embestida, entre Ave Marías encendidas, mientras el rosario avanzaba entre sus dedos, cuenta a cuenta, rezo a rezo, con suspiros y sollozos, suplicando la estocada que pusiera fin a esa noche de festejo, de pasión y desenfreno, de Barbadillo y moscatel que se inició al anochecer y acabó con las primeras luces del alba.

El 16 de Julio, Franco, recuperado, viajó en barco desde Tenerife a Las Palmas para asistir al funeral de general Balmes que, accidentalmente, había perdido la vida el día anterior mientras manipulaba.

—Este es el primer rojo que cae —le soltó Franco a Orgaz nada más acabar el entierro.

—La suerte está echada —añadió Orgaz.

—El gobierno del Frente Popular no se cruzará de brazos. Vendrán a por nosotros. La guerra, ha comenzado —sentenció Franco después de detener y encarcelar al gobernador civil de Las Palmas.

Esa misma tarde, de un caluroso mes de julio, se produjeron los primeros levantamientos de los militares que apoyaban la sublevación en los cuarteles del Ejército de África.

—Carmen, dentro de una hora cogéis el barco —le dijo Franco, visiblemente nervioso.

—Pero…

—No hay peros que valga, Carmen. Se acabó la fiesta. Ocúpate de la niña, pasea, toma el sol, reza, pero no me toques los cojones en estos momentos.

El buque alemán Waldi partió a las siete de la tarde hacia el puerto francés de El Havre. Salvo el beso en la frente a Carmencita y el abrazo comedido a su esposa, el resto fueron pocas palabras y caras largas.

—Paco —le dijo su mujer antes de poner un pie sobre la pasarela de embarque—, estoy harta de esta vida nómada, haz el favor de poner remedio a este sin vivir.

—Me va la vida en ello, lo haré.

Sin carantoñas ni sonrisitas, vestido de paisano y una pistola camuflada en el cinto, les hizo un breve saludo con la mano cuando subían por la pasarela. El Waldi levó anclas y maniobró para salir del puerto de Las Palmas. Franco, pensativo, apuntalado en tierra, con las piernas ligeramente separadas y las manos cogidas a su espalda, observó, desde el malecón del viejo puerto, la estela que dejaba el buque mientras se alejaba. Quería a sus Carmencitas y daría su vida por ellas a pesar de las licencias lascivas que se tomaba en sus momentos de asueto, en solitario o con algunos compañeros. La incertidumbre sobre si las volvería a ver provocó que una incipiente lágrima, amarga como la hiel, se deslizase por su mejilla hasta la comisura de sus labios. No hubo una segunda, porque con la certidumbre de que en pocos días volvería a estar con ellas, se giró, abandonó el puerto y se dirigió, con determinación, al aeropuerto de Gando.

—Francisco, ¿está todo listo? —le preguntó a su primo nada más llegar.

—Sí, Paco, todo listo.

—Perdona, Francisco, a partir de ahora nada de Paco ni de familiaridades, general Franco o mi general.

—Entiendo, primo..., quiero decir, general.

—No me malinterpretes, es una cuestión de orden y de respeto, sobre todo, delante de otros.

En el aeródromo de Gando Cecil Bebb le esperaba a pie de la escalerilla. Franco, de paisano, tras un breve saludo con la cabeza y sin mediar palabra, subió al Dragón Rapide.

—Torre de control de Gando, aquí Echo-Charlie-Charlie-G-ACYR entrando en pista de despegue, solicito autorización para despegar.

—Echo-Charlie-Charlie-G-ACYR, aquí torre de control de Gando, autorizado despegue inmediato.

El 18 de julio de 1936, a las dos de la tarde, el cuatrimotor, con sus aflautadas alas y cobertores en el tren de aterrizaje, se deslizó por la pista de despegue incrementando con cada segundo su velocidad. Con la elegancia de un águila real, el Dragón Rapide alzó el vuelo con la orden de llevar al misterioso pasajero al aeropuerto de Tetuán, en el protectorado español de Marruecos.

Capítulo 12

A las cinco de la tarde del 17 de julio de 1936, el teniente coronel Maximino Bartomeu, acompañado por el comandante Mohammed Ben Mizzian, el capitán Manuel González y los seis hombres de la unidad de Segangan, entró en el despacho del general Manuel Romerales, comandante de Melilla, y le encañonó con su Astra.

—General Romerales —dijo Bartomeu con voz y pistola alzada y tono resolutivo—, en nombre del general Franco, jefe de las fuerzas armadas de África, queda usted destituido de sus funciones y en situación de arresto.

—¡Cómo se atreve a entrar en mí...!

—¡Oficiales!, a mi orden abran fuego.

El silencio permaneció en el aire durante varios segundos tras el ruido producido al desenfundar las armas. Ibrahim y Leo se miraron preguntándose cómo acabaría este momento que veían venir desde hacía semanas y para el que habían sido convocados tan solo un par de horas antes.

El general Romerales, sin perder la compostura, desabrochó el cinto que mantenía la pistola en la canana y la dejó sobre la mesa.

—En nombre del general Francisco Franco, general del Ejército de África —dijo sin prisas y con solemnidad el teniente coronel Maximino Bartomeu—, declaro el estado de guerra.

Durante la tarde del día 17, todos los edificios del gobierno fueron asaltados por unidades sublevadas de la legión y por las tropas de regulares. Militares, funcionarios, sindicalistas, militantes de izquierda y algunos ciudadanos afines al gobierno de la república, fueron cayendo uno tras otro como las gotas de una lluvia de esas que cala hasta los huesos. Muchos, se unieron a los sublevados, otros, se entregaron con los brazos en alto sin oponer resistencia, el resto, cayeron en sus puestos o fueron fusilados a las afueras de la ciudad.

Al anochecer, Ben Mizzian junto con el capitán González y la unidad de Segangan, cercaron el aeródromo de Melilla durante más de tres horas. Era la última instalación de vital importancia que quedaba por tomar en la ciudad. Quizás porque las noticias sobre la sublevación habían llegado al aeródromo o porque simpatizaban con la rebelión, media docena de soldados y sus mandos entregaron las armas y abandonaron la base con los brazos en alto.

—El capitán González, con Ibrahim, Leo y Hassan atacarán por la costa de la Mar Chica —ordenó Ben Mizzian—. Disparar a todo el que se resista o permanezca con las armas en la mano. El resto de la unidad y yo atacaremos por la entrada a la base.

Las detonaciones de los fusiles Máuser comenzaron a sonar en los oídos de los asaltantes y a dejar huella en sus hombros por el brusco retroceso de la culata. Se oyeron escasos disparos de los atrincherados y las balas que quedaban por salir, se mantuvieron en los fusiles al anunciar el oficial Leret la rendición. Allí mismo, en el patio del aeródromo de Atalayón y por orden de Ben Mizzian, el oficial y los soldados que resistieron fueron fusilados. No fue la única vez que Ben Mizzian mandó formar el pelotón.

—Capitán González —solicitó el comandante Ben Mizzian—, forme al pelotón y ejecute la orden.

—Unidad de Segangan, formen fila —ordenó a los soldados que se situaron frente al paredón—, ¡preparen sus armas!... ¡apunten!... ¡fuego!

Cumpliendo la orden, las balas de Ibrahim, Leo, Mounir, Driss, Anir y Hassan se encastaron en los cuerpos de los que el destino había situado bajo el mismo cielo que los fusiles de los sublevados. Esa era y sería la suerte de estar en uno u otro lugar y el preludio de lo que acabaría siendo una guerra cruel, despiadada y sangrienta entre conciudadanos, amigos y familiares a los que el azar, obligó a combatir bajo una u otra bandera. En los hombros del pelotón y en la mente del grupo de regulares, quedaron tatuadas las primeras huellas violáceas con los nombres de algunos de los primeros caídos tras la sublevación.

Antes de ponerse el sol, las noticias volaron con la velocidad de un viento huracanado llegando a todos los rincones del protectorado y de la península. En Ceuta, Tetuán y otras localidades los oficiales golpistas declararon el estado de guerra y, como en Melilla, los que no abandonaban sus armas ni se adherían a la revuelta fueron detenidos y fusilados. Dando por hecho que se trataba de un nuevo intento de golpe de estado, el jefe del gobierno y ministro de la guerra, Casares Quiroga, minimizó la importancia de los hechos en la reunión del consejo de ministros que se celebraba aquella tarde.

—Señor presidente —intervino el ministro Lluhí—, las últimas noticias contrastadas que he recibido del protectorado no dejan lugar a duda, se ha producido un levantamiento en toda regla.

—Bueno, no se altere Lluhí —respondió con sarcasmo el presidente—, por la mañana todo el mundo se levanta y por la noche se acuesta.

—Señor presidente —insistió Lluhí—, no está la situación para bromas. No estamos en el parlamento improvisando ocurrencias, la situación es de extrema gravedad.

—Señor presidente —intervino el ministro de marina Giral—, son hechos, no rumores y usted no puede quedarse con los brazos cruzados. Si no va a tomar medidas cuanto antes, le pido que dimita, yo mismo asumiré el mando.

—Señor presidente —intervino de nuevo Lluhí—, propongo el nombramiento del teniente coronel José Miaja, conocedor de las campañas militares en el protectorado, como ministro de la guerra.

—No, no lo creo conveniente y, además, no soy partidario de incorporar militares al gobierno —intervino el presidente Quiroga—, por otro lado, si me permitís, si lo hiciésemos estaríamos reconociendo la gravedad de los hechos y dando por sentado el estado de guerra.

—Señor presidente —insistió Lluhí—, los hechos son de máxima gravedad y no le quepa la menor duda de que la guerra acaba de empezar.

Ese fue el último consejo de ministros de Casares Quiroga, ya que, a las pocas horas, fue destituido por el presidente de la república, Manuel Azaña. El nuevo jefe de gobierno, José Giral y el mismo Lluhí, dieron las primeras órdenes enviando varios barcos de guerra y aviones a la zona del estrecho para sofocar la rebelión y para que se adoptasen las medidas necesarias para proteger al gobierno y las instituciones republicanas.

La improvisación campaba por sus fueros por todos los rincones de la península. Se produjeron ceses y destituciones, arrestos y detenciones arbitrarias; hubo levantamientos en muchos acuartelamientos y los militares, se posicionaron en uno u otro bando tanto del ejército de tierra, como del aire y de la armada. El país había quedado dividido, el ejército, posicionado en uno u otro bando y parte del pueblo, armado.

El Dragon Rapide llegó a Tetuán el día 19 de julio con Franco vestido de general, con fajín rojo y borlas doradas, como había imaginado en el mejor de sus sueños. Tomó sin vacilaciones el mando de los Ejércitos de África y tras desfilar por la ciudad en olor de multitudes, pronunció un mensaje por radio con el que oficializaba el levantamiento militar contra los enemigos de la santa madre patria.

"¡Españoles!, a cuantos sentís el santo nombre de la patria, a los que en las filas del ejército y la armada habéis hecho profesión de fe en el servicio de la patria, a cuantos jurasteis defenderla de sus enemigos hasta perder la vida, la nación, os llama a su defensa..."

Tanto esta proclama como los escritos en los que declaraba el inicio de la gran cruzada estaban llenas de lindeces que exaltaban los ánimos de todos aquellos que se sentían incómodos o estaban siendo perjudicados por el gobierno republicano. Socialistas, comunistas, anarquistas, sindicalistas, anticlericales..., ostentaban el poder en aquellos tiempos convulsos, en los que no había gobierno que durase lo que dura un entierro y, como consecuencia de ello, ni la economía, ni la convivencia social, ni los partidos pasaban por sus mejores momentos. En esos tiempos revueltos se desató una guerra que evolucionaría al son, ritmo, antojos y suertes de gobernantes y sublevados.

Todos eran culpables de la situación a la que se había llegado, tanto los que levantaron en contra de un gobierno legítimo, como los que estando en él, no asumieron sus responsabilidades, incumpliendo su compromiso de gobernar para todos con la máxima imparcialidad y cordura. Nada nuevo iniciaba una “humanidad” que a caballo desbocado cabalgaba de nuevo por el mundo, de norte a sur y de este a oeste con las pasiones encendidas y las luces apagadas.

Capítulo 13

Mi queridísima Shara,

Cuando recibas esta carta ya no estaré en Segangan. Probablemente, ya te habrás enterado de que el Ejército de África se ha sublevado contra el gobierno republicano. El viento viaja más rápido transportando rumores que las caravanas mis cartas. Quizás, con suerte, te llegue dentro de unas semanas, pero lo que siento por ti ya lo sabes y no necesita carta. Recuérdalo, porque quiero que te acompañe siempre, ya sea en el más breve de tus pensamientos o en el más largo y profundo de tus sueños.

Siempre estoy contigo, sea la hora que sea y me encuentre donde me encuentre. Por otro lado, tampoco me cuesta volar hasta ti, sentarme a tu lado en el oasis de Bir Tigissit, coger tu mano, llevarla a mi pecho, dejar que el silencio nos abrace y acercar a tus labios mis besos. Quédate con ellos, son, mi amor por ti que nace en lo más profundo de mi ser y crece sin parar libre del corsé de las palabras.

Bajo el mismo cielo la vida se muestra diferente. Con frecuencia tan diferente, que dudo que sea la misma vida. Como te decía, ha estallado la guerra y como en todas las guerras uno se encuentra, en uno u otro frente, más por casualidad que por decisión propia. A mí, me ha tocado luchar del lado de los sublevados y espero, que la sangre que se derrame de unos y otros sobre los campos no sea estéril y que la vida de los que sobrevivan y de los que han de venir sea más sosegada. La vida es así, incierta, a veces generosa y otras desalmada y yo, mi amor, poco podré hacer para cambiarla.

La aviación republicana ha bombardeado Tetuán y enviado barcos de guerra hacia el puerto de Melilla. En varios de ellos se han producido amotinamientos y muchos han acabado uniéndose a los sublevados. En uno de ellos, el Churruca, embarcamos mañana toda la unidad hacia Cádiz, con el capitán González al frente y mi amigo Leo. Por cierto, su familia es de Cádiz, aunque él, nació en Cuba cuando su padre estaba destinado allí. Según me dice, nos esperan con los brazos abiertos. Espero que la guerra no sea un obstáculo para disfrutar de esos momentos.

Desde luego que agradeceré esos abrazos, pero ansío los tuyos, los que me diste bajo las estrellas y que anidan en mi mente esperando materializarse de nuevo cuando Alá así lo disponga. Ojalá sea más pronto que tarde.

Tengo que dejarte, pero lo haré como empecé, con tu nombre querida Shara, con el goce que procura a mis labios al pronunciarlo, con los recuerdos que me trae, con el amor que me regalas y con el deseo del reencuentro. Shara, Shara, Shara, Shara...,

Te quiere, Ibrahim
18 de julio de 1936

La unidad de Segangan y un numeroso grupo de regulares del Ejército de África desembarcaron en Cádiz, la mañana del 19, sin que los cañones Vickers del crucero Churruca hubiesen disparado un solo proyectil. El general Pinto, tras posicionarse a favor de los sublevados, los estaba esperando en el muelle con un pequeño grupo de soldados fuertemente armados. El comandante

Mohammed Ben Mizzian, permaneció alerta en cubierta antes de dar las primeras órdenes.

—Capitán González, desembarque con algunos hombres y asegúrese de que el general Pinto no nos jugará una mala pasada. Tal como están las cosas, uno no puede fiarse ni de su padre.

—A sus órdenes, mi comandante —respondió el capitán.

Los seis regulares de la unidad de Segangan, la más reconocida del Ejército de África, descendieron por la pasarela del Churruca con sus fusiles en mano y las bayonetas caladas. El capitán González se adelantó al grupo y se acercó al general Pinto.

—Buenos días, general —dijo mientras hacía el saludo militar— , soy el capitan Manuel González

—Estoy al corriente de las operaciones que ha llevado a cabo y de su reciente ascenso. Su experiencia y la de sus soldados son de vital importancia para el éxito de esta contienda. Es un placer contar con el Ejército de África. Dicen, que es el mejor preparado del país y también de Europa. Ahora, quedará confirmado lo que algunos ponen en duda.

—Gracias, señor, no tenga ninguna duda de que el Ejército de África no les defraudará.

Asegurada la plaza y tras desembarcar el comandante Ben Mizzian, se reunieron en la capitanía del puerto con el general Pinto. Este, había desplegado un mapa de la ciudad sobre la mesa y en él, aparecían rodeados con un círculo rojo dos lugares de la ciudad.

—Aquí —dijo el general Pinto, señalando uno de los círculos—, se encuentra la sede del Ayuntamiento y en este otro, a unos doscientos metros, la subdelegación del Gobierno Civil. En ambos, se encuentran parapetados un grupo de militares y las autoridades civiles fieles al gobierno republicano.

—Si le parece general — intervino el comandante Ben Mizzian—, nos dividiremos en dos grupos, usted y sus hombres toman el Ayuntamiento y yo, me dirigiré al Gobierno Civil. Los civiles no me preocupan a no ser que les hayan armado, pero el número de militares…

—No creo que supere los doscientos y la mitad de ellos están parapetados fuera.

—De acuerdo, pongámonos en marcha y no demoremos la toma definitiva de la ciudad.

Durante toda la soleada mañana de mediados de julio se oyeron disparos ininterrumpidos en ambas zonas. Los vecinos, encerrados en sus casas, cerradas a cal y canto, esperaban el final de la contienda con la esperanza de no ser represaliados por haberse significado a favor de uno u otro bando.

Al medio día, los sacos de tierra que protegían a los soldados que defendían las instalaciones perdían arena a borbotones por los impactos de las balas de los máuseres, de las ametralladoras o de las granadas de mano alemanas. Las defensas se habían debilitado hasta tal punto de que los soldados lanzaban lejos sus armas y se rendían levantando sus brazos. Las puertas del Ayuntamiento y del Gobierno Civil no se abrieron para darles cobijo y desde las ventanas vieron caer, uno a uno, a sus soldados tuviesen los brazos como los tuviesen.

Pocas horas después, aparecieron las banderas blancas de rendición en ambas fachadas. Tras deponer las armas abrieron las puertas. Por la del Ayuntamiento entró el general Pinto y las bajas pudieron contarse con los dedos de una mano. Por la del Gobierno Civil, entró Ben Mizzian con su grupo de regulares y pudieron contarse, los que quedaron con vida, con los dedos de la otra.

—A partir de ahora —dijo Ben Mizzian dirigiéndose a los soldados tras el primer enfrentamiento en la península—, sabrán como combate el Ejército de África. Cumpliremos a rajatabla las órdenes del general Mola: «¡Se debe aplicar en todo momento la violencia extrema para vencer al enemigo!».

Permanecieron un par de días en Cádiz a la espera de nuevas órdenes. Ibrahim se alojó en casa de los abuelos de Leo, y padres del capitán, que vivián en el centro de la ciudad. Caminaron en silencio, afectados por la masacre, por las estrechas callejuelas vacías de transeúntes hasta la catedral y, tras atravesar la plaza, entraron en la calle de Santiago. La puerta del número 13 que daba acceso al patio estaba cerrada, como todas las de la ciudad, y Leo tuvo que golpear varias veces con el picaporte para que un vecino, con cautela, se asomase por la ventana.

—Rosa —gritó desde la calle con la cabeza descubierta—, soy Leo, el nieto de Ángel y Carmen.

El patio de azulejos y las kentias plantadas en grandes tiestos de barro pintados de azul añil, les alegró la vista y levantó unos ánimos que andaban por los suelos y no precisamente por falta de experiencia en combate, sino porque les costaba entender y aceptar, tanto a Leo como a Ibrahim, las muertes innecesarias si es que alguna muerte pudiese valorarse necesaria.

—Levanta ese ánimo, Ibrahim —le dijo el capitán Manuel al sentarse a la mesa—, estamos en guerra y a nadie le gustan las muertes, pero tienes que pensar que con medias tintas lo único que conseguiríamos sería alargar la contienda y hacer más fuertes a nuestros enemigos.

—Lo entiendo, pero los que se rinden…

—Tuvieron varias ocasiones para unirse a nosotros —comentó Manuel—, pero no lo hicieron. En tiempos de paz todo es discutible y perdonable, pero en la guerra todo se reduce a su vida o la nuestra.

—Bueno, se acabó el hablar de la guerra —interrumpió Ángel, el abuelo de Leo— ya ha habido bastantes en mi vida y ésta tampoco será la última. Esperemos que no dure mucho esta tormenta y que, más pronto que tarde, salga el sol y podamos disfrutar de un poco de tranquilidad, que ya está bien de tant0 embrollo.

—Dios te oiga, padre —dijo Manuel, poco después de que su madre, Carmen, pusiera el puchero sobre la mesa y de que Ángel la bendijera.

El potaje de papas con chocos estaba para lamerse los dedos. Los guisantes, la cebolla, el laurel y ese vasito de vino blanco, por supuesto de Sanlúcar de Barrameda, que ponía a aquel modesto sustento a la altura de la veleta del campanario de la catedral.

—¿Un vasito de Don Diego, Ibrahim? —preguntó el abuelo mientras acercaba la botella.

—Sí, desde luego —respondió Ibrahim mientras acercaba el vaso—, gracias.

—Abuelo —intervino Leo—, a pesar de que la religión musulmana recomienda abstenerse de tomar bebidas alcohólicas, el vino, la leche, la miel o el agua, siempre pueden estar presentes en la mesa acompañando las comidas. Vamos, es lo que me ha contado Ibrahim.

—Pues entonces, brindemos por Ibrahim y su familia, por la amistad y el amor ,y porque esta guerra inevitable traiga más gloria que hambre, que de eso ya hemos padecido mucho por culpa de estos políticos. Pero bueno, como dice mi refrán favorito, «*Cada cual se labra su propia ventura*». No lo olvidéis.

Alzaron los vasos una y otra vez hasta que el abuelo, incapaz de recordar más refranes, se puso a cantar, a batir las palmas y a cruzar los pies en el aire al hacer alguna que otra cabriola que a punto estuvo de darse de bruces contra el suelo.

De San Fernando a Cádiz
vengo yo andando
porque mi novia Carmen
me está esperando.
Me está esperando niña
me está esperando,
de San Fernando a Cádiz
vengo yo andando...

Mientras esperaban nuevas órdenes, aprovecharon cada minuto del día para disfrutar de ese ambiente familiar caído del cielo después de una primera y dura confrontación que duró dos días y que acabó con la victoria provisional de los sublevados. Salvo hechos puntuales, como el intento de los anarquistas de quemar la iglesia de San Fernando o la invitación de los comunistas a participar en las huelgas generales convocadas por los sindicatos, no se produjeron enfrentamientos importantes que impidieran a los vecinos retomar sus rutinas habituales. Los gaditanos volvían a transitar por las calles y a encontrarse en las plazas, evitando pronunciarse sobre un pasado o un presente que pudiese perjudicarles y hasta en poner en peligro sus vidas. Julio, era el mes ideal para pasear por la Caleta, desde el castillo de Santa Catalina hasta el faro y, si se terciaba, darse un baño en la playa hasta las últimas luces del día.

No todos podían hacer lo mismo, olvidarse, aunque fuese por unas horas, de que la guerra no había hecho más que empezar y que pronto volverían a combatir. El comandante Ben Mizzian, no podía dejar que la relajación debilitase a su unidad de regulares. Aprovechando un comunicado enviado por el general Mola, uno de los tejedores del golpe, convocó a los soldados en la plaza del Baluarte de la Candelaria y les leyó, a voz alzada, la nota recibida: *«Hay que sembrar el terror, eliminar sin escrúpulos ni vacilación a todos los que no piensen como nosotros. Las acciones han de ser en extremo violentas para reducir lo antes posible al enemigo. Serán encarcelados todos los dirigentes de partidos políticos, sindicatos y organizaciones o personas con aversión hacia esta cruzada, debiéndoseles aplicar castigos ejemplares, para estrangular los movimientos de rebeldía o las huelgas..."*

—Es una declaración en toda regla de que la sublevación sigue adelante —comentó Ibrahim—, pero dudo que el gobierno republicano se amilane. No creo que sea fácil tomar la capital. Eso no sucederá ni mañana ni pasado.

—Yo también lo veo así —añadió Leo—, esta guerra se ganará día a día y palmo a palmo. Aprovechemos el tiempo libre que tengamos para desconectar de la guerra y pasemos lo mejor que podamos esta vida que no volveremos a vivir.

—Tienes razón, Leo, será la única manera de aguantar lo que suceda en esta contienda sin volvernos locos.

El sol se ponía en la Caleta y Ángel, despreocupado una tarde más de lo que acontecía en este mundo incierto, abandonaba la mar inmensa a esas horas en las que el astro rey endulzaba su mirada tiñendo de color ambarino las cálidas aguas de su pequeño paraíso.

Capítulo 14

—¿No oyes ruido de aviones, Ibrahim? —le preguntó Leo tras abrir los ojos y buscar en el cielo del atardecer gaditano una explicación al timorato tronar, pero sostenido, que llegaba a sus oídos.

—Debe ser de los astilleros de San Fernando —respondió Ibrahim sin abrir los ojos y sin ninguna intención en levantarse de la arena ni abandonar su viaje virtual a Tifariti y aún menos, de olvidar el beso que jugueteaba entre los labios de Shara y los suyos.

—Son aviones —les dijo el abuelo que acababa de dejar las aguas después del prolongado baño vespertino—, espabilar, no vayan a mandarnos al otro barrio en calzones.

En pocos segundos el rugir de los motores planeaba sobre sus cabezas y sus metálicos cuerpos abandonaban las nubes poniendo rumbo a tierra.

—¿Enemigos? —preguntó Ibrahim con la mirada ceñida, intentando ver algún detalle en sus alas que le diese la respuesta.

—No sé —dijo Leo mientras se ponía en pie—, mejor vallamos al cuartel, no vayan a cogernos con lo puesto como dice el abuelo.

Aquel atardecer y durante los días siguientes, aviones Junkers alemanes y Savoia-Marchetti italianos atravesaron el estrecho después de despegar de Tetuán, Melilla, Ceuta, y Larache, transportando en sus panzas a miles de soldados del Ejército de África hacia la península.

Sembrar el terror y aniquilar al enemigo que ordenaba a *viva voce* el general Mola, requería un número importante de combatientes curtidos en la guerra y sin escrúpulos a la hora de actuar. La experiencia adquirida por el Ejército de África en las frecuentes confrontaciones en el protectorado español de Marruecos y la guerra del Rif contra el líder marroquí Abd el-Krim, que se negó a acatar la autoridad española, procuró a los legionarios y a las tropas regulares indígenas una preparación militar muy superior al de las tropas de la península o del resto de Europa. Los generales golpistas Sanjurjo, Mola, Yagüe, Franco o Varela, necesitaban ese ejército entrenado, capaz de infligir el mayor daño posible y de sembrar el terror en cada aldea, pueblo o ciudad por la que pasasen. Solo así ganarían la guerra.

—¿Con cuánta tropa contamos? —preguntó el general Franco a José Sanjurjo por teléfono desde Tetuán.

—Algo más de treinta mil hombres, incluida la legión. Si se requieren más soldados, los italianos y los alemanes continuarán con las operaciones de traslado y no me extrañaría que, si se lo proponemos, vendrían también a combatir. A fin de cuentas, están hasta la coronilla de los comunistas y demás carroña de la izquierda.

—¿Y tú, cuando sales de Estoril?

—Mañana, un avión del gobierno portugués me llevará a Sevilla, no puedo demorar más el ponerme al frente del ejército. Nos reuniremos allí, con Mola y Yagüe, para concretar las próximas operaciones.

—Allí estaré, José —confirmó Franco, molesto porque le ninguneaba con su tono de voz.

—¿Tu esposa y tu hija están bien? —dijo cambiando de tema, al darse cuenta de su actitud prepotente y de que no era el momento de tensiones con Franco.

—Sí, embarcaron hacia Francia.

—Dales recuerdos de mi parte.

—Así lo haré —confirmó Franco antes de colgar el teléfono con cierta brusquedad y de soltar un improperio: «¡Qué se habrá creído este botarate!»

El general José Sanjurjo, cabecilla de los sublevados, no llegó vivo a Sevilla. La avioneta Puss Moth que le llevaba se estrelló a los pocos minutos de despegar y, Sanjurjo, murió a causa de una fractura de cráneo. «Camino despejado» se dijo Franco mientras en su cabeza tomaba cuerpo la idea de que una vez cayese Sevilla en manos de los sublevados, él asumiría el mando, tanto de las tropas que llegaban desde el otro lado del Estrecho como las de la península que se había sumado al levantamiento.

En el acuartelamiento de Cádiz el general Pinto recibió una llamada de Franco con órdenes directas.

—¿General Pinto?

—Si, ¿de parte de quién?

—Soy el general Franco.

—Enseguida le paso mi general, no se retire.

—¿Qué tal Paco? —le preguntó Pinto nada más coger el teléfono.

—Bien, José, aquí en Tetuán, asumiendo sin preámbulos altas responsabilidades tras la desafortunada muerte de Sanjurjo.

—Extraño y casual accidente —comentó Pinto.

—Sí, bueno, estas cosas pasan en el momento menos oportuno, pero bueno, su muerte no cambia nuestros planes, o sea que seguimos adelante. Que te quede claro, José, al más mínimo titubeo o retroceso nos llevan de paseo al paredón.

—Así es, y por lo que a mí respecta, no les voy a poner la cosa fácil.

—Ni yo, Paco, cuenta conmigo.

—He hablado con Mola y Yagüe y les he informado de que dividiremos en dos columnas, las tropas del Ejército de África y las de los cuarteles sublevados estarán bajo mi mando. Es primordial que las tropas sublevadas del norte lideradas por Mola y la nuestras avancen con determinación hacia la capital, si cae Madrid, se acabó la guerra.

—Dime, ¿cuál es el plan? —preguntó Pinto.

—Yagüe se dirigirá hacia el norte, a Madrid, con la mayor parte del Ejército de África, y Queipo de Llano, conquistada Sevilla, combatirá en Andalucía hasta que caiga a nuestro lado el último pueblo y no quede un solo rojo vivo.

—¿Y la unidad especial de Segangan que manda el capitán Manuel González?, ya sabes, la de Ifni

—Que parta hacia Sevilla y se incorpore a la columna del general Yagüe —respondió Franco—. Su posición estará en la vanguardia de las tropas y su misión consistirá en penetrar en el frente enemigo y recabar cualquier información útil que favorezca el ataque.

—¿Bajo las órdenes de Yagüe?

—Sí, pero quiero estar informado de cada paso que den, de cada dedo que muevan y de cada información que recojan. No pueden cometerse errores.

La guerra no había hecho más que empezar. El golpe militar, cuyo objetivo era hacer caer al gobierno republicano del Frente Popular en pocos días, había fracasado. El ejército republicano resistía los ataques de los sublevados y, al mismo tiempo, incrementaban las acciones violentas contra todo aquel que se situase en el lado de las derechas, incluido el clero. Los golpistas, a pesar de no haber podido hacerse con el gobierno, mantenían las posiciones conquistadas y extendían la sublevación por todo el país, no cejando en su empeño de hacerse con el poder cuando fuese y al precio que fuese.

Las cajas de reclutas de ambos ejércitos fueron incorporando a sus filas a nuevas quintas. No tardaron en movilizar las milicias integradas por ciudadanos comprometidos con la causa y, en muchos lugares, empezaron a armar al pueblo. La contienda se había transformado en una guerra civil en toda regla y la sangre ya corría por todos los rincones del país. No había ciudad, pueblo o aldea que no estuviese sufriendo el azote de una confrontación provocada por la incapacidad de los políticos en ponerse de acuerdo. El país había quedado dividido en dos Españas, la roja bajo el mando de la república y la azul controlada por los sublevados. Más de cien mil soldados combatían en cada bando y más de la mitad de ellos morirían en el campo de batalla durante los primeros meses de guerra.

El clima de confrontación que se vivía en Europa, a causa de una crisis económica global, hacía crecer tanto las ideologías fascistas como las populistas y, como consecuencia de ello, la posibilidad de una guerra generalizada estaba en la boca de todos los gobiernos. Algunos países vieron la guerra de España como una oportunidad para probar su armamento y medir sus fuerzas. La Alemania de Hitler, la Italia de Mussolini y el Portugal de Salazar se posicionaron a favor de los golpistas, mientras que la Unión Soviética de Stalin y las Brigadas Internacionales, voluntarios extranjeros de diferentes países, dieron apoyo al bando republicano. Otros países como Inglaterra, Francia y Estados Unidos se declararon neutrales, sin embargo, sus pronunciamientos se inclinaban más a favor de los sublevados, en los que veían la mejor opción para frenar el avance del comunismo.

—Antes de acostaros preparad vuestros petates —les dijo el capitán González cuando Ibrahim, Leo y el abuelo Ángel se sentaron a la mesa después de regresar de la Caleta poco antes de que el generoso sol del mes de julio se pusiese por el horizonte—, mañana saldremos a primera hora.

—¿A dónde vais, si se puede saber? —preguntó la abuela Carmen mientras llenaba hasta el borde los platos con un condimentado gazpacho—, deberíais quedaros unos días más y la guerra, que espere.

—Vamos a Sevilla, mamá —respondió Manuel sin ganas de extenderse en detalles—, he recibido órdenes de incorporarnos a las tropas del general Yagüe.

—Dichosa guerra —soltó a disgusto y a bocajarro el abuelo—, vosotros hacerme caso y no os signifiquéis.

—No lo haremos, papá —respondió Manuel.

—Pues si no hay otro remedio, Carmen, ponles otra ración —dijo el abuelo Ángel intentando prolongar aquella noche que ponía punto y aparte a la corta, pero plácida estancia veraniega con su hijo y su nieto—. Manuel, tú, cuida de los muchachos.

— No te preocupes, papá, lo haré, pero Ibrahim y Leo saben cuidarse y pronto, estaremos de nuevo en casa.

Apenas tuvieron tiempo de disfrutar de una larga velada. Las caras no eran las mismas y retirarse a la habitación parecía lo más conveniente.

—No tengo nada de sueño —le dijo Leo a Ibrahim nada más echarse sobre la cómoda cama que tanto echarían en falta en adelante.

—Yo tampoco Leo, voy a escribir unas líneas a Shara y a mi familia, quién sabe cuándo será la próxima ocasión para volver a hacerlo.

—Dales recuerdos míos.

—Así lo haré, Leo.

Mi querida Shara,

Ayer recibí tu carta. Siento que el abuelo no se encuentre lo bien que todos deseamos. Setenta y tres son muchos años, pero es un hombre fuerte y estoy convencido de que saldrá de este envite como lo ha hecho en otras ocasiones. Tal como están las cosas por aquí es imposible que me dejen ir a casa, aunque solo sea por unos días. Habrá que esperar, querida Shara.

Como te decía, las cosas se han complicado y la guerra ya no es una posibilidad, es un hecho, estamos en ella y se extiende por todos los rincones como la pólvora. Te escribo esta carta apresurada porque mañana salimos hacia Sevilla para incorporarnos a las tropas del general Yagüe. Menos mal que no nos separan y que seguiré contando con la compañía de Leo, la de su padre, la de Hassan y la de los otros compañeros del grupo. Sin ellos, las horas se me harían insoportablemente largas esperando noticias tuyas

Por las noches, cuando me acuesto y cierro los ojos, me transformo en un halcón, con pico curvado y piel aterciopelada, negra azabache como tu pelo. Agito suavemente las alas y emprendo el vuelo mientras oigo los latidos de mi corazón inquieto. Ya estoy allí, navegando con las velas desplegadas por los mares de un cielo vestido de todos los azules que puedas imaginar. Desde lo alto, veo cómo queda atrás el Estrecho y las pequeñas islas Chafarinas frente a la costa marroquí. Sobrevuelo las altas montañas del Rif y veo la pequeña Chefchaouen, la perla azul. A lo lejos, Tifariti, y mi madre sale de la jaima y me busca en el cielo, lleva su mano a la frente y el sol se hace a un lado para que pueda verme. Con la otra, me saluda, sonríe mientras me alejo hacia el mar de arena fina, nuestro paraíso, el oasis de Bir Tigissit. Te encuentro echada, la sombra de nuestra palmera, te protege y yo, desciendo con las alas plegadas a la velocidad del sentir y cuando mi pico curvado roza tus labios, encuentra el cáliz que contiene el néctar que guardas para mí. Ya estoy una noche más en ti, una vez más abrazado a tu alma.

Te quiero, Shara.
Ibrahim
Cádiz, 20 de julio de 1936

—Levántate, Ibrahim, tenemos que irnos —le dice Leo estirando la sábana blanca adherida a su cuerpo, y con ella, su plácido sueño y sus añoranzas.

—¿Ya es la hora? —respondió Ibrahim con un cierto malestar por arrancarle del paraíso.

—Sí, si es que quieres desayunar algo.

De madrugada, cuando el sol apenas había mostrado su rostro por el horizonte, salieron de Santiago 13 adecuadamente pertrechados y con sus petates al hombro. El capitán González, cubría su cabeza con gorro de plato rojo carmesí ligeramente inclinado, visera color garbanzo y el distintivo metálico de los regulares incrustado encima de la visera. En la pechera de su camisa parda lucían tres estrellas doradas de seis puntas, las del rango de capitán y colgado en el cinto que cruzaba su pecho, una cartuchera alojaba su pistola. Leo e Ibrahim, con sus amplios y abolsados zaragüelles insertados en sus altas botas, al más puro estilo andalusí, salieron tras él. El cinturón de cuero con tirantes mantenía las cartucheras, con balas de sus fusiles Mauser, ajustadas a sus cinturas. En la cabeza de Ibrahim anidaba el mismo turbante que utilizaba cuando iba con Shara al oasis de Bir Tigissit. Se lo había regalado ella y ya fuese en la cabeza, cruzado en el pecho o abrazado a su cintura, le acompañaba allí dónde estuviese. Leo, vestía el atuendo habitual de las tropas regulares indígenas: camisa y pantalones color garbanzo y sobre su cabeza, el tarbush rojo con una borla negra con flecos que hacía temblar al enemigo cada vez que las veían salir de las trincheras en el campo de batalla.

Capítulo 15

Mientras el capitán González y su unidad esperaban en Cádiz órdenes del general Pinto, la sublevación seguía su curso y se extendía por todo el país. Desde el mismo día del alzamiento, el 17 de julio, los rumores corrían por Sevilla como la pólvora y la intranquilidad de los vecinos se palpaba en el ambiente y también en los organismos y sedes oficiales. Ante tal situación, el alcalde, Horacio Hermoso, convocó un pleno extraordinario para debatir sobre la insurrección en el protectorado. Las noticias que llegaban eran confusas, contradictorias, según la fuente, y los enfrentamientos entre concejales de izquierdas, que eran la mayoría en el ayuntamiento, y los de derechas parecía no tener fin. Algo habitual en la sede de la soberanía sevillana.

—¡Orden, orden…¡, no estamos en un tablao flamenco —pidió con insistencia el presidente desde la tribuna visiblemente alterado.

—Propongo que el concejal Benítez se acerque al Gobierno Civil y nos informe de la situación —intervino el alcalde.

—De acuerdo —respondió el líder de la minoritaria oposición que, alborotada, no dejaba de patalear el suelo en sus escaños—, pero irá acompañado por el portavoz de nuestro grupo, Emilio Salazar.

A su regreso y tras las noticias tranquilizadoras del gobernador civil, José María Varela, el alcalde, dio por finalizado el pleno y los concejales regresaron a sus casas dispuestos a continuar sus “merecidas” vacaciones de verano que, junto con las navideñas, las de semana santa, días festivos y otros de guardar, conformaban un pack envidado por media humanidad.

A esa misma hora, las 12 del mediodía, cuando el sol se posa en la coronilla del sevillano, el general golpista Queipo de Llano se reunió en el hotel Simón con José García "el Algabeño", matador de toros, de carácter violento dentro y fuera del ruedo, afiliado a la falange y claramente vinculado a la derecha sevillana más violenta.

—Ha llegado la hora, José —le dijo Queipo de Llano con su despiadada mirada mientras le estrechaba la mano—. ¿Todo controlado por tu parte?

—Por mi parte, todo está comprobado y dispuesto para la acción, como acordamos hace un par de años. Y, si me permites, te diré que estoy hasta los cojones de tanto titubeo militar y tanta demora. En la plaza, cuando pido el estoque es para hincárselo al toro hasta el corazón y si no acierto me llevo por delante todas las venas y arterias que se cruzan en el camino.

—Todo eso está muy bien, José, pero dime, ¿quiénes apoyan sin titubeos la sublevación?, y no me vengas con tus "me parece", porque en el ruedo eso no te pasa.

—Sí, sí, no te impacientes. Lo más importante es que el gobierno está en babia, no es consciente de la gravedad del momento. Se ha limitado a ordenar algunos traslados de militares de rango y poca cosa más. Estaba convencido de que había acabado con la santísima trinidad tras enviar a Sanjurjo a Portugal, a Mola al norte y a Franco a Tenerife. Ahora, toda su atención se centra en los disturbios de Melilla y están seguros de que muerto el toro se acabó la corrida.

—No me extraña —respondió Queipo de Llano—, a estos cabrones bolcheviques les importa una mierda el país, solo están pendientes de sus escaños y de engatusar al pueblo con promesas y zalamerías. ¡Qué vergüenza!, no te quepa la menor duda de que se orinarán en los pantalones cuando estén en el paredón.

—No, no me cabe ninguna duda, no tienen ni idea del “toro” que se les echa encima y, si tanto odian a la iglesia, no tendrán ni extremaunción ni cruces en sus fosas.

—Está bien José, no nos calentemos más de lo que estamos. Cabeza fría, los huevos en su sitio y mano firme. Ahora, lo que toca, y tú como torero lo sabes, es la estocada final y la vuelta al ruedo en Madrid en unos pocos días. Dime, ¿quiénes están claramente con nosotros?

—Tal como estaba previsto —respondió José García, “el torero huevón”, como le llamaba la peña mientras sacaba el paquete de cigarrillos con el yugo y el haz de flechas de la falange estampado en el envoltorio— y me he asegurado en comprobarlo: falangistas y requetés, a lo que haga falta y cuanto antes mejor; militares, policía y guardia civil, a lo que se les ordene siempre y cuando el levantamiento sea mayoritario; los legionarios y regulares de África, sembrarán el terror actuando sin escrúpulos; también podemos contar con patrones, propietarios, vecinos de derechas, jóvenes y hasta niños entusiasmados por ponerse una camisa azul con el yugo y las flechas, y bueno, la iglesia que, como de costumbre, quiere recuperar privilegios.

—No me extraña, deben estar hartos de tanto acoso y saqueo del populacho y de que el gobierno haga la vista gorda con tal de ganar votantes —dijo Queipo de Llano—. Pero ¿lo de jóvenes y hasta niños?

—Sí, sí, jóvenes, también hay de nuestro lado, más de los que imaginas. En cada casa uno, si no es el hermano es el primo y si el padre tira para un bando, el hijo lo contrario. Juraría que a muchos les pones un arma en las manos y se multiplican como los panes y los peces. No solo el pueblo está dividido, también las familias.

—Esto va mejor de lo que esperaba José —añadió Queipo de Llano mientras masajeaba su barbilla—, a la que empiece la movida y armados, se matan entre ellos y menos trabajo para nosotros.

El descontrol durante el gobierno legítimo del Frente Popular era absoluto. Al batiburrillo de ideologías y tendencias de izquierda: socialistas, comunistas, sindicalistas, nacionalistas, marxistas, anarquistas, milicias antifascistas, comités y juntas, se sumaba el rechazo de la monarquía, de la iglesia y de todo aquel que explotaba y oprimía al pueblo y a la clase trabajadora. El gobierno era incapaz de gestionar toda esa acritud y al mostrarse incapacitado para abordar la situación, cada grupo campaba por sus fueros llevando a cabo acciones improvisadas que, en muchas ocasiones, ni siquiera veían con buenos ojos ni los del mismo grupo.

—La falta de unidad en las izquierdas ha provocado el levantamiento —comentó el capitán Manuel González mientras desayunaban antes de partir para Sevilla— y a nosotros, los militares de uno u otro lado, nos toca poner remedio.

—Ya —interrumpió Leo—, el problema, es que no todos los militares están de acuerdo.

—Cierto —prosiguió Manuel tras hincarle el diente al rabo de toro a la cordobesa que su madre les había cocinado—, pero en el ejército eso no cuenta, mandan los generales y los demás cumplimos órdenes, las que sean y te toque donde te toque.

—Mi padre —comentó Ibrahim que seguía con atención la conversación— siempre me decía cuando caminábamos por el desierto «*No intentes poner recta la sombra de un palo torcido*».

Eso me hace pensar que el tiempo para poner remedio a esta situación ya ha pasado y que el que gane la guerra será quien decidirá el camino a seguir.

—¡Coño, Ibrahim! —soltó Leo—, este dicho de Hussain lo explica claro y es verdad, lo que está torcido está definitivamente torcido y hasta roto, me atrevería a decir.

A primera hora de la tarde, el general Villa-Abrille recibió, en su despacho de la capitanía sevillana, un telegrama del presidente del gobierno, Casares Quiroga, en el que le ordenaba que preparase aviones bombarderos para acabar con los altercados de Melilla, pero no se puedo cumplir la orden al ser saboteado el aeródromo por una unidad de sublevados. El desconcierto era total y los políticos de izquierda y sindicatos pedían armas para el pueblo, pero Varela, el gobernador civil, no quiso acceder, de momento, a la petición. Ya no había marcha atrás y tal como estaba previsto, el 18 de julio por la mañana, Queipo de Llano entró en acción.

—O te adhieres al levantamiento o te mato —le dijo Queipo de Llano a su amigo, el general Villa-Abrille tras presentarse en su despacho de capitanía y apuntarle con su Astra 300-9mm Browning.

—Estás cometiendo un error, Gonzalo —dijo Villa-Abrille sin levantarse ni sorprenderse demasiado.

—No, José, la patria no se merece este desgobierno. Hemos llegado a un punto que no tiene retroceso, tú decides y lo tienes que hacer aquí y ahora.

—Espera..., no seré un obstáculo, he jurado lealdad al gobierno republicano y no puedo incumplir mi palabra, pero, si no me matas, me mantendré al margen.

Tras encerrarle en una sala con otros oficiales, Gonzalo Queipo de Llano, rodeado de los oficiales que se adherían al golpe, convocó a los suboficiales y a la tropa de la guarnición en el patio de capitanía y les hizo saber que estaba al mando de la sublevación del ejército y que a partir de ese momento estaban bajo sus órdenes.

A primera hora de la tarde se oyeron los primeros disparos en la Plaza Nueva y la guardia de asalto, fiel al gobierno, se atrincheró frente al edificio de telefónica. En toda Sevilla cundió el pánico, los comerciantes cerraban sus tiendas apresuradamente y los vecinos corrían por las calles con el único propósito de llegar a sus casas y mantenerse alejados de cualquier situación de peligro. Los sublevados, que se habían hecho con las armas del cuartel de artillería, se dirigieron al Gobierno Civil y, tras el primer cañonazo, se rindió José María Varela. Queipo de Llano se dirigió a la población por radio: *«¡Sevillanos!, ¡a las armas!, la patria está en peligro y, para salvarla, unos cuantos generales hemos asumido la responsabilidad de ponernos al frente de un movimiento libertador que triunfa en todas partes. El temido Ejército de África está ya camino de Sevilla, viene a sumarse a la tarea de acabar con este gobierno indigno que se había propuesto destruir España para convertirla en una colonia de Moscú. Cuando lleguen, los alborotadores y los que resistan serán tratados como alimañas. Todas las tropas de Andalucía obedecen mis órdenes y los que están con el gobierno de Madrid han sido destituidos. Sevillanos, la suerte está con nosotros. ¡Viva España!»*

Las armas estaban en la calle y ya no había marcha atrás. En la Sevilla de la Feria Internacional de 1929, que tanto hermanó a sus ciudadanos y que tantas desigualdades creó, la guerra ya era un hecho. Los sublevados iban ganando posiciones en la ciudad y los barrios fueron cayendo uno a uno junto con los milicianos de izquierdas y vecinos que les apoyaban.

—¿Cómo está la situación, José? —le preguntó Queipo de Llano al "torero huevón" mientras seguía al minuto la contienda y daba permanentemente órdenes desde el puesto de mando de capitanía general.

—Bastante bien —respondió el torero—, controlamos la Plaza Nueva, Jesús del Gran Poder, la calle Toledo y, tal como van cayendo, se van incorporando ciudadanos a nuestras filas.

—¿Muchos? —interrumpió el general sorprendido de que el viento estuviese soplando tan rápido a su favor.

—Sí, muchos, pero no todos. Algunos, antes de caer o ser delatados por sus vecinos, huyen por el puente de Triana y buscan cobijo en los barrios obreros, donde la mayoría son simpatizantes de izquierda, milicianos y vecinos muy resentidos con la derecha.

—Por lo que veo, están descabezados, no hay una cadena de mando definida y me imagino que cada grupillo de rojos campa por la ciudad sin orden ni control.

—Sí, así es, además, han perdido el apoyo de la guardia de asalto, de la guardia civil y están perdiendo el de muchos vecinos asustados por el alboroto que están armando.

—¿A qué te refieres? —preguntó Queipo de Llano, aunque no se mostró sorprendido.

—Pues que, en vez de concentrar sus energías y su agresividad contra nosotros, están poniendo la ciudad patas arriba. No hay comercio que no hayan saqueado, simpatizante de derechas que no haya sido agredido o iglesia que no hayan asaltado y quemado. A muchos vecinos no les gustan esos ataques a la iglesia, la quema de santos y crucifijos. Se muestran en contra, incluso colaboran escondiendo imágenes y protegiendo a curas y monjas.

Cuando el capitán González y la unidad de Segangan llegaron a Sevilla el día 21, junto con la legión y otras unidades de regulares, se quedaron sorprendidos del parte que sobre la situación les facilitaron en capitanía.

—Me ha dicho mi padre —le dijo Leo a Ibrahim—, que Sevilla está al caer y qué milicianos de izquierda andan alborotados, asaltando iglesias, persiguiendo a los curas y llevándose de las tiendas todo lo que pueden cargar.

—No entiendo que tiene todo eso que ver con la guerra —dijo Ibrahim buscando una explicación.

—Bueno, la verdad, es que la iglesia siempre ha estado al lado de la derecha más conservadora, influyendo en la política y al lado de los poderosos, resumiendo, beneficiándose de todo.

—Ya, es lógico que se centren en los que más tienen, porque a los que solo les queda el silencio para llevarse a la boca poco les pueden quitar.

—Así es, Ibrahim —añadió Leo—, hay mucha diferencia entre ricos y pobres, entre comer y no comer, entre explotar y ser explotados…

—¡Para el carro, Leo!, si alguien te oye pensará que eres partidario de la dictadura del proletariado.

—Sí, seguro que lo pensarían, pero en el ejército estamos a las órdenes del que manda, como dice mi padre, sean cuales sean las ideas personales que tengamos. Lo que me cabrea es la injusticia de unos o de otros.

Las charlas entre los dos eran habituales siempre que estaban juntos y, a decir verdad, procuraban estarlo siempre, porque se entendían, se escuchaban, se lo pasaban bien y se animaban el uno al otro cuando la moral caía por los suelos.

Si el día 21 pusieron los pies en Sevilla, el 22 sacaron las armas. Los milicianos y simpatizantes de izquierda se habían atrincherado en el barrio de Triana y en el llamado Moscú sevillano. No había callejuela que no contase con barricada, ni parapeto que no hubiese tras él un miliciano o un vecino armado. Otros, en su mayoría mujeres y niños, permanecían encerrados en sus casas con el miedo en las entrañas y contando las horas que pensaban serían las de sus últimos días.

Al amanecer del día 22, el cielo de Sevilla estaba cubierto por unas nubes compactas y oscuras como el carbón. Los milicianos habían saqueado y quemado varias casas de burgueses y también, yacían frente a las iglesias los restos humeantes de bancos, confesionarios, imágenes y otros objetos religiosos.

—Atacaremos por tres puntos simultáneamente—señalo Queipo de Llanos sobre el mapa de la ciudad a los oficiales que estaban reunidos en el despacho de capitanía a las cinco de la madrugada—, por el Arco de la Macarena, por la calle del Sol y por la Puerta de Córdoba. Por cierto, dicho sea de paso, me han informado que la Virgen de la Macarena está a salvo escondida en lugar seguro.

—Hay muchos sevillanos que están apoyándonos por esta barbarie anarquista —añadió el capitán Estévez—, ah, y también están a salvo la Santa Cena y la Reina de todos los Santos.

—Bueno —interrumpió Queipo de Llano—, pronto volverán a los altares, pero centrémonos en el aquí y el ahora. En el Arco de la Macarena estableceremos el puesto de mando y el comandante Castejón coordinará las acciones. Dividiremos las fuerzas en tres columnas con legionarios y regulares al frente y con el apoyo de la infantería y de la guardia civil. El capitán Patiño, avanzará desde el Arco de la Macarena por la calle de San Luis; el capitán López, entrará por la Puerta de Córdoba y avanzará por la calle San Jacinto y, el capitán Llorens, lo hará por la calle del Sol hacia la plaza de los Terceros. El capitán González y la unidad de Segangan se moverán por las tres zonas recabando información y trasladándola al comandante Castejón en el puesto de mando en la Macarena.

—¿A qué hora comenzará el despliegue? —preguntó el capitán Llorens.

—A las ocho de la mañana, mando y tropa en los puntos establecidos. Daremos comienzo a la primera fase en la que se atacará con granadas las barricadas levantadas que impidan el avance hacia la plaza de San Marcos, centro del Moscú sevillano.

—¿Cuál es el objetivo de la segunda fase? —preguntó el capitán Patiño.

—En la segunda fase aseguraremos posiciones con la instalación de ametralladoras que impidan a los milicianos volver a levantar parapetos, que tomen posiciones o impedir que huyan por algún lado.

—¿Y la tercera? —volvió a preguntar Patiño.

—La tercera, es de gran importancia para que triunfe la rebelión en Sevilla y en el resto de España: detener al enemigo, sea militar o civil, hombre, mujer e infringirle el máximo castigo que se pueda aplicar. El terror tiene que correr por sus venas y por todas las calles de Sevilla. Como dije en mi discurso de anteayer, se les tratará como alimañas.

Capítulo 16

—Ibrahim, despierta, son las siete —una vez más Leo estiró de la sábana, dejándole en la litera como Dahia le trajo al mundo—, a las ocho tenemos que estar en el Arco de la Macarena.

—¿Qué? —respondió mientras volvía a taparse como si la guerra fuese algo ajeno a él y al lugar en el que se encontraba.

—¡Coño, Ibrahim, despierta!, mi padre me ha dado un par de cartas que han enviado de casa. Una, es para ti.

—Ibrahim saltó de la cama como si le hubieran prendido fuego al colchón y, literalmente, le arrancó la carta de las manos.

Querido Ibrahim,

Espero que te hagan llegar esta carta que he enviado a casa de Leo porque no sabía cómo ponerme en contacto contigo. No son las mejores circunstancias en las que estás para recibir malas noticias, pero no tengo más remedio que decirte que ayer enterramos a Abdul, tu querido abuelo. Falleció la pasada madrugada. Yasira, no pudo hacer nada para reanimarle y cuando nos llamó y fuimos a verle, le encontramos sobre la cama, dormido, pero su alma ya no estaba. ¡Alá le tenga en su gloria!

Siento no poder estar a tu lado para acompañarte en este momento tan triste, pero si puedo intentar animarte diciéndote que tu abuelo siempre me hablaba de ti y tenía muchas ganas de verte y estar contigo. Estas últimas semanas me acompañaba a Bir Tigissit y no paraba, cuando nos sentábamos a la sombra, de preguntarme dónde estabas, lo que hacías, me hablaba de los momentos que pasasteis juntos y como no, de todas tus virtudes. No solemos encontrar tiempo para recordar y agradecer los momentos felices y cuando lo hacemos, ya es tarde, ya no podemos mostrar nuestro agradecimiento por todo lo recibido. Él, no lo necesitaba ni lo necesita ahora porque lo sabía, pero eso no quita que nos hubiera gustado decírselo.

La vida es tan breve que siento que no la estamos aprovechando lo suficiente. Tú, allí, en una guerra fruto de la ambición de poder y yo, aquí, con una soledad que no sé cómo comérmela. Cuando me pregunto ¿qué podemos hacer?, siempre recibo la misma respuesta: cumplir con nuestras obligaciones y esperar esos momentos felices que estoy convencida de que llegarán. De momento, disfruta de tu amistad con Leo, quiérele, aunque no tanto como a mí. En la amistad y el amor se encuentra la felicidad a la que aspiramos y nos merecemos.

Perdóname, Ibrahim, porque no se si mis palabras van a ayudarte en estos momentos. Quiero que sepas que estés donde estés estoy y estaré contigo y que, en estos momentos tan tristes, comparto tu dolor y tus sentimientos.

Te quiero,
Shara
16, de julio de 1936.

Con el alma encogida y sin darse cuenta por donde caminaban sus pies, Ibrahim y toda la unidad llegaron al puesto de mando establecido en el Arco de la Macarena. Los rostros serios y el silencio los acompañó desde la sede de capitanía hasta el barrio de San Gil, en el casco antiguo de la ciudad.

Los restos de la ultrajada basílica de la Macarena, Nuestra Señora de la Esperanza, todavía humeaban y también la primera barricada que los vecinos de la Sevilla roja habían levantado para impedir la entrada en el barrio. Para su desgracia, la guardia civil y los guardias de asalto les habían dado la espalda y, los que combatían, eran milicianos sin preparación militar y con apenas un fusil para defenderse. Los muebles, sacos y adoquines con los que habían levantado la barricada del Arco de la Macarena durante la noche volaron por los aires cuando la unidad de la legión y de regulares, encabezada por el capitán Patiño, lanzó varias granadas mientras las ametralladoras disparaban sin descanso.

—Ganada la posición —le informó Patiño al comandante Castejón—, ninguna víctima en nuestras filas. Una docena de milicianos frente populistas han muerto y un par se han rendido.

—No hay rendidos que valga, fusilarlos allí mismo.

—Uno de ellos, es una joven de no más de diecisiete años —añadió Patiño.

—Como si se trata de su puta madre, del barrio no sale vivo ni Dios. Lo que hagamos en Sevilla se sabrá en toda España y, como dijo el general Queipo de Llano, no son más que alimañas, rojos de mierda, añadiría yo.

—Así se hará, comandante.

—¡Adelante!, por la calle San Luis y sin contemplaciones —ordenó el general—. Según me informa el capitán González, después de pasar a cuchillo a los que estaban atrincherados en la muralla de Almorávides y entrar en el barrio por la calle Flecha, hay tres barricadas más hasta la plaza Santa Marina y un par más en las calles adyacentes.

La unidad de Segangan se había dirigido a la Puerta de Córdoba para apoyar al capitán López. Los milicianos defendían, con uñas y dientes, la zona en la que se encontraba la sede del partido comunista y la junta revolucionaria dirigida por Paladín.

Los milicianos, mejor pertrechados, blindaban el paso por cualquiera de las calles que confluían en dicho lugar. La legión, con el capitán López, avanzó por la calle San Jacinto sin parar de disparar y lanzando granadas en los patios interiores de las casas. Los vecinos se escondían aterrorizados, dando por hecho que Sevilla estaba perdida y que sus vidas pendían de un hilo.

El capitán González endurecía el ataque por San Hermenegildo, donde una barricada taponaba la calle y con la seguridad de que la posición caería antes del mediodía.

—Tu Leo, con Ibrahim, Mounir, Mohamed y Hassan, parapetaos entre los escombros de la iglesia, yo, entraré con los sublevados de la guardia civil por Fray Diego de Cádiz y les sorprenderemos por la espalda.

—¡Cúbrete, Hassan!, gritó Ibrahim al ver apostado a un francotirador en la azotea de una casa.

Hassan, fue abatido por un disparo en mitad de la calle cuando la atravesaba para reunirse con sus compañeros. No hubo fusil que se mantuviese en silencio. El miliciano cayó fulminado mientras Leo arrastraba el cuerpo de Hassan hasta el parapeto que les protegía de los disparos.

—Te pondrás bien, Hassan, le dijo mientras presionaba con sus manos su pecho intentando detener la sangre que teñía de rojo su camisa.

—Mohamed…, dale un beso a mi madre —fueron sus últimas palabras antes de que la luz se apagara.

Tristes y rabiosos se lanzaron a pecho descubierto contra los milicianos apostados en la barricada. La balas silbaban en sus oídos mientras calaban sus bayonetas y disparaban. Un par de milicianos tiraron sus armas y levantaron los brazos, mientras los otros, con una preparación escasa, no conseguían hacer blanco en ninguno de los que atacaban. Leo, fue el primero en volar por los aires y clavar su bayoneta en el pecho de un joven miliciano que apenas pudo articular palabra. Ibrahim, que había perdido su fusil al saltar sobre ellos, seccionó con su cuchillo la yugular de otro de los que todavía se mantenían vivos tras el parapeto, Mohamed abría en canal el estómago de una joven miliciana que suplicaba clemencia con su mirada y Mounir, arrastraba a otra al portal de una casa y la estrangulaba con sus manos mientras la poseía salvajemente. «Mi amigo se llamaba Hassan y esta será tu última follada, roja de mierda», le gritaba mientras las lágrimas caían por los surcos de su rostro.

—¿Qué has hecho, Mounir? —le preguntó Ibrahim una vez tomada la barricada.

—¡Mejor te callas, o te rajo! —respondió Mounir mientras cerraba la bragueta, colgaba al hombro su fusil y alojaba la bayoneta en la funda enganchada al cinturón.

Al mediodía del 22 de julio, las tres columnas de los salvadores de patrias avanzaban sin contemplaciones sembrando el terror por el Moscú sevillano. Las bajas eran numerosas en los dos bandos, pero la superioridad numérica y la experiencia en combate de regulares y legionarios inclinaba la balanza a su favor.

A lo largo de la tarde Sevilla fue cayendo en manos de los sublevados: las barricadas superadas y desmontadas; el hospicio, tras duros combates, fue asaltado y tomado por requetés y legionarios, fusilando a todos los que encontraban con armas en las manos; la columna de regulares y falangistas, bajo el mando del capitán Llorens, avanzó hacia la plaza de los Terceros instalando ametralladoras para impedir la huida de los milicianos. Antes de que el sol se pusiera ese fatídico miércoles del mes de julio, las tres columnas capitaneadas por Patiño, López y Llorens confluyeron en la plaza de San Marcos tras acabar con las últimas barricadas levantadas junto a la iglesia. Todavía humeaba tras ser incendiada al inicio de la contienda.

—Comandante —dijo el capitán González al entrar en el puesto de mando de Castejón y después del preceptivo saludo militar—, la Plaza San Marcos acaba de ser tomada por los oficiales al mando.

—¡Bien! —soltó a bocajarro el comandante mientras sacudía el puño en señal de victoria—. ¿Está en nuestras manos el Moscú sevillano?

—Lo está, mi comandante —respondió el capitán González mientras le venían a la mente las desgarradoras imágenes de la contienda—, tan solo quedan algunos milicianos y vecinos izquierdistas que se han refugiado en el arrabal de San Bernardo, fuera de los muros de la ciudad.

A la mañana siguiente, guardias civiles, requetés, falangistas, regulares y vecinos derechistas, con la moral de victoria y los ánimos encendidos, acabaron con el último reducto del frente popular atrincherado en el barrio obrero de San Bernardo. Sevilla, había sido tomada por los sublevados. Muchos combatientes, vecinos y autoridades de izquierdas fueron fusilados, entre ellos, el alcalde de Sevilla. Los muertos fueron aumentando durante los días siguientes. La represión, había llegado para quedarse y los vencedores, la derecha más extrema, solo iba a quedar satisfecha con la venganza. Nadie hizo nada para impedirlo.

Sevilla se llenó de cárceles improvisadas a las que fueron a parar todos aquellos que habían participado, directa o indirectamente, en la contienda: políticos de izquierda; cargos públicos de cualquier organismo o entidad; milicianos, dirigentes sindicales, maestros o cualquier sospechoso de simpatizar con la república. Miles de ellos fueron fusilados sin juicio previo, otros, sin distinción entre mujeres y hombres de todas las edades, permanecieron encerrados y fueron salvajemente torturados en las cárceles. Los alrededores de la ciudad se llenaron de fosas comunes y el delatar a vecinos o simplemente amenazar con hacerlo para apropiarse de sus pertenencias, se convirtió en una práctica habitual que duró más allá de la finalización de la guerra. El hambre de venganza nunca quedó satisfecha.

Mi querida Shara,

Siento muchísimo la muerte del abuelo y me entristece no haber podido estar allí con la familia para acompañarle en sus últimos momentos. Tal como están las cosas por aquí, es imposible conseguir un permiso para viajar a casa. Quizás sea mejor así, porque es bastante probable que no regresase al frente. La sangre corre por las calles como jamás había imaginado y se cuentan a miles los que han perdido la vida en tan pocos días. Esta mañana hemos acabado con el último grupo que defendía la ciudad y Sevilla, ya está bajo nuestro mando. Querida Shara, no me siento feliz ni tengo nada que celebrar. Rezaré por todos los muertos.

Estamos alojados en el cuartel de la Gavidia, tristes por la pérdida de nuestro compañero Hassan, Alá le acoja en su gloria, y decepcionados por el desarrollo de una guerra en la que se aprovecha para saquear, quemar iglesias, casas y comercios, para venganzas entre vecinos y para todo tipo de agresiones que le dejan a uno perplejo por el nivel de odio y de falta de humanidad. Todo eso sucede en ambos bandos y bajo el mismo cielo. La guerra no finaliza al acabar los combates, lo que llega después es todavía peor. Hay persecuciones, encarcelamientos, torturas.... A los vecinos los sacan de sus casas y los fusilan frente a sus portales, ante sus familiares y vecinos, sin ningún tipo de juicio y, lo peor, es que esto no ha hecho más que empezar y por la información que nos llega no solo está pasando aquí, sino que sucede lo mismo en todo el país.

Tengo suerte de poder compartir con Leo mi tristeza y mi abatimiento y de mantener lo más lejos posible la mente y el corazón de esa barbarie. Encuentro algo de sosiego pensando en ti, en nuestra familia y en todos los buenos momentos que hemos pasado y que pasaremos cuando pueda regresar a casa. No soy un buen soldado, lo reconozco, y cuando acabe esta desalmada guerra, acabará mi compromiso con el ejército.

Querida Shara, cuando acabe estas líneas, iré a dormir y soñaré una vez más, aunque sea por un instante, que vuelo hacia Tifariti para sentir el abrazo que necesito para recobrar el ánimo. Dale mil besos a la abuela, a mi madre de mi parte, y dile a Hussain que estoy deseando volver a caminar con él por el desierto.

Te quiere,
Ibrahim
23 de julio, cuartel de Gavidia, Sevilla.

Capítulo 17

Ibrahim y Leo partieron con la unidad de Segangan, de Sevilla hacia Extremadura, a la vanguardia de la columna del general Yagüe el primer día de agosto del nefasto 1936. La provincia de Cáceres estaba controlada por las tropas sublevadas, mientras que la de Badajoz, a menos de cien kilómetros de Sevilla, lo estaba por las fuerzas republicanas. La región era un polvorín que había explotado antes de que las tropas del general Yagüe pusieran un pie en ella. Los vecinos estaban enfrentados a causa de las leyes aprobadas por el gobierno de la república que animaba a los campesinos a tomar posesión de las haciendas que estaban en manos de los terratenientes. La confrontación social estaba a la orden del día y se habían intensificado los enfrentamientos al inició de la sublevación. Atravesar la región era de vital importancia para poder seguir avanzando hacia la capital, Madrid, pieza clave para que triunfase la sublevación.

—Acamparemos aquí —ordenó el general Yagüe al llegar al río Rivera de Cala, frontera entre las regiones de Sevilla y Badajoz—, ah, y dígale al capitán González que quiero hablar con él.

—A sus órdenes —respondió su asistente.

El capitán González acudió al puesto de mando con presteza y encontró al general, en mangas de camisa, fumando un habano y concentrado en un mapa desplegado sobre la mesa.

—¿Da usted su permiso, mi general?

—Pase capitán y sírvase un vaso de vino.

—Por los informes que me llegan, la situación en la provincia de Badajoz está complicada y no va a ser fácil atravesarla en nuestra marcha hacia Madrid. Las milicias frentepopulistas han armado a los campesinos y estos se están llevando por delante todo lo que encuentran a su paso.

—¿Tan grave es la situación?

—Si, capitán, lo es, y solo conseguiremos nuestro objetivo si ganamos con solvencia estos combates iniciales. Necesitamos información para asegurar el éxito, por lo que es importante que prepare a su unidad para entrar en acción.

Al anochecer, Ibrahim, Leo y su padre atravesaron el río, vestidos de paisano, en un pequeño bote que camuflaron con ramas de árbol en la otra orilla. Caminaron toda la noche y a primera hora de la mañana entraron en la fonda, Casa Juan, en el pueblo de Fuente de Cantos.

—Tenga buen día —le dijo Manuel al mesonero al cerrar la puerta y acercarse a la barra.

—Usted dirá —respondió mientras echaba un vistazo a los dos jóvenes que, con sus gorras puestas, se habían sentado en una mesa del pequeño establecimiento.

—Pónganos unas tostadas de cachuela, sin mucho pimentón y vino de la casa.

—¿Vienen de lejos? —preguntó el mesonero que no dejaba de mirar a los jóvenes.

—No, de Aracena, de camino a Mérida, al entierro del abuelo.

—Pues buenos tiempos —prosiguió el mesonero mientras preparaba las tostadas—, no son para andar por estas tierras.

—Eso dicen —respondió Manuel—, pero trabajando todo el día en la hacienda de don Pedro, poca cosa llega a los oídos.

—Pues aquí se acabaron las haciendas, los privilegios de los terratenientes, de los curas y de todo aquel que se crea superior. Ya está bien de tanta explotación y tanta miseria.

—¿Tan mal está la cosa?

—Según para quién, para los señoritos muy mal y, para los trabajadores, un respiro y pan, que falta nos hace.

El alboroto era general por todas las calles de Fuente de Cantos. Ellos, se mantenían a una distancia prudencial, pero estaban lo suficientemente cerca de las revueltas para ver todas las atrocidades que las milicias populistas y vecinos llevaban a cabo. A lo largo de la mañana escucharon tiros, vieron como detenían a personas y cómo, después de dar el pasaporte al cura en la misma puerta de la iglesia, la incendiaban con algunos feligreses que se encontraban dentro y a los que impidieron salir cerrando la puerta.

—Esto demuestra que Franco tiene razón —dijo el general Yagüe tras escuchar con atención todos los detalles del relato del capitán González—, a estos bolcheviques solo los venceremos con acciones contundentes, sin contemplaciones ni remilgos. Como dijo Mola, hay que sembrar el terror, el doble del que siembran ellos.

En su camino hacia Mérida, la columna del general Yagüe no dejó títere con cabeza. Con solo escuchar «¡Qué vienen los moros!» o verlos aparecer con los *tarbush* rojos o con turbantes sobre sus cabezas, los vecinos salían de estampida, porque habían oído que, a la gente de izquierdas, la sacaban a golpes de sus casas y la fusilaban en la calle para que lo viera todo el vecindario; que violaban a las mujeres sin tener en cuenta su edad; que saqueaban sus domicilios y comercios y todo ello, era un mal menor porque, con toda probabilidad, rebanarían sus pescuezos con sus curvadas y afiladas dagas *jamniya*. Eran las columnas de la muerte y de ellas ya se hablaba por todos los rincones del país.

El peligro no solo estaba cuando les atacaban, sino que, una vez tomado el sitio, permanecían en él buscando hasta el último rojo que quedase con vida. Algunos vecinos afines a los sublevados, gente de una derecha obstinada, excluyente y de baja calaña moral, aprovechaban la oportunidad para vengarse de cualquier afrenta sufrida por la chusma populista. Los chantajeaban para que entregasen sus bienes, incluso les denunciaban después de haberlos recibido. Si esa era la letanía durante el día, al anochecer, sacaban a la gente de sus casas sin contemplaciones y les conducían a las afueras de la localidad para fusilarlos.

—No puedo con toda esta brutalidad —le comentó Ibrahim a su amigo Leo tras salir de Fuente de los Cantos y ver en la cuneta a decenas de muertos—, esta no está siendo una guerra limpia entre dos ejércitos.

—A mí tampoco me hace ninguna gracia —respondió Leo mientras ponía su brazo sobre los hombros de Ibrahim—, por suerte, nuestra unidad permanece a la vanguardia y, en alguna medida, al margen de las atrocidades que suceden en los sitios conquistados.

—Lo de sembrar el terror va más allá de lo que debe ser una guerra —añadió Ibrahim—, hay mucha gente inocente como lo es tu familia y la mía. Me moriría si Shara se encontrase en una situación como esta. No quiero ni imaginarlo.

—Tienes razón, Ibrahim, desde luego, el general Mola, Franco, Queipo de Llano y algunos otros se ha lucido con sus arengas.

—Anda Leo, dame un cigarrillo.

—Pero si tú no fumas.

—Ya, pero necesito calmarme y no sé con qué.

—Nos iría de primera un bañito en la Caleta.

—Y unos chicharrones de Chiclana.

Encendieron un par de cigarrillos y siguieron caminando en silencio. Un humo, distraído, afloró en sus labios, dibujando en el aire sus pensamientos. Ibrahim soplaba fuerte para que llegaran lejos, a Tifariti, a Shara y ella, no tardaba en aparecer levitando sobre nubes blancas hasta llegar a sus labios. Tosió, y esa tos despiadada, arrancó a Shara de sus labios y le arrojó de nuevo al frente.

—No hay manera de acercarse —informó Ibrahim al capitán González y al grupo de mando reunidos a las afueras de Almendralejo—, los milicianos disparan a cualquiera que se acerque.

—No hemos podido entrar en el pueblo por ningún lado —añadió Leo—, ni siquiera vestidos de paisano.

—Ponme con el general Franco —le dijo al ordenanza el coronel Asensio.

—Franco al habla. Dime Asensio, ¿qué noticias tienes? —preguntó sin preámbulos nada más ponerse al teléfono.

—La unidad de Segangan no ha podido ni acercarse, Los rojos están dispuestos a defender Almendralejo con uñas y dientes.

—¿A qué distancia estás?

—A dos kilómetros, más o menos —respondió Asensio.

—Pues acercaros lo máximo posible y no paréis de disparar los morteros. Tenéis los Valero ¿no?

—Sí, pero no será suficiente general.

—Bien —respondió Franco demorando unos segundos su respuesta—, hablaré con general Wilhelm von Thoma para que envíe unos de esos aviones que tanto interés tienen los nazis en probar. Me fio más de la mala leche de Hitler que la de Mussolini.

—¿Los Junkers? —añadió Asensio.

—Si, los Junkers o los Heinkel, qué más da, que prueben lo que quieran, pero que no dejen títere con cabeza. Y, ya sabes Asensio, mejor de más que de menos, el pánico y la sangre deben correr por Almendralejo.

Al anochecer, un par de bombarderos Junkers de la Luftwaffe, con apenas un año de pruebas desde su fabricación, sobrevolaron el cielo de Almendralejo, dejando caer sus bombas explosivas que expandían metralla en un radio de casi mil metros y otras, incendiarias, que propagaron fuego y humo por todo el pueblo. Las casas se venían abajo como si fuesen de papel, la gente corría por las calles buscando un lugar donde refugiarse. Algunos, intentando huir del acecho de la muerte, eran abatidos por los morteros y por las ametralladoras apostadas alrededor de la localidad. Otros, ancianos, mujeres y niños buscaban algún agujero en el que ponerse a salvo. Los hombres y también algunas mujeres jóvenes, sin experiencia de combate y con escaso armamento, se atrincheraban en las calles tras las improvisadas barricadas levantadas con muebles que sacaban de las casas. Las diferencias entre unos y otros combatientes era abismal y, cuando los bombardeos desaparecieron del cielo, el silencio y el miedo se hicieron dueños de una noche que iba a ser larga.

—Escucha Leo —le dijo Ibrahim poco antes de entrar a degüello en el pueblo, atendiendo a las órdenes recibidas—, voy a poner todo mi empeño con los milicianos que se resistan, pero no soy capaz de sembrar el terror matando mujeres y niños indefensos.

—Ya, te entiendo, esta tarde hablando con mi padre, le dije lo mismo. Me dijo que él, no puede animar a incumplir las órdenes y que tampoco podrá poner freno a la barbarie.

—¿Y entonces?

—Pues…, según me dio a entender —respondió Leo mientras se pertrechaba para entrar en acción—, él va a actuar según su conciencia, es decir, que va a mantenerse al margen lo máximo posible y que nosotros, si queremos, debemos hacer lo mismo.

A bayoneta calada entraron disparando por todas las calles del pueblo. El capitán Manuel González con la unidad Segangan se enfrentaron cuerpo a cuerpo con los milicianos parapetados tras las barricadas, llevándose prisioneros a todo aquel que dejaba las armas y alzaba los brazos. De nada les sirvió hacerlo, porque, la mayoría de ellos, fueron fusilados a las afueras de Almendralejo por orden del general Asensio.

Como en Sevilla y en otros lugares, algunos milicianos republicanos, incapaces de centrase en combatir contra los sublevados, se dedicaron a quemar la parroquia de la Purificación y pasar cuentas con todo vecino señorito o simpatizante de derechas. Parapetados en la torre de la parroquia resistieron algunos días hasta que, capturados, fueron fusilados inmediatamente y, como era habitual desde el inicio de la contienda, sin juicio previo. Como en otros frentes, el Ejército de África, una vez ganadas las posiciones, no dejaron de saquear casas y comercios, asesinar a quien se pusiera por delante y violar a destajo, llevase falda o pantalón.

En otras partes del país la guerra se asentaba y se extendía como la pólvora sin que nada ni nadie pudiese impedirlo. En Cataluña, fracasado el golpe del general Goded, se creó un comité de milicias antifranquistas y se persiguió a todo aquel que fuese afín a los sublevados, a religiosos y a gente de derechas; en el norte, fueron cayendo, después de duros combates, la Coruña, Vigo, Gijón, Álava, Navarra…; en Madrid, fracasó el asalto de los rebeldes al Cuartel de la Montaña y el gobierno republicano publicó un decreto con el que expulsaba del ejército a los generales golpistas Goded, Franco, Queipo de Llano, entre otros; en Toledo, el general Moscardó declaró la guerra y se refugió en el Alcázar para defenderse del ejército del Frente Popular que llegó desde Madrid al mando del coronel Riquelme.

—Alemania, y el mismo Hitler, se han posicionado claramente a nuestro lado —dijo el general Franco a Queipo de Llano, después de instalar su cuartel general en Sevilla, —, he hablado con el Führer esta mañana y me ha dado su palabra de que nos apoyará con soldados y armas.

—Menudo pollo, ese Hitler —añadió Queipo de Llano, mientras encendía su habitual habano—, no creo que lo haga por nada, algo querrá de nosotros.

—Así es, pero nos interesan sus aviones y…, por otro lado, compartimos el mismo objetivo: poner un poco de orden en esta Europa en decadencia.

—¿Y Mussolini?

—Mussolini, es menos ambicioso que Hitler, pero con tal de mantenerse en la poltrona y ganar prestigio dentro y fuera de Italia, pondrá hasta el culo si se lo pido.

—¡Coño, Paco!, no serás tú de la otra acera.

—No, tranquilo, Queipo, pero si ganamos la guerra, pídeme lo que quieras y te lo hago.

—Te tomo la palabra —respondió Queipo de Llano—, pero no será fácil ganarla, Rusia está enviando de todo: aviones, tanques, asesores… y, si me han informado bien, más de dos mil soldados. Paco, la mamada, tendrá que esperar.

—Este Kalinin es un bolchevique de armas tomar —añadió Franco mientras rodeaba con un círculo su nombre—, tiene más mala leche que el mismísimo Lenin. ¡Menudo pollo comunista!, y te digo una cosa, si no cobra por adelantado no les enviará ni piñones siberianos.

Por si no fueran suficientes los países que se implicaron en la contienda, había que añadir las Brigadas Internacionales. Más de treinta y cinco mil soldados voluntarios de infantería de más de cincuenta países, se posicionaron abiertamente al lado del gobierno republicano. Una tercera parte de ellos eran franceses y muchos tenían experiencia al haber combatido en la Primera Guerra Mundial. Desde luego, no fue una movilización improvisada, a instancias de Stalin, la Internacional Comunista había estado reclutando a sus filas a todo aquel que, simpatizando con la izquierda radical, estuviese dispuesto a frenar el avance del fascismo en España o en cualquier otro país de Europa.

Capítulo 18

Mi querida Shara,

Gracias a ti puedo abandonar esta guerra por un instante, olvidarme de ella, dejar que los pensamientos me lleven a otro lugar, que me acerquen a ti, ya sea corriendo, andando o arrastrándome por estos cielos que contemplan con una pasividad absoluta lo que está ocurriendo. Esto no es humano y si lo es, que lo es, no está hecho para mí. Perdona querida Shara, estoy bien, pero necesito esté desahogo que me permite desconectar de esta barbarie, aunque solo sea mientras te escribo. Haré un esfuerzo para que en esta carta no haya ni una sola línea, ni ninguna palabra más sobre lo que sucede aquí, porque la tristeza no quiero compartirla contigo, quiero que se quede aquí, en el campo de los despropósitos.

Soplo fuerte...

Ya está...

Ya estoy solo contigo.

No puedo dejar de preguntarme si habrá llegado alguna carta tuya a casa de Leo y estoy contando las horas para tenerla en mis manos. Ya veo a Leo, acercándose, con una sonrisa contenida que le delata porque sus ojos están diciendo a gritos: «Ibrahim, carta de Shara». Luego, sé que la va a esconder cogida con las manos en su espalda porque quiere que me levante, que vaya hacia él y pelee hasta conseguir cogérsela. A veces, tengo que correr tras él y, en alguna ocasión, la ha escondido y no me dice dónde está hasta el día siguiente. Si no le conociese, diría que tiene envidia y no sé por qué, pues recibe cartas de varias admiradoras, aunque no siente por ninguna de ellas lo que siento yo por ti. No veas lo que reímos cuando me las lee, quiere que le escuche y que esté atento a los gestos que hace con la cara y con todo el cuerpo. No se burla, ya te he dicho que es una persona extraordinaria, pero creo que le sirve también para desconectar del momento y para hacerme partícipe de sus alegrías. Su actitud cambia cuando la carta es de Ana, no quiere admitir que siente algo por ella, pero se le nota porque las bromas desaparecen y me dice: «esta la leeré luego» y entonces soy yo el que va tras él y forcejeo para quitarle la carta. ¡Qué suerte tengo de su compañía, Shara!, además, estoy aprendiendo estrategias que él utiliza y que voy a poner en práctica cuando volvamos a vernos. Lo del forcejeo me convence bastante y voy a aplicarlo en mi próximo viaje. Ya me veo cogiéndote la melfa y estirándola para atraerte hasta mí y tú, la sujetas con todas tus fuerzas como si en ello te fuese la vida. Tienes que admitir que soy más fuerte que tú y que no podrás dejar de girar como una peonza hasta que caigas en mis brazos. No te quedará más remedio que darme el premio que imaginas, empezando por un abrazo hasta que crujan las costillas y acabando con un beso tierno y dulce, que dure del anochecer al alba.

Acabo de darme cuenta de que nunca te he hablado de casarnos y me sorprende, porque ya hace tiempo que nos conocemos y entre nosotros ha ido creciendo algo más que amistad. Quizás, estábamos satisfechos viviendo el momento en que estábamos juntos y, ni el pasado ni el futuro distraían nuestra atención. Ahora, en la distancia, todo son planes y aplazamientos para cuando volvamos a vernos. Como me gustaría no tenerlos y vivir el día a día contigo para poder decirte: «Shara, ¿quieres casarte conmigo?».

No tengo ese presente, pero puedo imaginarlo: «estás a mi lado cogiéndome la mano y regalándome una vez más tu tierna mirada, tu quietud dándome sosiego, el calor de tu cuerpo recordándome tu presencia, tus rosados labios entreabiertos esperando mi beso..., y yo, no puedo quedar en silencio sin decirte lo que siento y lo que pienso. Poco a poco desanido el elzam que cubre mi cabeza para que tus ojos vean que todo mi cuerpo te dice, te quiero. Me acerco, me arrodillo y beso las palmas de tus manos y cuando levanto el rostro y nuestras miradas se acoplan al cruzarse en el camino que conduce al gozo del amor, te digo con la mayor solemnidad que puedo imaginar en ese especial, maravilloso y único momento: Shara, mi querida Shara, ¿quieres casarte conmigo? No esperes en darme tu respuesta ni permitas que la distancia nos impida estar más juntos que nunca. Ese día y ese momento llegará, no lo dudes ni un instante.

Quizás tarde en tener en mis manos una nueva carta tuya, pero esta vez no será porque Leo la esconda, sino porque mañana partimos hacia Toledo y por las noticias que nos llegan, no será fácil recibir el correo.

Shara, querida Shara, nos vemos en el sueño.
Te quiero.
Ibrahim
Sevilla, 30 de julio

A finales de julio, el Alcázar de Toledo estaba sufriendo el asedio de las fuerzas del Frente Popular al mando del general Riquelme. En la fortaleza se habían refugiado, después de perder la calle, el general Moscardó con unos cuantos guardias civiles y vecinos afines a la sublevación, acompañados por sus familiares.

La represión fuera del Alcázar había sido brutal y los dos bandos estaban claramente situados en la ciudad: los sublevados, apenas quinientos, permanecían sitiados en el interior de la fortificación y, las tropas del gobierno republicano se habían adueñado de la calle con más de un millar de efectivos, más las milicias de voluntarios que se desplazaban todos los días desde Madrid para, a su regreso, al anochecer, contar en las tertulias de los bares sus hazañas belicistas. El gobierno de izquierdas, presidido por Giral, daba por hecho que el Alcázar no resistiría más de una semana los ataques permanentes de sus tropas. En Sevilla, la cúpula golpista, encabezada por los generales Mola, Queipo de Llano y Franco, debatían sobre la mejor opción para que triunfase la sublevación.

—El objetivo prioritario, como se acordó desde el principio —dijo con énfasis Mola mientras señalaba en el mapa dando repetidos golpecitos sobre Madrid—, es tomar la capital lo antes posible y derrocar al gobierno comunista incapaz de velar por los principios y valores más elementales.

—Ese es sin lugar a duda el objetivo prioritario del levantamiento —añadió Queipo de Llano inclinándose sobre el mapa mientras rodeaba con un círculo rojo el nombre de la capital—, el resto es pan comido y no me cabe ninguna duda que, con la intervención del Ejército de África y sus escasos remilgos, irán cayendo uno a uno como las fichas de dominó.

—Pues yo no lo veo así —intervino Franco después de dejarles exponer sus posturas— si lo que se pretende es ganar la guerra en dos días, os aseguro que la perdemos como sucedió con la Sanjurjada de hace cuatro años. Para una nueva payasada, no contéis conmigo.

—¡Cómo que no contemos contigo! —dijo sorprendido Mola—, no es momento de tirar la toalla.

—Pues así de claro, —respondió Franco—, prefiero dejarlo antes que acabar como Sanjurjo en el exilio, o fusilado, que sería lo más probable.

—Pero ¡qué dices Paco! —soltó sorprendido Queipo de Llano.

—Lo que has oído, recojo los bártulos y me marcho, me voy a Francia a pegarle un polvo a Carmen y me quedo con ella, con mi niña y con la madre que me parió —insistió Franco visiblemente encolerizado mientras tachaba el círculo que sobre Madrid había dibujado Queipo de Llano—, ¡estoy hasta los cojones de jugarme el pescuezo! A mí, ya no me ningunea ni Cristo y desde luego, no me subo a un barco que, a todas luces, va a naufragar.

—Bueno, haremos una pausa —intervino el general Mola con la intención de apaciguar los ánimos— pediré que nos traigan unas pringás y seguimos charlando.

—Pues, de paso, que traigan un par de botellas de Barbadillo y unos cigarrillos—, añadió Franco.

—Pero si tú no bebés —dijo Mola.

—Ya, eso es en público, en privado, fumo, follo y bebo de vez en cuando y, en las celebraciones, lo que se tercie.

—Para mí —intervino Queipo de Llano—, el secreto de la pringá está en el mollete con poca miga con ternera, morcilla y tocino bien majados, te aseguro, que te chupas los dedos.

Comieron, bebieron y fumaron durante un largo par de horas, como si la guerra hubiese acabado o todavía estuviese por empezar. Chistes, sandeces, majaderías, mezcladas con la pringá y el vino, daban una imagen más que lamentable de los cabecillas de la rebelión.

—Bien, volvamos al tema de Madrid —dijo Mola dando por finalizado el jolgorio—, ¿cuál es tu propuesta Paco?

—En primer lugar —respondió Franco tras apurar la copa del aromático Castillo de Don Diego y de apartar una miga de morcilla encallada entre los dientes—, no podemos pasar por alto que Moscardó está sitiado en el Alcázar apostando su vida por el levantamiento con apenas un puñado de valientes. Si pasamos por alto esta gesta heroica y no le damos apoyo, estaríamos cometiendo un error mayúsculo.

—General —interrumpió la conversación el secretario de Mola tras golpear y abrir la puerta de la estancia donde estaban reunidos— tiene una llamada urgente.

—¿Sí? —dijo el general Mola tras abandonar la reunión y coger el auricular.

—Soy Moscardó —respondió con precipitación y sin más preámbulos, como si la línea se fuese a cortar— la situación es de extrema gravedad y, por si no tuviésemos suficiente, aviones republicanos están bombardeando el Alcázar.

—¿Cómo?

—Como lo oyes, no sé cuánto más podremos resistir.

—Haz lo imposible para no perder el Alcázar, precisamente sugería a Franco y Queipo dar prioridad a este tema —dijo antes de colgar el teléfono y volver a la reunión.

—Me acaba de llamar Moscardó para decirme que están bombardeando el Alcázar —dijo Mola al regresar. Quizás Franco tenga razón.

—Se veía venir —añadió Franco más crecido de lo que requería la situación—, espero que no sea demasiado tarde, porque si perdemos en Toledo, la mayoría de nuestros mandos se echan atrás, los rojos se fortalecen y perdemos la guerra.

—Pues nada, a Toledo —intervino Queipo de Llano dispuesto a dar leña en todo momento y en cualquier sitio—, como dice el refrán, «la letra con sangre entra», y estos rojos de mierda no van a aprender de otra manera.

A penas despuntar el alba, cuando las pinceladas lilas, naranjas, amarillas... aparecen en el lienzo del horizonte, la unidad de Segangan partió hacia Toledo con la orden explícita de Franco de entrar en Alcázar como fuese y comunicar al general Moscardó que el Ejército de África, al mando del coronel Yagüe, se dirigía hacia allí con premura. Que debían resistir y defender la guarnición con uñas y dientes porque es de vital importancia para ganar la guerra.

Vestidos de paisano, el capitán González, Ibrahim, Munir, Mohamed y Leo llegaron, en una camioneta Ford, a la pequeña localidad de Argés, a poco menos de diez quilómetros de Toledo. Tras esconder el vehículo en una hacienda cuya casa señorial había sido incendiada por las milicias republicanas, se dirigieron a pie a la también semidestruida ermita del Valle, desde la que podía observarse la ciudad de Toledo. Desde la cima se veía, asentada sobre una roca de granito, la Academia de Infantería del Alcázar con sus cuatro altas torres apuntando hacia el cielo.

—¡Aviones!— dijo Ibrahim al ver acercarse un par en dirección a la ciudad.

—Sí, —confirmó el capitán González mientras les echaba un vistazo con los prismáticos—, son los Vickers republicanos y, si no me equivoco, vienen a bombardear, una vez más, el Alcázar.

—Si es así, tengo dudas de que Yagüe llegue a tiempo —añadió Leo concentrándose en la fortificación—. Muy sólidos han de ser los muros y los cimientos para que no se venga todo abajo con los bombardeos, y si no es así, no sé cuántos días más podrán aguantar el asedió.

—Bien, vamos a lo nuestro —dijo el capitán González buscando la atención del grupo—, nuestro objetivo es entrar en el

Alcázar lo antes posible. Vamos a aprovechar el desconcierto que provocarán los bombardeos para acercarnos a la ciudad e intentar entrar en la guarnición. Si nos dividimos tenemos más posibilidades de conseguirlo. Ibrahim y Leo os dirigiréis hacia el lado derecho del Alcázar y yo iré por el izquierdo con Mounir y Mohamed.

—¿Vamos armados? —preguntó Leo.

—No, hemos de intentar no llamar la atención, como si fuésemos vecinos corriendo para protegernos de las bombas y en busca de refugio. Dejaremos los fusiles y, en todo caso, solo llevaremos las pistolas escondidas en la cintura. Ah, y si puede ser no abráis la boca, ya sabéis que por la boca muere el pez.

—Calculo que no debe haber más de un kilómetro hasta el Alcázar—, comentó Ibrahim.

—Entraremos por el Puente de San Martin y allí nos dividiremos —dijo el capitán González señalando el lugar en el mapa—, está más lejos del Alcázar, pero es más seguro que hacerlo por el Puente Nuevo.

El caos era absoluto en la ciudad cuando cruzaron el puente, lo que les permitió pasar más desapercibidos de lo que habían previsto. Los más de tres mil combatientes republicanos campaban a sus aires sin coordinación alguna entre los diferentes grupos. Por un lado, anarquistas, sindicalistas, milicianos…, sin preparación militar alguna, incluso grupos de civiles que acudían cada día desde Madrid para pavonearse después en los bares de la capital. Por otro lado, los disciplinados militares de la columna del general Riquelme que, apostados en la plaza Zocodover, no paraban de hostigar a los sitiados con sus fusiles, bombas de mano o con sus cañones Schneider de 105 mm.

Durante tres días merodearon por las calles de Toledo buscando la manera de entrar en la fortaleza. Se escondían en las casas y salían cuando se intensificaban los ataques. En algunas de las casas encontraron a familiares y amigos de los sitiados, o toledanos de derechas que se escondían para no ser represaliados.

—Tranquilos —dijo Ibrahim a una mujer que, con sus dos hijos pequeños y un anciano, se ocultaban en los sótanos de su casa—, no vamos a disparar, somos amigos.

—Mirad, guardo la pistola —añadió Leo mientras colocaba su Astra a su espalda—, no vamos a haceros ningún daño.

—¿Quiénes sois? —preguntó el hombre mayor después de colocarse delante de los niños—, no tenemos armas…, mi hijo, el padre de los niños, es guardia civil y está dentro del Alcázar.

—Tenemos que entrar lo antes posible en la fortaleza, ¿puedes ayudarnos?, es importante para que los republicanos no acaben con los sitiados.

—Quedaros con nosotros —intervino la mujer que abrazaba a los niños—, esta noche mi marido saldrá una vez más del Alcázar para buscar comida para los sitiados y es probable que venga a ver cómo estamos. Lo ha hecho en otras ocasiones y puede ayudaros a entrar, él, sabe cómo y por dónde.

Capítulo 19

—¿Cómo habéis tardado tanto? —les dijo el capitán González al verlos aparecer en el patio del Alcázar acompañados por Jacinto, el guardia civil que les ayudó a entrar.

—¿Cuándo llegasteis vosotros? —le pregunto Leo mientras se despojaba de su vestimenta de paisano.

—Pasamos con tres milicianos que querían unirse a los sublevados, pero Mohamed no lo consiguió, fue abatido cuando corríamos hacia la puerta del Ángel.

—Ya hemos perdido tres hombres del grupo —dijo Ibrahim mientras dejaba en el suelo algunos paquetes de munición que el capitán Hidalgo había sustraído a los milicianos haciéndose pasar por uno de ellos y que guardaba en casa a la espera de una ocasión que le permitiera entrarla en el recinto.

—No pudimos detenernos a recoger a Mohamed, la herida en la cabeza era mortal y si no llegan a responder a los disparos desde el Alcázar no lo contaríamos, estaríamos todos muertos. Pero venid, os presentaré al general Moscardó.

—¿Cómo está la situación aquí? —preguntó Leo mientras se dirigían al despacho del general.

—Bien, dentro de lo que cabe. Hay unas dos mil personas, de las cuales, una cuarta parte son civiles y el resto son combatientes, la mayoría guardias civiles bien preparados.

—Pues es una ventaja —intervino Ibrahim—, porque afuera hay un absoluto desorden.

—Sí, parece una romería —añadió Leo—, según nos contó uno de ellos, vienen en autocares y coches particulares desde Madrid. La mayoría no ha cogido un fusil en su vida ni saben cómo usarlo, pegan cuatro tiros y, por la noche, regresan a dormir a sus casas.

—Pues muchos de los que cercan el Alcázar —añadió el capitán González—, no tienen preparación militar alguna, salvo la columna enviada desde Madrid.

El general José Moscardó los recibió en su despacho poco después de colgar el teléfono y de sentarse abatido tras su escritorio.

—¿Se encuentra bien, mi general? —preguntó el capitán González al cruzar la puerta.

—No capitán, acabo de recibir una llamada del jefe de las milicias advirtiéndome de que si no rindo el Alcázar matan a mi hijo Luis.

—No es posible, eso sería ruin, impropio de un ejército que se precie de serlo.

—He visto cosas peores, capitán González. Estos rojos milicianos no son militares, son políticos carroñeros o peor, anarquistas de la peor calaña, sin ningún tipo de conciencia ni disciplina.

—¿Y entonces?

—El Alcázar no se rinde —dijo Moscardó sin titubear un solo instante—, no puede rendirse porque ninguno de los que están defendiéndolo saldría con vida. Aunque prometan el oro y el moro, y me temo, que tampoco se la perdonarían a los niños, mujeres y ancianos que se alojan con nosotros.

—Entiendo —respondió González—, si hacen eso a su hijo, qué no harán con los demás.

—Triste, pero es así —respondió Moscardó tras encender un cigarrillo—. He podido hablar unos segundos con él y me ha dicho que afrontará la situación con entereza y la cabeza alta. ¡Qué me va a decir!, conociéndome como me conoce.

—Lo siento mucho general, si puedo hacer algo no tiene más que decírmelo. Cuente conmigo y con mis hombres.

—Gracias, capitán, por desgracia nada se puede hacer. Si le parece, aplazamos la reunión para mañana. Hoy, estoy pasando las peores horas de mi vida.

Aprovecharon la tarde para recorrer las instalaciones y comprobar la gravedad de los daños causados tras dos semanas de acoso incesante tanto por tierra como por aire. El ánimo de los sitiados, tanto militares como civiles, andaba por los suelos. Se había producido algún suicidio y una veintena de hombres huyeron y se unieron a los milicianos.

—Intentamos levantar la moral con la publicación de un periódico improvisado, "El Alcázar" —les explicó el comandante Martínez, pero no es fácil conseguirlo cuando escasea la comida, hay poca agua y hasta tenemos que racionar las municiones. Y, por si no fuera suficiente, han sustituido a Riquelme por el comandante Ulibarri y los ataques se han intensificado.

—Si en algo podemos colaborar solo tienes que decírmelo —dijo el capitán González.

—Pues ahora que lo dices, pienso que unas líneas tuyas en el periódico podrían ayudar a subir esos ánimos. Le comentaré a Moscardó.

—Cuenta con ello, esta noche redacto un comunicado.

«Compatriotas del Alcázar, quiero trasladaros, con esta breve nota, el interés del general Francisco Franco por la defensa de esta plaza y evitar que caiga en manos de los comunistas. Es consciente del esfuerzo y el sacrificio que supone la defensa de este enclave que está sufriendo los ataques más

feroces y despiadados del enemigo, sabiendo que, en su interior, hay mujeres y niños. Mi unidad y yo mismo, hemos sido enviados por el general Franco para informar sobre la situación actual y para deciros que, en breve, él y su ejército pasearán por las calles de Toledo, como lo han hecho en Andalucía, Extremadura, Galicia y en otros muchos lugares de nuestro país. En su nombre y en el de todos los que arriesgan sus vidas para salvar la patria de las hordas comunistas, os pido, que no cejéis en vuestro empeño y mantengáis el Alcázar a salvo. ¡Viva España! Firmado: Capitán Manuel González»

Al día siguiente, el general Moscardó le felicitó por el comunicado impreso con un pequeño mimeógrafo y, al parecer, por los comentarios que le llegaban, el estado anímico de los sitiados había mejorado, en especial, el del numeroso grupo de civiles.

—Pase capitán —le dijo Moscardó al presentarse en su despacho—, ¿le apetece un café?

—Sí, mi general.

—Siéntese, por favor, enseguida lo traen.

Manuel González tomó asiento mientras el general desplegaba un mapa sobre la mesa.

—Cada vez tenemos más dificultades en contactar por radio y me sería muy útil que me dijese la ubicación exacta de nuestras tropas.

—Las columnas de Yagüe, Cabanillas y Tella han acabado con las principales defensas extremeñas —dijo mientras señalaba Badajoz, Almendralejo y Mérida—, con la toma de Mérida se ha conseguido unir nuestros dos frentes, el del norte y el de sur, que avanza con solvencia con el Ejército de África y ahora se dirigen hacía Talavera de la Reina.

—Unos doscientos kilómetros hasta Talavera, más o menos —dijo Moscardó mientras seguía con su índice el recorrido desde Mérida—, si avanzan a buen ritmo, pueden llegar en unas tres semanas y un par más para llegar a Toledo.

—Si todo va bien, nuestras tropas podrían estar aquí a mediados de septiembre —añadió González.

—No podremos resistir un mes más. Es importante que el general Franco esté al corriente de nuestra situación y que intente llegar aquí lo antes posible.

—Partiré mañana mismo —dijo el capitán González después de apurar la taza de café— y pondré al corriente al general. El soldado Mounir me acompañará, Ibrahim y Leo se quedarán para echar una mano en lo que crea conveniente.

—Sí, serán de gran ayuda, necesitamos alimentos y munición y la única manera de conseguirlo es saliendo de la fortaleza y con hombres preparados.

El capitán les informó a Ibrahim y Leo de la conversación mantenida con Moscardó y de su salida al día siguiente.

—Centraros en lo que os manden —les dijo antes de partir—, y no corráis riesgos innecesarios. En cuanto pueda, me pondré en contacto con vosotros.

—No te preocupes, papá, andaremos con ojo —respondió Leo— y tú, vigila, ya ves cómo están las cosas por aquí.

— Capitán —dijo Ibrahim mientras sacaba un sobre del bolsillo—, esta noche escribí a Shara y le agradecería que hiciese lo posible en hacerle llegar esta carta.

—Descuida Ibrahim, Shara tendrá tu carta, aunque tenga que llevársela yo mismo.

Querida Shara,

Los días pasan rápido y hay tantos percances, que no he podido escribirte antes. Tampoco sabía cómo podría enviártela. Estamos sitiados en una fortaleza llamada el Alcázar, en Toledo, rodeados por las tropas del gobierno que nos acosan día y noche e impiden que salgamos. El padre de Leo parte mañana a primera hora y le daré esta carta para que te la haga llegar. A Leo y a mí nos han ordenado quedarnos aquí, mientras tanto, echaremos una mano en lo que podamos.

Es sorprendente que, bajo el mismo cielo, el que a todos nos ofrece los mismos colores, se vivan situaciones tan distintas. Bajo el cielo que tú estás, reina la paz y la armonía, mientras que aquí, es testigo de los actos más terribles que puedan llevar a cabo los seres humanos. Entiendo que haya que defender el territorio, cambiar las situaciones injustas en la que se encuentra la gente o incluso que se quiera conquistar otro lugar, pero lo que no entiendo es el sufrimiento y las muertes de los más débiles. Aquí, en el Alcázar, hay recluidos más de cuatrocientos civiles, la mayoría familiares de los combatientes que han acudido a este refugio para no sufrir las represalias del enemigo. Los niños pasan hambre, hay ancianos que fallecen y las mujeres, no dan abasto atendiendo a sus hijos y a los compañeros sitiados. Hoy, una de las mujeres ha dado a luz una hermosa niña y pese a las circunstancias en las que se encuentra, todo ha ido bien. La han puesto el nombre de Pilar, la patrona de la Guardia Civil, con la esperanza de que la proteja. Es bueno creer en algo o en alguien, tranquiliza en estos momentos en los que la muerte acecha por las esquinas.

Algunas noches, Leo y yo, salimos con el capitán Hidalgo a buscar comida, porque hay pocas reservas y se están acabando.

El capitán lleva tantos años en Toledo que conoce la ciudad al dedillo, sabe cuándo y cómo salir, donde encontrar comida y por donde regresar al acuartelamiento. Él, nos ayudó a entrar en el Alcázar cuando llegamos.

Por otro lado, por más ocupado que esté, no dejo de pensar en ti, de decirte que te quiero con la esperanza de que mis sentimientos hacia ti, te los lleve ese viento suave y cálido que alcanza los corazones de las personas que se aman cuando no están juntas. Pensar que es así, me da sosiego y me ayuda a imaginar que esa brisa que lleva lo que siento, llega hasta ti inundando todos los rincones de tu cuerpo. Cuando sucede, me veo allí, formando parte de tu espacio y de tu tiempo, escuchando las palabras que pronuncian tus labios tatuados con el beso que dejé anclado hasta el final de los tiempos. Oh, Shara, ¡te echo tanto de menos!

Tengo que acabar porque está amaneciendo y el padre de Leo está a punto de irse. Dile a la familia que estoy bien y deseando volver a verlos.

Te quiere,
Ibrahim
El Alcázar, 26 de agosto de 1936

—El general Franco le recibirá ahora —le comunicó su asistente al capitán González que acababa de llegar de Toledo—, acompáñeme.

—Pase capitán —le dijo Franco sin levantar la vista del documento que estaba leyendo en su despacho de Sevilla—, y siéntese, enseguida estoy con usted.

Manuel González observó con atención al general intentando averiguar qué trajinaría ese hombre pequeño, de facciones suaves, frente ancha y escaso cabello. Bajo su recortado bigote, sus finos labios dibujaban una breve sonrisa amable que, junto a sus pequeños ojos y su tierna mirada, revelaban un carácter reservado, tímido, bonachón que contrastaba con sus implacables decisiones cargadas de una agresividad excesiva. Se preguntaba, cómo habría sido su infancia y qué circunstancias habrían forjado su carácter…

—¿Qué tal el viaje, capitán? —le preguntó Franco sacándole de su ensimismamiento—, parece cansado.

—No…, mi general —respondió el capitán González como si saliese de un letargo invernal— solo estaba distraído con temas personales.

—Ay, teniente, quién pudiera desconectar de todo esto y tomarse unos días de descanso…, irse a pescar, navegar, pasear por el campo…, pero el deber nos obliga a posponer todo aquello que no tenga que ver con la salvación de la patria y de los hombres de buena voluntad fieles a la doctrina de Cristo y comprometidos en la divulgación de los valores cristianos, ¿es usted de esos hombres, capitán?

—Sí, claro, mi general —respondió sorprendido por la perorata que le estaba soltando a bocajarro—, quién no lo es en una España con unas tradiciones tan definidas y claras.

—Así es, capitán, y las madres son la clave en la transmisión de todo ello. Dios, con su infinita sabiduría y amor, les ha encomendado dos tareas primordiales: criar y cuidar de los polluelos y a nosotros, nos toca lidiar en esta selva y garantizarles la seguridad y el sustento. Pero volvamos a lo nuestro y lidiemos con los que estos bolcheviques han puesto sobre el tapete de la santa madre patria. ¿Qué noticias me trae de mi amigo Moscardó?

—El general resiste heroicamente y mantiene el ánimo en la tropa en una situación de extrema gravedad. También, mantiene en calma y esperanzados a los civiles, principalmente a los familiares de los combatientes, entre los que se encuentran niños, mujeres y ancianos.

—Malos tiempos para las familias —dijo Franco sin que su rostro transmitiese ningún tipo de preocupación ni sentimiento—, pero dígame, ¿se ha pronunciado el enemigo?

—Sí, general, pero Moscardó no ha cedido a ninguna de las propuestas de rendición, incluso cuando le amenazaron con fusilar a su hijo Luis.

—Sí, algo ha llegado a mis oídos, ¿le ejecutaron? —pregunto Franco sin mostrar demasiado interés—, Moscardó es un militar con principios y el sacrificio que hacemos nunca es demasiado.

—Antes de colgar el teléfono oímos un disparo. Al parecer, sí fue fusilado.

Franco dejó el tema del fusilamiento del hijo de su amigo Moscardó de lado como si fuese algo previsible en una situación de guerra y extendió un plano del Alcázar sobre la mesa. Le pidió al capitán González que le pusiera al corriente de la situación.

—El enemigo mantiene el control de la ciudad y ha sitiado la fortaleza por los cuatro costados —dijo González mientras su índice se desplazaba por el plano—. Las fachadas están deterioradas por los impactos de las ametralladoras y de los proyectiles de 105 mm de los Schneider y desde los tejados de las casas adyacentes, los milicianos disparan sus fusiles y lanzan con hondas granadas CNT de seis filas.

—¿Y desde el aire?

—Varios aviones Focke han lanzado bombas lacrimógenas en el patio interior y con los ligeros Breguet, además de bombardear, han lanzado más de dos centenares de latas de gasolina. Hasta el momento habían ocasionado muy pocas víctimas y algunos heridos, pero si han dañado la fortaleza.

—No había asedios de este tipo desde la Edad Media, la única diferencia la veo en el armamento utilizado —comentó Franco distraído mientras imaginaba torres de asedio, catapultas, combatientes subiendo por largas escaleras apoyadas en los muros y aceite hirviendo lanzándose desde las almenas…

—Sí, general, eso parece —dijo González con el fin de que Franco bajase de las nubes y volviese a la reunión.

—Me imagino, que Moscardó dispone de escasos alimentos, y, ¿cómo andan de munición?

—Mal, escasea la munición y las granadas se están acabando. Por otro lado, se raciona el agua y la comida al máximo. El capitán Hidalgo, conocedor de la fortaleza y de la ciudad, sale algunas noches con dos de mis hombres y trae algo de comida y de munición, pero no la suficiente para combatir y para atender las necesidades de los sitiados.

—Por lo que me dice, capitán, veo que la situación es extrema y habrá que tomar cartas en el asunto.

—Sí, general, así es, y por si no fuera suficiente, el enemigo ha abierto una brecha en la fachada norte y han intentado entrar por ella, aunque han sido abatidos por nuestras defensas.

—Bien, capitán, esté localizable por si le necesito.

—Si no tiene inconveniente, mi general, desearía regresar al Alcázar.

—No, eso no va a ser posible, prestará mejor servicio a la cabeza de la columna que se dirija hacia allí. Ya puede retirarse. Ah, y tómese un respiro, pronto necesitará estar en plena forma.

Capítulo 20

El sol, pintaba de ambarino las tornadizas dunas que perfilaban el horizonte. Los sensuales contornos invitaban a relajarse, entreabrir los labios, liberar una sonrisa y dejar caer los párpados, pantalla donde se proyectan todos los recuerdos. Una suave brisa llegaba a Tifariti apaciguando los calores habituales del final del verano. Shara, sentada junto a la puerta de la jaima, disfrutaba de la puesta de sol y del viento que le traía una procesión de recuerdos, que aparecían y desaparecían sin un patrón definido que facilitase la comprensión del funcionamiento anárquico de su mente. A Shara, no le importaba esa alternancia, ese aparecer y desaparecer aleatorio que le ofrecía, en lo que dura un instante, el placer de recordarlos y disfrutarlos una vez más. Era su momento favorito del día. Estando sola se sentía con él, su amado Ibrahim, al que conoció cuando aún no había cumplido quince años. Desde entonces, anidaba en su corazón pasando de un ventrículo al otro con cada latido. Sin nombrarle, aparecía en el aleteo de sus labios desde hacía tanto tiempo, que su nombre había quedado tatuado en ellos junto al primer beso, imperecedero, que endulzaba su alma y sus pensamientos.

Aquel atardecer, como otros, sus manos estaban vacías, no tenía carta de Ibrahim, pero, a pesar de ello, sus dedos recorrían todas y cada una de las letras escritas en cada una de ellas. Era, como cogerle de la mano y sentirse tan acompañada como cuando caminaban juntos al oasis de Tigissit, su santuario, al que ella acudía todos los días en romería con su rebaño de cabras de cuernos arqueados y largo pelaje. Tenía todo lo que un ser humano necesita para caminar con plenitud en el viaje de la vida, salvo los labios en los que dejar huella de los besos que afloraban en su pensamiento desde el amanecer al anochecer. Acomodada en esa lentitud de las horas que las hace bellas y del silencio que las engalana, se imaginaba acurrucada en el lecho del cuerpo de Ibrahim, piel a piel… «¡Qué bonito!, tengo que decírselo cuando le escriba» —pensó, y sus labios encendidos deletrearon su pensamiento.

—¿Qué susurrabas, Shara? —le preguntó Hussain al acercarse a la jaima.

—No…, nada… —respondió después de un sobresalto que la arrancó de los cielos y puso sus pies sobre la tostada arena del desierto—, ¿acabas de llegar?

—Bueno, hace un rato, pero te he visto tan ensimismada que no he querido estropear tu momento, porque imagino que no estarías contando cabras.

—No, pero están todas…, ahora encorraladas y en los cántaros la leche y…

—¿Y en tu cabeza? —preguntó Hussain mientras una sonrisa amortiguada tiraba de la comisura de sus labios y arrugaba sus patas de gallo.

El rostro de Shara se encendió ligeramente con esas tonalidades rojizas que describen el crepúsculo sobre el horizonte.

—Bueno, está bien —dijo Shara mientras su piel recuperaba su color y textura natural—, me has pillado otra vez, y bueno, ya sabes en qué pensaba.

—¿En qué o en quién?

—En Ibrahim…, le echo en falta.

—Sí, Shara, yo también, y Dahia. Debería estar aquí, con nosotros, con las personas que le quieren y que él quiere, pero no está. La vida es así, apenas somos dueños del presente y de nosotros mismos. El pasado, en nuestro corazón y en nuestra mente para cuando queramos recordarlo y el futuro..., ¡Ay el futuro!, quién sabe qué viento soplará.

—Me preocupa la guerra en España, no sé dónde se encuentra, si estará bien, si en este momento está contento o si quizás me esté escribiendo...

—La guerra no es buena ni aun ganándola y mientras transcurre, nadie la disfruta, ni los que están combatiendo, ni los seres queridos que queremos que no les pase nada, que vuelvan pronto sanos y salvos. Alá es compasivo, misericordioso y hemos de esperar, con esperanza y alegría, su regreso.

—*In sha'a Alá*

—¡Ven aquí, cielo, y dame un abrazo! —le dijo Hussain mientras extendía sus brazos—, le esperaremos juntos.

Septiembre empezó peor de cómo había acabado agosto. Dos decenas de cañones lanzaron más de tres mil proyectiles durante la primera semana, ocasionando daños importantes en la fachada del Alcázar, pero sin llegar a derribarla. De las cuatro torres que se alzaban en el perímetro de la fortaleza, la de la esquina noroeste cayó abatida por la aviación el cuatro de septiembre tras lanzar los Breguet más de doscientas bombas. El ocho de septiembre, cayó la del noroeste y con ella, gran parte del edificio que las unía. Por esa misma cara norte hubo los primeros intentos de asalto de los atacantes, pero fueron repelidos por los sitiados, que, aunque el número era muy inferior, unos ochocientos entre guardias civiles y cadetes de la academia de infantería, eran mucho más expertos y competentes en el empleo de las armas.

—¿Habéis conseguido comida? —le preguntó el general Moscardó al capitán Hidalgo que, una vez más, había salido del Alcázar con Ibrahim y Leo en busca de provisiones.

—Si, algo hemos traído —respondió Hidalgo mientras se despojaba de la indumentaria civil que le hacía pasar desapercibido a los ojos de los milicianos—, lo cierto es que los civiles se arriesgan mucho en conseguirnos algo y las cantidades son pequeñas. Suerte tenemos de que los milicianos, sintiéndose vencedores sin haber vencido, están más por la fiesta que por la guerra. Ibrahim y Leo, nada conocidos, se han hecho pasar por anarquistas sevillanos y han conseguido algo de munición.

—Llevamos más de un mes de asedio y la situación cada vez es más complicada, de seguir así, no sé cuánto tiempo podremos resistir —dijo Moscardó—. El agua de los aljibes se está acabando y llevamos días racionando la comida a los civiles que, como es normal, están cada vez más angustiados, sobre todo por los niños, y por un par de mujeres embarazadas.

—Habrá que seguir dándoles ánimos y panfletos con información que les permita albergar alguna esperanza.

—Así es, porque el Alcázar no se va a rendir. Nuestra resistencia es importante para que triunfe la sublevación en toda España.

—Sí, general, y afuera son conscientes de ello —añadió el capitán Hidalgo.

—¿Tienes alguna noticia?

—Sí, he visto a algunos periodistas y muchos de ellos eran extranjeros. Hablé con un canadiense y me dijo que hay interés internacional por este asedio con tintes medievales, que la noticia estaba corriendo como la pólvora y se extrañan de que, después de tantos días, las tropas del gobierno no hayan sido capaces de tomar la fortaleza.

—En estos casos, la opinión pública suele decantarse a favor de los sitiados, pero me imagino que al gobierno no le estará gustando tanto.

—Yo diría que nada en absoluto —añadió el capitán Hidalgo—, de hecho, me han comentado que el presidente del gobierno, Giral, ha sido cesado por Azaña y que Largo Caballero es el nuevo presidente.

—Le conozco bien, un marxista de la cabeza a los pies, al que han apodado "el Lenin español", un obrero de la construcción que ha llegado a presidente y al que cuesta colarle un peine sin púas. No tiene estudios, pero es un líder listo.

—Por lo visto quiere poner orden y disciplina en las improvisadas milicias y acabar con nuestra resistencia —dijo el capitán—. De hecho, vino a Toledo con varios oficiales para ver con sus propios ojos la situación del Alcázar.

—Es normal, y no le debe estar gustando nada que esta situación se haya internacionalizado. Intensificará los ataques para acabar con esto, cueste lo que cueste. La situación es crítica y si no llegan pronto nuestras tropas no habrá quién salve el Alcázar y nuestro pellejo. ¿Tienes alguna noticia?

—Sí, algo más sabemos, aunque tuve que interrumpir la conexión por radio para no comprometer a un familiar que trabaja de oficinista en la sede del gobierno civil. El capitán González se reunió con Franco en Sevilla y le puso al corriente de nuestra situación. Me dijo que las tropas de Yagüe habían tomado Talavera de la Reina apoyados por aviones alemanes y que Franco prioriza la defensa del Alcázar a la toma de Madrid.

—Ambos necesitamos ganar esta batalla por la repercusión que tiene y tendrá tanto a nivel nacional como internacional. La moral de uno u otro ejército se verá reforzada con la victoria.

Largo Caballero envió al general Rojo, amigo de Moscardó, para que negociase la rendición y para que le informara de que iban a dinamitar los cimientos del Alcázar. Si se rendía, dejaría en libertad a los civiles y él, y los que defendían la fortaleza conservarían la vida. Pero el general Moscardó sabía que los civiles nunca serían libres cuando saliesen de la fortaleza y que sus soldados y él mismo serían fusilados tras un proceso sumarísimo.

—Dile a Largo Caballero, que el Alcázar no se rinde y que ninguno de los que lo defienden lo hará —le respondió con contundencia Moscardó a su amigo, el general Rojo.

—José, esto es el final —le dijo su amigo con el que había combatido en varias campañas—, Largo Caballero y una serie de autoridades vendrán a presenciar la demolición y le quieren dar la máxima difusión tanto a nivel nacional como internacional.

—Por el mismo motivo resistiremos, amigo —respondió Moscardó—, están llevando al país a la ruina, permitiendo que el poder esté en manos de anarquistas y bolcheviques. El país tiene que cambiar, pero no por la senda del comunismo.

—Te entiendo, y como militar te respeto y admiro tu valor, pero al menos, permite que las mujeres, los niños y los ancianos abandonen la fortaleza.

—No, no lo harán y es comprensible, son los familiares de los guardias civiles que combaten y prefieren morir junto a ellos, ayudándolos a soportar el asedio y compartir la escasez.

La situación del Alcázar se había internacionalizado y al gobierno republicano no le quedaba otra salida que acabar con ella lo antes posible, a fin de cuentas, era una situación de guerra y los sitiados rechazaban la rendición. En primera página del prestigioso periódico inglés, Daily Mail, se leía: *«En la guarnición se sigue resistiendo valerosamente, hay cuatrocientas mujeres y niños dispuestos a morir antes que rendirse. Esta gesta épica pone entre la espada y la pared al presidente republicano Largo Caballero...»*

Mineros asturianos fueron enviados sin más dilaciones a socavar los cimientos de la fortaleza. En el interior, el ruido que producían al picar era constante las veinticuatro horas del día. La esperanza de los sitiados estaba en que las tropas de Franco llegasen antes de que el Alcázar volase por los aires.

—Esto va a ser una masacre —le dijo Ibrahim a Leo mientras ayudaban a los civiles a desplazarse a una zona más alejada del lugar en el que estaban perforando—, no creo que se atrevan a matar a tanta gente inocente a sangre fría.

—No te quepa la menor duda de que lo harán —afirmó Leo mientras llevaba un niño, de no más de dos años, en brazos por los pasadizos del sótano—, y más, después de haberse difundido la noticia por todo el mundo.

—Pues entonces, ha llegado la hora —dijo Ibrahim.

—¿La hora de qué?

—De despedirnos de esta vida.

—No te pega ese pesimismo, Ibrahim.

—No, no es pesimismo, es una realidad y lo que me pone de mala leche no es morir, sino no poder hacerlo en casa o por lo menos, después de ver y de despedirme de Shara.

—Eso sería peor —comentó Leo mientras tomaban asiento después de haber dejado al niño con su madre—, es mejor sin despedidas, con llorar al muerto es suficiente.

—Y tú, Leo, ¿estás preparado?

—Preparado para qué.

—Para qué va a ser, para irte al otro barrio.

—Por qué, no me voy a ir, en todo caso me van a llevar y les va a costar un poco sacarme con los pies por delante.

—Tienes razón, todavía hay mucha letra que escribir y esta cuadrilla de milicianos no van a poner el punto final a nada.

La tercera torre caía después de que el Largo Caballero, presente frente al Alcázar y acompañado de la plana mayor y de periodistas nacionales e internacionales, diese personalmente la orden de activar las bombas de más de dos mil kilos de trilita.

El ruido ensordecedor de la explosión se oyó a varios kilómetros de distancia y un humo, negro y espeso, ensombrecía un cielo que se había mantenido azul durante los casi dos meses de asedio. A pesar de la tremenda y espectacular explosión, solo murieron un par de guardias civiles que estaban apostados en la torre. Los civiles, trasladados a una zona más alejada, no sufrieron bajas y el resto de los sitiados salieron a defender la fortaleza, protegiéndose tras los escombros que se amontonaban en el patio y los alrededores.

Cuatro ataques de más de cuatro mil milicianos fueron repelidos por los apenas ochocientos hombres del Alcázar. Se llegó incluso al cuerpo a cuerpo entre algunos de ellos, pero la limitada experiencia militar de los atacantes les convertía en un enemigo fácil de abatir.

—Esto es increíble —soltó Largo Caballero tras el fracaso del ataque mientras se llevaba las manos a la cabeza—. Sea como sea, hay que ganar esta batalla.

—Daré la orden señor presidente —dijo el general Rojo que no acababa de creerse lo que estaba viendo—, de que continúe bombardeando la artillería día y noche, y de que una cuadrilla de aviones Fokker, lo haga desde el aire.

Los ataques fueron continuos desde mediados a finales de septiembre, pero, entre las ruinas, se mantenían en pie los defensores repeliendo una y otra vez los ataques.

—¿Los oyes Leo?

—A qué te refieres, Ibrahim.

—Si no me equivoco, esos cañonazos son de los nuestros.

—Quieres decir —respondió Leo mientras se esforzaba en escuchar ese sonido después de tantos días de espera que se mezclaba con los de la artillería de las milicias.

—Sí —afirmó Ibrahim, sin titubeos—, no tengo ninguna duda de que son los cañones del Ejército de África y por su alcance, diría que están a unos diez kilómetros.

—¡Están bombardeando Toledo! —se oyó gritar a los que defendían con uñas y dientes el asedio—, ¡son los nuestros!

El 26 de septiembre una columna del Ejército de África mandada por el teniente general Mohammed Ben Mizzian entró a sangre y fuego en la ciudad de Toledo. No había miliciano o soldado republicano que librase su cuello del filo de la curvada y afilada gumía bereber, ni mujer miliciana que no perdiese su pañuelo en el soportal de una casa. Los niños corrían despavoridos y otros civiles, huían en desbandada en coches y camiones en dirección a Madrid dejando abandonadas sus armas en las calles. Los que se entregaban o eran detenidos se les fusilaba de inmediato, sin juicio previo ni derecho a decir palabra. Un millar de personas perdieron la vida a manos de los regulares sin que nada ni nadie pudiese evitarlo.

Al día siguiente, tras la brutal matanza llevada a cabo el día anterior, las tropas de Varela entraron en la ciudad, avanzando por las calles encharcadas de sangre hasta llegar a la fortaleza. «Sin novedad en el Alcázar», le dijo Moscardó a Varela entre vítores y aplausos de los sitiados. El general Franco llegó un par de días más tarde tras ser nombrado, por los generales sublevados, Generalísimo de todos los ejércitos. En ese momento, asumió las funciones de Jefe de Estado.

—Amigo Moscardó —dijo Franco mientras se fundía en un abrazo con el protagonista de esta gesta épica— tu valentía y sacrificio son un ejemplo que servirá para conseguir la victoria al final de esta guerra.

—Gracias mi general, sin mis hombres y la entereza de los civiles, no hubiéramos podido resistir.

—Espero que, en otras partes del país, aquellos que dudan sobre la necesidad y la importancia de esta cruzada, se unan a nosotros y, entre todos, impidamos que las hordas comunistas y anarquistas se hagan dueños de nuestra gloriosa patria.

El capitán González llegó con Franco al Alcázar y, saliéndose de la comitiva que recorría las instalaciones repletas de escombros, se acercó a su hijo Leo fundiéndose en un abrazo.

—¿Su hijo, capitán? —le preguntó Franco tras acercarse a ellos.

—Si general, Leo, y este es su compañero Ibrahim.

—Jóvenes valientes dispuestos a sacrificarlo todo por una causa. ¡Un ejemplo a seguir!

—Gracias, general.

—A ellos hay que dárselas, capitán. Ah, y ocúpese de que asistan a la cena de esta noche.

Capítulo 21

—¿Por qué no vienes conmigo a Tifariti? —le preguntó Ibrahim a Leo en el trayecto hacia Cádiz.

El otoño llegaba temprano, las hojas se vestían de ocres y un viento perezoso desnudaba las arboledas al atardecer. Llovía a cántaros cuando salieron del Alcázar después de que el mismo general Franco, en la cena del día anterior, les concediese un permiso de dos semanas para visitar a sus familiares. A pesar del agotamiento producido por la tensión y los inacabables ataques durante el asedio, no se lo pensaron dos veces. Unos días alejados de los horrores de la guerra, les sentaría como agua de mayo.

El ruido de las gotas sobre la capota de lona del vehículo y el del jadeante motor dificultaba la escucha y les obligaba a alzar la voz. Era un Stöwer de fabricación alemana el que los llevaba hacia Cádiz y desde allí, Ibrahim, cruzaría el Estrecho en uno de los aviones italianos que transportaban tropas del temido Ejército de África a la península.

—¿Qué dices, Ibrahim? —dijo Leo alzando la voz.

—Pues que podrías venirte unos días a Tifariti, conocerías a mi familia y a Shara. Una semana estaría bien y si quieres, la otra la podrías pasar en Cádiz con tus abuelos. De regreso, te recogería y regresaríamos a esta mierda de guerra que me tiene desconcertado.

—¿Desconcertado? —repitió Leo mientras alzaba las cejas y le miraba—, me sorprende que tengas la cabeza en otra cosa que no sea Shara.

—Lo de Shara es algo que me alegra la vida y me regocijo con ello, pero lo de esta guerra es una locura que me cuesta entender y saber cuándo y cómo acabará.

—Pues como todas las guerras, el día menos pensado, con la última bala y el último muerto.

—Bueno, olvidémonos del tema —añadió Ibrahim intentando sacárselo de la cabeza—. ¿Qué me dices de lo de venirte conmigo?

—Pues que no es mala idea, me has hablado tanto de Tifariti y de Shara que me gustaría conocerla y volver a caminar por el desierto como hicimos cuando la campaña de Ifni. ¡Qué vida más apacible te espera, Ibrahim, cuando acabe la guerra!

Un trimotor italiano, Savoia-Marchetti, de la unidad conocida como "Aviación Legionaria" los llevó a Tetuán y desde allí viajaron en un camión de suministros a Sidi Ifni. Llegaron por fin a Tifariti, después de dos días de viaje, en la misma motocicleta del ejército que habían utilizado meses atrás, cuando estuvieron destinados en el enclave de Santa Cruz de la Mar Pequeña.

Fundidos en un abrazo interminable, se olvidaron de las largas esperas, de las noches susurrando recuerdos que permanecían adheridos a los pliegues de la almohada y de amaneceres solitarios llenos de silencios. No había nada más a la sombra de los cielos que un sentir tan intenso, como el amor y la pasión que afloraba por cada poro de sus jóvenes cuerpos.

—Bueno, me presentas a tu querida Shara o me voy a dar un paseo por el desierto —dijo Leo intentando poner fin a un abrazo que bien quisiera para él de alguna mujer que sintiera lo mismo.

—Disculpa, Leo —dijo Ibrahim sin prisas, mientras se desenlazaban sus cuerpos—, ¡he esperado tanto este momento!

—No, si eso ya lo sé, era la nana con la que me dormía cada noche.

Shara, le miró a los ojos y vio en el azul que adornaba su mirada un corazón que emitía, con cada latido, un sentimiento de amistad y de afecto que confirmaba lo que Ibrahim le había escrito sobre él.

—Me alegra que hayas venido a Tifariti —dijo Shara esbozando una sonrisa amable—, Ibrahim, me ha escrito tanto sobre ti que tenía ganas de conocerte.

—Supongo que te habrá hablado de los buenos momentos que pasamos juntos —dijo Leo.

—Sí, los malos me los imagino por lo que cuenta y por las noticias que nos llegan.

—Bueno, no le hagas mucho caso, tampoco es para tanto, ¿no es así Ibrahim?

—Si, desde luego —respondió Ibrahim atendiendo a la mirada exigente de Leo—, allí los vivimos y allí se quedan, porque no pienso perder el tiempo hablando de ellos.

Tras el abrazo de Shara vino el de Dahia, el de Hussain, y el sentimiento de tristeza por la ausencia del abuelo, con quien le hubiera gustado compartir este momento. Con la tranquilidad que le caracterizaba, hubiera preparado, una vez más y con rigor litúrgico, los tres tés con los que los saharauis muestras su generosidad, afecto y respeto. Sentados en círculo, aderezaría la charla con sorbos de té y recordaría a todos que el primero, sin azúcar, recuerda el lado amargo de la vida; que el segundo, es dulce como el amor y la amistad; y que el tercero, es ligero y suave como la muerte, la que espera pacientemente cada noche a la sombra de la luna.

Durante la semana que Leo estuvo en Tifariti, no hubo día que no caminasen los tres por la amarillenta y cálida arena del desierto, por las laderas de la cordillera de Lemgasem y las antiquísimas grutas con escenas dibujadas de caza o de hombres y animales de hace miles de años, o visitando otros lugares de la provincia del Sahara Occidental. Algunas noches, dormían bajo las estrellas después de que Shara cocinase un *chukchuka* en un fuego improvisado que mantenían encendido hasta que se cerraban sus ojos.

—Está buenísima —dijo Leo después de saborear la cucharada de *chukchuka* que se había llevado a la boca—, ¿qué lleva?

—Es una especie de pisto típico bereber —respondió Shara—. Está hecho con tomate, pimientos, cebolla, calabacín y si estuviésemos en casa hubiera añadido un huevo.

—Mi abuela Carmen, en Cádiz, prepara algo parecido, pero aquí, con vosotros, junto a este fuego acogedor y este cielo plagado de estrellas, sabe a mil maravillas.

—Si, desde luego —dijo Ibrahim—, sobre todo, si vienes de un cielo del que no paran de caer pepinazos.

—Has dicho que no hablarías más de la guerra —le interrumpió Shara.

—Cierto —añadió Leo.

—He dicho pepinazos…, me refiero a los pepinos del guiso de la abuela Carmen.

Los días de esa primera semana de permiso pasaban rápido, sin que Ibrahim pudiese hacer algo para detenerlos. Apenas dormía, como si con ello pudiese influir en el transcurrir de unas horas que, inflexiblemente y con precisión matemática, abandonaban el presente para convertirse en historia. Andaba inquieto, se levantaba antes de aparecer las primeras luces del alba y salía de la jaima con el sigilo de un cortabolsas para no despertar a Leo. Vagaba por los alrededores, pensativo, con la mirada clavada en la punta de unas babuchas que no paraban de dar punterazos a cualquier guijarro que se cruzase en su camino. No podía sacarse de la cabeza su regreso a la estúpida guerra, a jugarse el pellejo por unos principios y valores tan cambiantes como las dunas de su querido desierto. Las palabras abandonar, desertar, huir, fugarse…, golpeaban su lóbulo frontal a la espera de que Alá, le ayudase a construir un pensamiento para poder tomar una decisión. Pero Alá debería estar ocupado en otros asuntos de mayor importancia, o quizás, prefería que Ibrahim se estrujase los sesos, se pronunciase y asumiese las consecuencias de sus decisiones. Pero sus sesos, ya habían tomado la decisión y él, no la sabía porque no quería saberla. Solo tenía que relajarse, abrir la puerta de la consciencia y dejar que lo que ya era una decisión se hiciese presente. Cuando los primeros rayos de sol trepaban por las dunas que perfilaban el horizonte, Ibrahim se calmó y girando suavemente el pomo que mantenía oculta su decisión, abrió su mente y la dejó pasar. Conocerla, no le produjo el más mínimo desasosiego: «Cumplirás tu compromiso, aunque te cueste la vida»

Cuando regresó a la jaima, encontró a Leo levantado y charlando con Hussain sobre la situación en España.

—Buenos días, Ibrahim —le dijo Hussain al verle entrar en la jaima— espero que lo que tuvieses que resolver esté ya resuelto, porque desde hace un par de días lo de dormir, dormir, lo has practicado muy poco.

—Bueno, sí, tienes razón, pero ya todo está en orden.

—Me contaba Leo que la situación en España es complicada, pero que todo va evolucionando bastante bien.

—Si, claro —respondió Ibrahim al darse cuenta de que Leo pretendía no preocupar a su padre—, ya sabes, dentro de unos días ni se hablará de ello.

—Bueno Leo, vamos a buscar a Shara y nos vamos a Tigissit a pasar el día y a ayudarla con las cabras.

—¿No desayunamos? —preguntó Leo que esperaba empezar el día con un buen tazón de leche de camella y una buena rebanada de pan con mantequilla.

—Ya tomaremos algo más tarde. Vamos, que tengo que decirte algo—, le dijo Ibrahim mientras le cogía del brazo y le levantaba, literalmente, de la bonita alfombra bereber de vivos colores y dibujos geométricos que había tejido a mano Dahia cuando Hussain estaba de viaje.

—¿Qué es lo que te urge tanto decirme? —le preguntó Leo nada más salir de la jaima.

—Voy a pedirle a Shara que se case conmigo —le soltó Ibrahim a bocajarro y sin más preámbulos.

—¿Cómo?

—Lo que has oído, Leo.

—Pues no veo la urgencia, porque la guerra no parece que vaya a acabar pronto. Una cosa es lo que le he contado a tu padre y otra cosa es la verdad, es decir, que la guerra va para largo.

—No, Leo, no me has entendido, te estoy diciendo que quiero casarme ya.

—¿Qué quieres decir con ya?

—Pues la semana que viene, antes de que volvamos al frente.

—Y Shara, ¿qué dice?

—No lo sabe.

—Y tú das por sentado que quiere casarse contigo.

—Bueno, creo que…

—No te preocupes, Ibrahim, si te dice que no, te casas conmigo y celebramos la noche de bodas en el arsenal de la Carraca, que es donde van a meternos si no nos presentamos.

Capítulo 22

Leo no viajo a Cádiz a la semana siguiente porque, aunque todo era precipitado, la boda iba a celebrarse el viernes, un día antes de que regresasen a Toledo y él, iba a ser testigo de la misma frente a los ojos de Alá y de los hombres. Y todo ello sucedió así, porque cuando Ibrahim le dijo a Shara aquella mañana en el oasis de Tigissit, sin rodeos ni titubeos, «Shara, ¿quieres casarte conmigo?», ella, se subió de un brinco a la palmera que les protegía de un sol abrasador. A su madre y también a Hussain les sorprendió la decisión de Ibrahim, pero, viendo cómo le brillaban los ojos, no solo no pusieron ningún impedimento, sino que se alegraron de que fuese Shara la que, como presumían, entrase a formar parte de la familia. Amira, madre de Shara, viuda y amiga de Dahia, se emocionó como hacía tiempo que no lo hacía cuando, nada más entrar su querida hija en la jaima le dijo, mientras unas incipientes lágrimas aparecían en los lagrimales de sus ojos, «Ibrahim me ha pedido que me case con él»

Era martes y hacía un tiempo espléndido bajo el cielo que vio correr la noticia por todos los rincones de Tifariti. Los vecinos se dirigían apresurados a las jaimas de Amira y Dahia para expresarles su enhorabuena y para ofrecerse a colaborar en todo lo que fuese necesario.

—Se casarán el viernes —les decían a los vecinos—, Ibrahim tiene que regresar a España el sábado.

—Y la *d'fuâ* —les preguntaban sorprendidas de que no se celebrase la ceremonia de la dote.

—No tenemos más remedio que aplazarla y también otras de nuestras costumbres. Nos ceñiremos a lo imprescindible y todo deberá estar listo para el viernes.

Durante ese par de días que faltaban para la boda y por cumplir en alguna medida con la tradición saharaui, los novios no se vieron ni siquiera un instante, a pesar de la poca distancia que había entre sus jaimas. En casa de Shara, se apresuraban preparando el vestido de novia, el que había llevado Dahia en su boda con Hussain. Amira le agradeció de corazón que se lo dejase, aunque tuvieron que hacer algunos arreglos, porque Shara era algo más alta y delgada. Algunas vecinas se volcaron en la confección de un pequeño ajuar y en preparar a la novia para que luciese su hermosura más de lo que lucía en la rutinaria cotidianidad.

Ibrahim pasó prácticamente ese par de días en el desierto con su amigo Leo. Su madre se ocupó de que todo estuviese a punto para atender lo mejor posible a los amigos y vecinos. Hussain, con la ayuda de ellos, montó la jaima en la que pasarían la noche de bodas los novios.

—Menudo follón que has montado —le dijo Leo a Ibrahim que, subido en su camello, esperaba que su inexperto amigo gaditano en las artes dromedarias hiciese poner de pie al ungulado.

—Baja y vuelve a subir con naturalidad —le dijo Ibrahim—, sin nervios, sino el camello no se levanta.

—Ya, y de paso le canto en hassaní.

Fuese porque Leo montó con naturalidad o porque al camello le sonó el acento árabe, el ungulado alzó sus patas traseras y casi lanza a Leo de bruces contra el suelo. Sin demoras, levantó las delanteras ayudándole a recobrar el equilibrio.

Durante algo más de una hora cabalgaron por las dunas del desierto, en silencio y dejándose mecer por el dromedario. El turbante que anidaba en sus cabezas cubría sus rostros protegiéndoles de un incipiente simún que empezaba a soplar con fuerza obligándoles a entornar sus ojos. «Ahora entiendo la importancia del turbante —se decía Leo— y también por qué van tan abrigados, impiden que los rayos de este sol abrasador hagan subir la temperatura de sus cuerpos, es, como si estuvieran dentro de una cueva, o…»

—¿Te encuentras bien, Leo? —le preguntó Ibrahim que había enlentecido la marcha de su camello para colocarse a su lado.

—Si, muy bien, solo estaba dándole vueltas a algunos pensamientos.

Ibrahim se detuvo antes de que empeorase el tiempo, bajó del camello, cogió por el hocico al de Leo y, en pocos segundos, hizo que se sentase sobre la cálida arena y extendiese sus pezuñas. Cubiertos por una manta, hecha a mano por Shara con urdimbre de lino de la oveja merina, se sentaron entre los animales dejando pasar sobre sus cabezas un viento rojo y abrasador que llevaba hacia el atlántico, millones de partículas limitadas en su capacidad de enraizar en alguna tierra.

—Sí, Leo —dijo Ibrahim respondiendo al comentario que le había hecho antes de subir al camello y que había estado dándole vueltas a lo largo de todo el trayecto—, menudo follón he montado con solo tres palabras: «¿quieres casarte conmigo?».

—Bueno, no te lo tomes al pie de la letra y vaya por delante, que prefiero estar aquí y verte casado que pegando tiros en la península.

—No sé si me he precipitado… Por otro lado, si no vuelvo de la guerra, ¿qué?

—Bueno —respondió Leo dándole un codazo—, no te estará entrando la flojera, a ver si resulta que no eres tan valiente como aparentas.

—Pues…

—Ni, pues, ni más mandangas. ¿Tú la quieres?

—Creo que sí.

—¿Cómo que creo?

—No sé cómo explicarlo – dijo Ibrahim mientras evitaba mirar a los ojos a Leo—, pues que si lo que siento es querer, entonces, la quiero más que a mi vida.

—Joder Ibrahim, ahora sí que te has puesto romántico y poético.

El viernes llegó cuando llegan los viernes, después del jueves y no cuando más se desea que llegue, porque el tiempo, no entiende de apetencias ni siquiera contempla la posibilidad de ser o de no ser oportuno. La novia estaba preciosa, con su pelo trenzado, su vestido blanco, su maquillaje con henna, sus brazos y sus tobillos abrazados por pulseras. En su cuello lucía una gargantilla de cuero que Ibrahim había tejido durante el asedio de Toledo. En la jaima de Hussain, el cadi de Tifariti acreditó el aplazamiento de la entrega de las dotes y recordó a los familiares de los novios los preceptos matrimoniales escritos en el Corán. Al acabar, Leo, como testigo, salió de la tienda y disparó al aire su fusil tal como Hussain le había indicado. Las mujeres, que esperaban fuera, recorrieron el pueblo ululando y con ello, anunciando que el matrimonio había sido confirmado por el cadí.

Vecinos y amigos entraron en la jaima familiar después de jugar a quitarse los pañuelos y de correr agitándolos al viento. Ibrahim y Leo entraron tras las preceptivas siete vueltas alrededor de la jaima, ambos vestidos de blanco y con un turbante azul sobre sus cabezas. No tardaron en sonar las *taariyas* al ser golpeadas con las manos sus membranas de piel de cabra. La música de los tambores, el vibrar de las cuerdas de los *darbukas* y los *mizmar* acompañaron los inacabables bailes y los poemas llenos de buenos deseos para los novios: «Si Alá quiere, Ibrahim y Shara serán felices, tendrán hijos y camellos…» y como no podía ser de otro modo, comieron arroz con carne de camello adobado con especies y para finalizar, dulces y los tres tés tradicionales.

Ibrahim entró en la jaima en la que iba a pasar la noche de bodas con Shara. Las mujeres habían acompañado a la novia hasta allí cubierta con una tela blanca y, tras destaparla, abandonaron la estancia ululando por toda la aldea acompañadas por los vecinos. Por fin estaban solos, casados como querían, mirándose en silencio y deseosos, el uno del otro, por demostrarse el amor que se tenían.

Ibrahim se acercó a Shara, alzó las manos y comenzó a deshacer sus trenzados cabellos, a quitarle sin prisas los aderezos mientras acercaba el rostro a su cuello para gozar de su perfume, a jazmín y a verso. Shara, con los ojos cerrados, notaba como las yemas de sus dedos jugueteaban en su cabeza y recordaba las veces que había soñado con ello. Se resistía a abrirlos por miedo a encontrarse, una vez más, diciéndose «solo es un sueño». Sus manos buscaron las de Ibrahim y cuando las tuvo cogidas las acercó a su cuello para que recorriese el sendero que lleva desde la nuca a su boca, para que acariciase sus labios y los humedeciese con un beso, tan dulce y tierno como lo fue el primero que le dio en el oasis de Tigissit.

Ibrahim también recordaba ese momento y, poco a poco, sus manos fueron más allá de las dunas, como si esa noche del viernes fuese a durar toda la vida. Desnudaron sus cuerpos y las túnicas blancas cayeron a sus pies. Desnudos les encontró la noche mientras se abrazaban echados sobre alfombras acolchadas. Sus manos recorrían todos sus contornos, para conocerlos y recordarlos en cualquier momento, estuviesen donde estuviesen. Por tres veces sintieron como la gloria acudía al paraíso de sus enlazados cuerpos.

—No quiero perderte, Ibrahim —le dijo Shara cuando la luz que penetraba por las rendijas de la improvisada jaima marital llegaba con el alba. Sobre sus cuerpos desnudos bailaban millones de motas de polvo cósmico capaces de crear planetas y galaxias.

Capítulo 23

El silencio reinó bajo la capota de lona del Stöwer durante el viaje de regreso a Toledo. Apenas pasaron unas horas en Cádiz para saludar a los abuelos de Leo que, a causa de la boda, no habían podido disfrutar de la compañía de su nieto. Fueron pocas horas, pero suficientes para darse un baño en la Caleta con Ángel, el de los baños de verano e invierno, y disfrutar, una vez más, del sabroso guiso que les preparó la abuela Carmen.

—Llevaros esto —les dijo la mientras metía en sus petates unas piezas de fruta y unas lonchas de jamón ibérico envueltas en papel mantequilla—ah, y dile a tu padre que pida un permiso y se venga unos días. Me imagino que debe estar en los huesos.

El desasosiego reinaba en Toledo y fueron conscientes de ello nada más poner los pies en tierra. La adrenalina corría por las calles y por las manos que abrían y cerraban ventanas sin saber qué era lo más oportuno. Si salían a la calle disimulando su posicionamiento a favor de las izquierdas, corrían el peligro de que alguien les reconociese y les delatase. Si se quedaban en casa encerrados, se delataban ellos mismos. Otra opción era encontrar a alguien que les avalase y si no había quien lo hiciese, entregarse, y esperar que el azar les librase del paredón. Muchos abandonaron la ciudad con lo puesto y la mayoría, se dirigieron a Madrid convencidos de que la capital nunca caería en manos de los sublevados. Las pancartas, suspendidas entre balcones, lo anunciaban bien claro: «¡No pasarán!»

Los héroes que habían resistido en el Alcázar y los que se habían escondido en todos los rincones. habidos y por haber en la ciudad, protegiéndose de los rojos, paseaban a sus anchas por las calles con la cabeza alta, sonrientes, la voz alzada, con una mueca en los labios y una mirada que revelaba su afán de venganza. Los mocetones de las juventudes de la falange y de las unidades del Ejército de África, entraban con descaro en las casas y comercios de los partidarios de la república y se apropiaban de lo que les venía en gana. No había mujer que se sintiese segura ni jovencita que viese a salvo su virginidad.

—Menudo mesecito llevamos —les dijo el capitán González, nada más verlos entrar en el Alcázar—, ¿cómo ha ido el viaje?

—Bien, muy bien, estuvimos en Cádiz y la abuela me ha dado esto para ti —le dijo Leo mientras sacaba de su macuto la comida.

—Ah, gracias por el permiso, capitán —añadió Ibrahim.

—Os merecíais unos días lejos de aquí, pero, soy yo quien tiene que felicitarte por la boda, precipitada, pero, a fin de cuentas, una boda es una boda.

—Bueno…

—Si no se casa, abandona el ejército —soltó al trapo Leo mofándose de su amigo—, estaba encoñado hasta la médula.

—Mejor no dejar cosas pendientes, porque esperar a que acabe la guerra, según están las cosas, va para largo —dijo el capitán González.

—¿Tan mal están? —preguntó Ibrahim.

—Pues sí, tanto, que no sé por dónde empezar. Por un lado, los comunistas han dado el visto bueno a la participación de las Brigadas Internacionales, lo que quiere decir que invitan a esta desalmada guerra a todo aquel que simpatice con ideales marxistas, sea cual sea su país. Ya sabemos que, además de los ideales, hay otras motivos por los que algunos se apuntan a la guerra y no son otros que la aventura, la acción y la incapacidad de ganarse la vida trabajando. Y luego, están las "ovejas", los que siguen en procesión a un iluminado.

—No creo que haya muchos que se apunten a esta fiesta —añadió Leo—, hay muchas cosas mejores que hacer.

—Más de los que pensáis. Estos ideólogos están decididos a extender la revolución por todo el mundo y engatusar a jóvenes ansiosos de protagonismo cuesta muy poco. Quieren darle la vuelta al mundo, cambiarlo todo. Para empezar, han cambiado hasta el saludo militar, ahora, levantan el puño.

—Pero la sublevación está siendo un éxito, ¿no? —dijo Ibrahim esperando que Manuel confirmase sus expectativas y poder volver pronto con Shara.

—Bueno..., sí, va adelante, pero más lento de lo que se pensaba. Madrid va a ser un hueso muy duro de roer.

—Pero después de la hazaña del Alcázar, tomar la capital será más fácil —terció Leo.

—En principio debería ser así, pero Franco dice que el enemigo, en estos momentos, solo está herido y él, lo quiere muerto, en Madrid y en todos los rincones del país. La guerra se alargará lo que sea necesario tanto para acceder al poder como para gobernar muchos años.

—Y por si no fuera suficiente —añadió Ibrahim—, a esta barbarie se apuntan otros países.

—Bueno —interrumpió el capitán González—, ya veis como está la cosa y que poco podemos hacer. A nosotros nos toca cumplir las órdenes y las que yo he recibido, es que tú y Leo partáis mañana a primera hora hacia Madrid con el objetivo de obtener toda la información que os sea posible sobre los movimientos de los milicianos, localizaciones importantes, simpatizantes con nuestra causa…, en fin, Franco quiere la mayor información posible para tomar decisiones.

Pertrechados con ropa de un par de madrileños, de los que acudían a Toledo a diario para luego explicar en los bares de la capital sus hazañas bélicas a los amigos y que habían sido hechos prisioneros, salieron del Alcázar en dirección a Madrid. La distancia era corta si accedían por el Puente de Toledo, tan solo unos setenta kilómetros, pero la opción no era recomendable porque el gobierno del Largo Caballero ordenó incrementar las defensas en todo el distrito de Arganzuela tras la pérdida del Alcázar y porque estaba tan claro como el agua que el próximo objetivo de los sublevados sería Madrid.

Era una fría y lluviosa mañana de principios de otoño cuando Ibrahim y Leo llegaron a las puertas de la capital. Con el fin de evitar los controles rodearon la ciudad para entrar por el barrio de Salamanca, una zona en la que residían los madrileños más privilegiados y que temiendo ser detenidos y conducidos a la cárcel Modelo por milicianos que campaban a su aire por toda la ciudad, no se atrevían a poner un pie en la calle. Por otro lado, Ibrahim quería visitar al teniente coronel Francisco Bens que vivía, tras su cese como gobernador del Sahara, en un piso de la calle de Alcalá, cerca de la plaza Cibeles.

—¿Estás seguro de que podemos fiarnos de él? —le preguntó Leo tras pasar un puesto de control a paso ligero protegiéndose de la lluvia con sus gastadas chaquetas corrientes de lana. Un par de jóvenes, con gorros de miliciano que combinaban el rojo y negro y en los que podían leerse las iniciales de la CNT y de las FAI, ni siquiera les preguntaron a dónde se dirigían.

—Es lo más parecido a un padre que tuve en mi niñez —le dijo Ibrahim tras protegerse de la lluvia en un portal y sacar el sobre de una carta en la que aparecía la dirección de Francisco Bens— y estoy convencido de que pondría su vida en peligro antes que la nuestra.

—Bueno, en peligro están hoy todas las vidas —añadió Leo—, tanto si estás como si no estás en el ejército.

María, la esposa de Bens, cerró la puerta de golpe nada más abrirla y ver, tras ella, a dos jóvenes de paisano con apariencia de milicianos bolcheviques.

—¡Francisco! —gritó María mientras corría por el pasillo—, vienen a por nosotros.

El timbre volvió a sonar y antes de que el matrimonio se pronunciase en uno u otro sentido, Ibrahim les llamó alzando la voz.

—¡María..., Francisco..., soy yo, ¡Ibrahim!

La puerta se abrió de golpe, pues, no les cabía ninguna duda de que aquel tono de voz era el de su querido y añorado Ibrahim. Se abrazaron una y otra vez sin que los ojos de María pudiesen detener las lágrimas. Leo, que no estaba metido en los abrazos, observaba emocionado las evidentes muestras de afecto mientras recordaba las historias que Ibrahim le había contado de su infancia en Dakhla.

—Este es mi amigo, Leo —les dijo Ibrahim al aflojar los abrazos— el hijo del capitán González.

—Encantado de saludarte —dijo Bens mientras le estrechaba la mano—, lo único que nos faltaba conocer de ti era tu aspecto, porque de lo demás Ibrahim nos lo ha contado ampliamente en sus cartas. Me alegro de que estéis juntos en estos momentos tan difíciles.

—Gracias Francisco, padre o coronel, como te llamaba de pequeño.

—Y a mí me gustaba, aunque no te lo dijese.

—Bueno —interrumpió María—, pasad y daros un baño. Enseguida preparo algo de cenar, aunque no será lo mismo que en Dakhla, la comida escasea y la están racionando.

Las tricolores hojas de los numerosos plataneros de sombra decoraban las copas de los árboles y de las aceras aquel otoño madrileño de 1936. La incertidumbre sobre el futuro inmediato corría por las calles casi tanto como los vecinos que, al oír el rugido de los Junkers alemanes enviados por Hitler, a petición de Franco, buscaban refugio en las estaciones del metro o en cualquier otro lugar que les protegiese de las bombas. El objetivo de los sublevados, tras la victoriosa conquista del Alcázar de Toledo, era desmoralizar a la población madrileña que, agitada por las proclamas del gobierno, gritaba por las calles «¡No pasarán!, los fascistas no pasarán».

Durante los meses de octubre y noviembre, Ibrahim y Leo se alojaron en casa de Bens que, molesto con el gobierno por su destitución como gobernador de los territorios del Sahara sin explicación alguna que fuese convincente, optó por no inmiscuirse ni pronunciarse a favor de uno u otro bando. Desde su llegada a Madrid se le veía triste, sin ningún interés por el entorno urbano al que no conseguía adaptarse y alejado de sus seres queridos. En el Sahara se sentía feliz con su modesta tropa siempre dispuesta; con los pescadores que faenaban en las aguas atlánticas frente a las islas Canarias y que agradecían su protección obsequiándole con salmonetes, meros, atunes... siempre que atracaban en el puerto de Dakhla; con los cabecillas saharauis, en los que siempre encontraba una buena disposición para solucionar los problemas que pudieran presentarse; por el estilo de vida sencillo en ese inmenso y bellísimo entorno del desierto y como no, con su esposa María, con la joven Dahia y el pequeño Ibrahim que llenaba de luz y de alegría todas las horas del día.

—Cuenta, Ibrahim, ¿cómo fue esa boda a la que tanto nos hubiera gustado asistir? —le preguntó Bens mientras cenaban.

—Siento mucho que no estuvieseis y también os echaron en falta Dahia y Hussain. Teníamos pocos días de permiso después de la toma del Alcázar y al volver a Tifariti, ver a Shara y disfrutar de la paz del desierto, me pasó por la cabeza dejar el ejército, total, tampoco iban a echarme de menos.

—No me imagino verte tirar la toalla —le interrumpió Bens mientras descorchaba una botella de Ribera de Duero—. Siempre has cumplido con tus compromisos.

—Sí, no era fácil olvidarlos y menos aún perder la compañía de Leo, por eso, pensé que lo mejor era casarme y esperar, confío que, pronto podré volver a Tifariti y disfrutar de la vida con mi mujer como hice con vosotros.

—Así será, Ibrahim, pero deberás tener paciencia porque esta no está siendo una guerra sencilla y los desencuentros entre unos y otros vienen de largo. Hay un refrán que dice: «La muerte no resuelve nada, los problemas hay que resolverlos de pie».

—Eso dice también mi padre —añadió Leo—, él cree que, tras el fallido golpe de estado de 1934, el gobierno no actuó con determinación, no arregló los problemas y que esta guerra es la consecuencia de ello.

—Pues sí, tiene razón tu padre, y ahora ya es tarde. Me temo que los perdedores no saldrán vivos de esta contienda.

—Bueno —interrumpió María mientras ponía unas torrijas sobre la mesa— dejaos de guerras y probad este postre típico de los madriles.

—Y muy apropiado para estos tiempos —añadió Bens—, en los que escasea el pan del día.

—El pan, la leche, los huevos…—añadió María—, pero bueno, nos vamos apañando con lo que tenemos.

Aquella noche les visitaron los recuerdos y las sonrisas afloraron en unos labios hartos de tanta desesperanza y abatimiento. Con ellos, podían viajar al pasado, reencontrarse con los seres queridos.

Mi querida Shara,

No tengo la certeza de que esta carta te llegue, ni tampoco en qué manos puede acabar. Ello, me obliga a ser discreto en cuanto en dónde me encuentro, con quién estoy y lo que hago en estos momentos. Tampoco es necesario que lo haga, porque tú, mi querida Shara, sabes sobre mí más de lo que yo recuerdo. Estoy bien, bueno, estamos, y también contento de poder volver a ver a los seres queridos con los que pasé mis años de infancia. Es bastante probable que estemos en su casa algunas semanas. Ellos han insistido a pesar del peligro que corren. Dile a mi madre que les mandan muchos abrazos y que esperan poder volver a verlos más pronto que tarde y tomar esos tres tés que definen tan bien la vida: amarga, dulce y suave.

Yo también ansío vivir junto a ti, compartir las amarguras de la vida, la dulzura del amor y por qué no, después de recorrer un largo camino juntos, entregarnos dócilmente a la inevitable muerte. Ojalá podamos tomar juntos esos tres tés, pero me temo, que no será pronto y no tendremos más remedio que padecer la distancia y sobrellevar las ausencias. Pero todo es más llevadero gracias a los recuerdos. No puedes imaginarte lo feliz que me siento recordando nuestra boda y en especial esa maravillosa noche que pasamos juntos bajo ese cielo azul plagado de estrellas. Tu rostro se perfilaba entre luces y sombras, mientras las yemas de tus dedos acariciaban mis labios, lentamente, suavemente, y los tuyos se abrían como los pétalos de una rosa roja para dejarme llegar a la orilla de tu alma. A pesar de la distancia que nos separa, si quieres, nunca estarás sola, porque estuve en ti para entregarte la esencia de lo que soy y el amor que te profeso.

Querida Shara, estos momentos son amargos, pero ni mil guerras pueden impedir que sea feliz recordando esos momentos de paz y de felicidad. El padecimiento hace fuerte a las personas, les ayuda a agudizar el ingenio y a buscar la forma de salir airosos de cualquier adversidad. Quiero que sepas y tengas la total seguridad de que volveremos a estar juntos porque la fuerza que me dan los recuerdos me ayudará a afrontar todas las adversidades. Estás y estarás presente en mí en todo momento.

Está amaneciendo y una luz tenue entra a través de los visillos de esta cómoda y agradable habitación en la que me encuentro. Mi amigo todavía duerme, pronto, saldremos a cumplir nuestros compromisos. Cuando todo esto acabe, y espero que no sea tarde, no volveré a comprometerme con nada que me aleje de ti y menos, si ello supone volver a vivir momentos en los que la barbarie, el sufrimiento y la muerte acechan por todas las esquinas. Que Alá se apiade de mí por haber participado en esta horrorosa contienda.

Ya sabes donde me encuentro. Cuando me escribas, envía las cartas a los abuelos de mi amigo, le llegarán a su padre y me las dará cuando pueda. Recuerda, sin nombres ni lugares que puedan dar pistas de quienes somos y donde nos encontramos. De momento, como te dije, la estancia aquí puede alargarse varias semanas.

Te quiero con toda mi alma.

Octubre, 1936

Capítulo 24

—Leo, marca en el mapa la situación —le dijo Ibrahim cuando el teniente coronel Bens señaló con el dedo el refugio del parque del Retiro.

—¿Está operativo? —preguntó Leo.

—No, está en construcción —respondió Bens—, pero espero que lo acaben pronto, será un alivio para la gente del barrio. Al parecer, por su dimensión, permitirá a muchos vecinos protegerse durante los bombardeos.

—Además de las estaciones de metro —Añadió Ibrahim.

—Por supuesto, tanto aquí como en Barcelona, estas instalaciones están salvando muchas vidas.

—Mañana, recorreremos las que podamos —comentó Ibrahim a Leo— y le pasaremos la información a tu padre.

—Me parece bien —dijo Bens—, la mayoría de los que se refugian en ellas son civiles, niños, mujeres y ancianos, seres inocentes que no han hecho ningún mal a nadie y que solo quieren salvar sus vidas. La gente corre a refugiarse y no siempre llegan a tiempo, se producen aglomeraciones en las entradas y muchos mueren. Haced lo que podáis para que no bombardeen cerca de esos lugares.

Durante varios días recorrieron, una a una, las treinta y cuatro estaciones del metro de Madrid. En una de ellas, la de Gran Vía, tuvieron que refugiarse una noche cuando las sirenas anunciaron la inmediatez de un bombardeo. La gente, asustada, corría por la calle hacia la boca del metro y bajaban las escaleras precipitadamente; los niños volaban agarrados de las manos de sus madres, algunas de ellas, con bebés en sus brazos; los ancianos caminaban todo lo rápido que podían mirando al suelo y confiando en no tropezar y llegar al refugio antes de que les atrapasen las bombas; se producían aglomeraciones en las entradas, como les había dicho Bens, y las bombas masacraban a los que no habían conseguido entrar en el refugio a tiempo; en los andenes de las estaciones se acomodaba la gente en el suelo y esperaban a que las sirenas anunciasen el final del bombardeo. Sobre sus cabezas, en las marquesinas, ajenas a lo que estaba sucediendo, se anunciaba lo último que salía al mercado atrayendo las miradas y entreteniendo a los allí refugiados.

Si arriesgado era entrar en la ciudad, no era más seguro salir de ella. Ibrahim y Leo, tenían que cumplir con la orden de recoger información que sirviese al alto mando para fijar objetivos.

—¿Qué ha pasado? —les preguntó el capitán González al verlos entrar en el puesto de mando que los sublevados habían establecido en Escalona de Alberche, en su avance hacia Madrid.

—Una pareja de falangistas apostados en la ermita de San Roque, en Quismondo, han abierto fuego cuando pasábamos —respondió Leo mientras dejaba su gorra sobre la mesa—, ni siquiera han esperado a que nos identificásemos.

—Yendo de paisano podéis ser blanco de cualquier bando. Ves a la enfermería y luego hablamos —le dijo el capitán a Ibrahim al ver sangre en la manga de su chaqueta.

—No es nada, solo un rasguño.

—Ya, pero ves, os cambiáis de ropa, coméis y por la tarde nos reunimos en el Caserío de Villarta con el general Varela.

El siete de octubre ocupada la zona de Escalona del Alberche por las tropas franquistas en su avance hacia Madrid, instalaron unos aeródromos próximos a la localidad para que pudiesen ser utilizados tanto por ellos como por los bombarderos alemanes e italianos.

—Pase capitán —le dijo Varela al verle esperando junto al quicio de la puerta.

—Con su permiso —respondió el capitan González al entrar en el improvisado despacho en el Caserío de Villarta—, me acompañan dos de la unidad de información de Segangan.

—Bien, que pasen. ¿Qué tal por San Fernando, capitán?, hace años que no voy por allí y si no me equivoco, usted tiene familia en Cádiz.

—Si, mis padres y, por las noticias que me envían, sé que están bien, y tanto San Fernando como Cádiz en relativa calma.

—¡Cuándo nos llegará esa calma a nosotros!, después de las campañas en África, nos ha tocado esta guerra civil. Que Dios nos eche una mano para salir de esta, ¿no le parece?

—Desde luego, vamos a necesitarla, porque al parecer va a ser larga.

—¿Qué noticias me trae de sus informadores? —le preguntó mientras dirigía su mirada a Ibrahim y Leo—. Si no me equivoco, tú eres el hijo del capitán.

—Sí, teniente coronel —respondió Leo.

—¿Y tú…?

—Soy Ibrahim Ahmed

—¿Marroquí?

—No, saharaui, de Dakhla.

—Allí estaba mi compañero de armas Francisco Bens hasta que le trasladaron a la península.

—Sí, nos alojamos en su casa de Madrid.

—Y, ¿cómo eso? —preguntó sorprendido Varela.

—Bueno, es una historia larga —respondió Ibrahim—, pero quizás pueda hacerse una idea si le digo que mi infancia la pasé con él en Dakhla.

—Muy buen hombre, Francisco, y muy buen militar. Darle recuerdos míos cuando volváis a verle.

—Pues verá —intervino el capitán González—, el hecho es que la información que traen es relevante y en mi opinión, dado que la toma de Madrid va a ser larga y complicada, sería conveniente que siguiesen en casa del teniente coronel Bens para poder moverse por la ciudad y reportar la máxima información del día a día. Probablemente, será de utilidad a la hora de tomar decisiones.

—No me parece mala idea —dijo Varela—y si se alojan en casa de Bens, el teniente coronel nos podría echar una mano. Pero decirme, ¿qué información traéis?

Ibrahim y Leo extendieron un plano de la ciudad sobre la mesa en el que aparecían rodeadas con un círculo rojo las treinta y cuatro estaciones que habían visitado.

—Al parecer —dijo Ibrahim— y así lo cree el teniente coronel Bens, el metro está jugando y jugará un papel importante durante la contienda y a juzgar por las actuaciones que están llevando a cabo, diríamos que se preparan para defender Madrid el tiempo que sea necesario.

—Hemos comprobado —añadió Leo— que además de utilizarse de refugio por la población, también se están utilizando algunas de las estaciones para atender heridos y algunos vagones como medio para trasladarlos.

—Seguid, seguid —dijo Varela centrando su mirada en los círculos marcados mientras, pensativo, masajeaba su mentón.

—El teniente coronel Bens nos dijo que estaba convencido de que se haría un uso militar de las mismas

—prosiguió Ibrahim—. Nosotros, hemos visto transportar soldados de uno a otro lado de la ciudad y también embalajes que contenían, según indicaban las estampillas, armas y munición, muchas de ellas de fabricación rusa.

—Si pudiésemos seguir trabajando sobre este tema —intervino el capitán González—, podríamos establecer nuestros objetivos militares y mirar de proteger a la población, sobre todo, a los niños, a las mujeres y también a los ancianos.

—Si, capitán —pero no olvide que estamos en una guerra y que tal como se dijo al comenzar la contienda, hay que ser duros, implacables con el enemigo y con aquellos que no se sumen a esta cruzada. Es duro decirlo, pero nos conviene una población asustada, cansada de correr por las calles hacia los refugios, harta de pasar hambre y de sufrir la pérdida de seres queridos. Recuerde el refrán que dice: «No hay mal que por bien no venga» y si acaban arrodillados pidiendo a Dios que les proteja y que triunfe esta santa cruzada, estaremos en el buen camino. Necesitamos que su moral caiga por los suelos y que empiecen a pensar que nosotros pondremos fin a este calvario. Si conseguimos este objetivo, la guerra está ganada. Luego, ya se verá que hacemos con los que no se sumaron a la causa.

Ibrahim, Leo, incluso el capitán González, se quedaron mudos y perplejos por la perorata que acababa de soltar Varela. Tal disertación podría entenderse dirigiéndose a la tropa a la que hay subir la moral antes de enviarlos a combatir y quizás a la muerte, pero en una reunión de despacho en la que uno puede mostrarse más cómo es que como las circunstancias le obligan a ser, manifestarse así le dejan a uno retratado.

—Yo sé quién soy y cómo soy —le dijo Ibrahim a Leo cuando regresaban a Madrid.

—Qué quieres decir —le preguntó Leo.

—Pues que no soy un instrumento para hacer lo que a otros les convenga.

—Me imagino que estás dándole vueltas al comentario de Varela.

—¡Comentario!, —soltó Ibrahim alzando el tono de voz—, yo diría que es una invitación a seguir sus pasos, mejor dicho, una orden y el modo de seguirla.

—La verdad es que sí, hasta he visto la cara de sorprendido que ponía mi padre, pero estamos en el ejército, en medio de una guerra y las órdenes…

—Los saharauis combatimos para defender nuestro territorio y nuestros derechos, tenemos principios y entre ellos, no está masacrar a la población inocente e indefensa.

—De acuerdo, en eso pienso como tú, pero ¿cómo es el enemigo al que nos enfrentamos?, desde luego no son monjitas de la caridad, más bien todo lo contrario, y qué me dices sobre lo de fusilar a sangre fría a quien se cruce en su camino, o de lo de quemar iglesias, matar a curas, follarse a las monjas…

—Ese es el enemigo, Leo —le interrumpió Ibrahim— y contra ese debemos combatir.

—Sí, una cosa no quita a la otra —dijo Leo—, implacables con el enemigo…

—Y proteger a las personas vulnerables sea cual sea el bando en el que se encuentren —añadió Ibrahim.

Antes de llegar a casa de Bens, tras sortear todos los lugares en los que pudiesen darles el alto, acordaron que no pasarían más información que pusiera en peligro la vida de civiles: la de los que corren a los refugios para salvar sus vidas y la de sus seres queridos; la de los que viven en ellos porque sus casas han sido destruidas por las bombas; las de los que huyen de los frentes de guerra y llegan abatidos a la ciudad con sus escasas pertenencias; las de los niños que juegan en los andenes o hacen los deberes de una escuela a la que ya no pueden asistir; la de las mujeres amamantando a sus bebés y llevando a la boca de sus pequeños lo poco que han podido conseguir; o la de los ancianos y enfermos que, limitados en sus capacidades, se ven privados de sentarse en un banco a tomar el sol viendo pasar los días mientras dan de comer a las palomas.

Capítulo 25

La guerra se recrudecía en todos los frentes de la península con avances y retrocesos en las posiciones que impedían tener una idea clara de cuándo podía acabar la contienda y quién resultaría vencedor. En uno y otro bando se celebraban cada día las victorias, se ocultaban las derrotas y se exageraban los apoyos y reconocimientos internacionales. La información más veraz era la que aportaban los infiltrados, hasta tal punto, que las decisiones de los mandos militares o políticos se tomaban basándose en las mismas, la mayoría de las veces poco contrastadas.

En Madrid reinaba la incertidumbre y como consecuencia de ello el desorden, un caos absoluto que escapaba de las manos del gobierno.

—Según se rumorea en los círculos militares el presidente Azaña se traslada a Barcelona y al parecer el gobierno de Largo Caballero a Valencia —comentó Bens mientras María ponía sobre la mesa una olla con un aromático cocido madrileño en el que abundaban los garbanzos, las patatas y escaseaba el pollo, el jamón…

—¿Dan por perdida Madrid? —preguntó sorprendido Ibrahim, poco antes de incorporar a su estómago la primera cucharada del día.

—No, no se trata de eso, más bien pienso que quieren diferenciar lo que son las acciones de gobierno, de las actuaciones que llevan a cabo en las calles los anarquistas, comunistas y sindicalistas, entre otros. Si el gobierno les para, los tendrán en contra y eso sería su fin. En esta, como en todas las guerras, hay una parte de la que ningún ser humano puede sentirse orgulloso y los políticos prefieren ver la corrida desde las gradas.

—Como dice el refrán —dijo Leo— «Ojos que no ven, corazón que no siente». No tienen un pelo de tontos estos políticos.

—Así es, hasta el alcalde de Madrid ha puesto los pies en polvorosa —añadió Bens— y tras ellos, van las obras de arte para Valencia, el oro para Moscú y sus bolsillos no se irán vacíos. Y para contentar al ganado, el gobierno aprueba el aborto, hace todo tipo de concesiones a vascos, a catalanes y al pueblo, armas y barra libre para que se desahoguen como les apetezca.

Milicianos de todas las corrientes se sumaron a la fiesta y basándose en su criterio, en su ojo avizor o en su estado de humor, metieron en las checas a todo aquel que se cruzaba en su camino y fuese sospechoso de ser de derechas, católico, patrón o porque su azulada sangre y refinados modales no coincidían con los del pueblo oprimido. Insólito era salir en libertad de cualquiera de las checas o permanecer en ellas por tiempo indefinido sin recibir una manta de palos, y si salían, lo hacían acompañados de un par de milicianos que, con el fusil al hombro, cumplirían con la sentencia de un tribunal revolucionario improvisado de darles el "paseíllo" sin dejarles despedir ni de la Santísima Trinidad.

Las más de doscientas checas fueron localizadas por Ibrahim y Leo en el curso de las siguientes semanas, así como una veintena de prisiones oficiales. Miles de ciudadanos que presumiblemente apoyarían al ejército sublevado en la toma de Madrid estaban encarcelados o muertos, por lo que las expectativas de la cúpula militar golpista de tener apoyo desde dentro caían como el sol al anochecer.

El gobierno, desde Valencia, después dejar al frente de la defensa de la capital al general Miajas y para no caer en el olvido, promulgaba decretos que eran frecuentemente desatendidos tanto por los milicianos como por ciudadanos en general.

—A partir de mañana se limita la circulación por la noche —le dijo Leo a Ibrahim—. Pasadas las once no quieren a nadie por las calles.

—No creo que los milicianos lo cumplan —respondió Ibrahim—, van a su aire y la mayoría de los "paseíllos" son por la noche o de madrugada.

—¿Y si hay bombardeos? —añadió Leo—, la gente no se quedará en sus casas viendo cómo se desmorona su edificio con ellos dentro. Correrán a los refugios, sea la hora que sea.

—Pues hace unos días, antes de que llegaseis —dijo Bens—, otro comunicado por radio advertía de que cualquiera que aloje gente en su casa debe informar a la autoridad competente. Habrá que vigilar con las entradas y salidas de casa.

—Entonces, lo más prudente es que Leo y yo nos vayamos, no podemos poneros en peligro, ya lo hemos hecho bastante desde que llegamos.

—Si vamos con cuidado no tiene por qué haber ningún peligro —dijo María encantada de que Ibrahim comiese y durmiese en su casa como cuando era niño y vivían en Dakhla. Cada noche, como si los años no hubieran pasado, entraba en su habitación, le cubría con la manta y le daba un beso en la frente que le hacía recordar a Ibrahim aquellos años en los que recibía sobredosis de afecto tanto de su madre como de ella.

—Quizás tengas razón Ibrahim —dijo Bens—, por mucho cuidado que pongamos, corremos mucho riesgo, sobre todo en este barrio. Yo, sé apañármelas, pero hemos de evitar que a María pueda ocurrirle algo. Nos damos un par de días mientras buscamos una solución y después os vais.

Cuando al anochecer del día siguiente Ibrahim y Leo regresaron a casa de Bens, María, abatida, les dijo que habían venido unos milicianos y se habían llevado a su marido. Al parecer, algún vecino había informado de la presencia de extraños en su casa.

—Me llamo Santiago Carrillo, general Bens. Ah, vaya por delante mis felicitaciones por su ascenso honorífico y su trayectoria militar —le dijo el líder del Partido Comunista de España nada más entrar en su despacho acompañado por un par de milicianos—, siéntese, por favor. ¿Quiere un cigarrillo?

—No, no fumo, y si no le importa, me gustaría saber a qué viene que me saquen de mi casa sin ninguna explicación y me traigan a su despacho.

—No me iré con rodeos, general Bens, —respondió Carrillo mientras encendía un cigarrillo segundos después de aplastar la colilla de otro en un cenicero lleno de colillas hasta los bordes—. Como sabe, el gobierno ha promulgado un decreto según el cual se debe comunicar si se alojan forasteros en casas particulares.

—Sí, estoy al corriente de ese decreto, ¿y?

—Pues..., según me han informado y si no es así le agradecería me lo dijese, a su casa acuden diariamente dos jóvenes, pernoctan allí y por lo que sabemos, en ella solo viven usted y su mujer desde que le trasladaron a la península, ¿no es así?

—Así es y, temporalmente, viven con nosotros mi hijastro y un amigo.

—Ya, su hijastro y un amigo —repitió Carrillo tras levantarse de la mesa y acercarse a la ventana—, en ese caso, no serían forasteros, sino familia.

—Exacto.

—Uno de ellos, por su aspecto, no parece nacido aquí.

—No, no es madrileño, es mi hijastro y nació en Dakhla,

—¿Y el amigo?

—Gaditano —respondió con sequedad Bens harto de tanto rodeo— ¿Quiere hacer el favor de ir al grano, señor Carrillo? Si tiene algo que decir, dígamelo de una vez.

—Existe la sospecha de que pudieran ser infiltrados, pero bueno, si no lo son, no tendrá inconveniente en que vengan mañana por la mañana a verme, ¿qué le parece?

—Se lo diré —respondió Bens, mientras se ponía de pie—, ¿tiene algo más que decirme?

—Por ahora no, general, ¿quiere que le acompañen a su casa?

—No es necesario..., ah, y si tiene que hablar conmigo, solo tiene que llamarme por teléfono.

—Así lo haré —respondió Carrillo.

«¡No pasarán!» gritaban las pancartas colgadas entre árboles o balcones en las principales calles de Madrid. Pero Ibrahim y Leo pasaron, una y otra vez, llevando información al ejército sublevado que, al mando del general Varela, combatía con dureza en la zona de Casa de Campo en su avance hacia la Ciudad Universitaria. Atendiendo a la información aportada, Varela convocó al capitán González para darle instrucciones sobre la estrategia a seguir tras su reunión con Mola y Franco.

—Según tu unidad de infiltrados —dijo Varela a González tras acercarse a un plano de ciudad tendido sobre la mesa— hay bastantes militares, falangistas y civiles que ven con buenos ojos la cruzada que estamos llevando a cabo.

—Sí, eso me han dicho —dijo el capitán González mientras observaba las flechas sobre el mapa que indicaban los avances hacia la capital.

—Por cierto, si no lo entendí mal, Ibrahim y Leo están alojados en casa del general Bens.

—Sí, es una larga historia —respondió el capitán González— pero resumiéndola, le diré que Ibrahim fue criado por la familia Bens en Dakhla y les une una fuerte amistad.

—Algo me dijo él. ¡Qué vueltas da la vida!, ¿no le parece?

—Desde luego, pero ya no están en casa de Bens. Por lo que me han contado.

—Sí, lo sé —le interrumpió Varela.

—Ahora están aquí, para evitar que el general Bens sea detenido —aclaró el capitán González—, pero no todo el mundo está corriendo la misma suerte. Todo aquel que es sospechoso de simpatizar con los sublevados, es arrestado por los milicianos y conducido a las checas, a la cárcel Modelo y a otras cárceles de la ciudad para ser interrogados.

—Volviendo al tema de la reunión con Mola y Franco, hemos acordado la creación de una "Quinta Columna" que, sumada a las cuatro que cercamos Madrid, ataque desde dentro de la ciudad al ejército rojo —explicó Varela mientras señalaba con su índice las cuatro columnas que se dirigían hacia la capital y una quinta flecha que, desde el centro de la ciudad debería dirigirse hacia la Ciudad Universitaria—. Si lo conseguimos quedarían cercados y sería un paso importante para entrar en Madrid y probablemente para ganar la guerra.

—No será fácil la formación de esa "Quinta Columna", ya que no solo están deteniendo a simpatizantes o sospechosos de serlo, sino que están asesinando a miles de ellos. Por la información que me han facilitado Ibrahim y Leo, cada noche salen de la cárcel Modelo camiones repletos de ciudadanos en dirección a la localidad de Paracuellos del Jarama.

—Algo de eso he oído —dijo Varela.

—Pues no es un rumor, ellos han presenciado los hechos, los sacan de las cárceles y las checas en camiones y los llevan a las afueras de Paracuellos. Allí, los fusilan sin interrogatorio ni juicio previo y si los juzgan, son tribunales populares que no atienden a razones y que les es igual acertar que equivocarse con los detenidos. También están asesinando supuestos simpatizantes en Torrejón de Ardoz, por lo visto se cuentan por miles. Está claro que no quieren enemigos a sus espaldas.

—Si es así, hemos de actuar sin demora. Mañana mismo, te diriges con un pequeño grupo a la ciudad y haces lo imposible para organizar esa "Quinta Columna" y que, cuanto antes, se ponga en marcha. Habla con nuestros hombres de confianza y enséñales este mapa con las indicaciones de los ataques que llevaremos a cabo de manera inmediata. Que sepan que hay un plan establecido por un mando solvente, que no están solos y que forman parte de esta cruzada dispuesta a acabar con los despropósitos de este gobierno.

Para asegurar la entrada en la ciudad, el capitán González formó un grupo con doce hombres que, en grupos de cuatro, accederían por los puentes de Galicia, Pontones y el de Princesa. Todos ellos estaban acostumbrados infiltrarse en Madrid con regularidad y sabían cómo, cuándo y por dónde podían hacerlo.

Al anochecer del día siguiente, cuando los republicanos solían llevar a cabo los turnos de relevo, los tres grupos entraron en la capital por los puentes acordados. Con el capitán González pasaron Ibrahim, Leo y Enric, uno de los infiltrados que conseguía más información en sus entradas a la ciudad y que contaba con la confianza del general Varela.

—Tú y Leo —dijo el capitán dirigiéndose a Ibrahim— os reunís con vuestro contacto habitual en la estación de Atocha, yo iré con Enric a la de Cuatro Caminos, donde él se reúne habitualmente con sus contactos. ¿Lleváis el plano con las indicaciones?

El capitán González escuchó la confirmación de los cabeza de grupo mientras él, para asegurarse de que lo llevaba, introdujo la mano en el bolsillo interior del gastado chaquetón de lana que, además de protegerle del frío típico de principios de noviembre, le daba una apariencia de ciudadano corriente que, tras una ajetreada jornada, regresaba cojeando a su casa cabizbajo y resignado a repetir su monótono quehacer al día siguiente.

Capítulo 26

El capitán Manuel González y el soldado Enric Anglada se apearon en la estación de Cuatro Caminos tras atravesar el Manzanares por el puente de Princesa y coger el metro en la estación de Puente de Vallecas, al suroeste de la ciudad. Las catorce estaciones por las que pasaron estaban repletas de gente que se protegían de las bombas de que los Junkers alemanes lanzaban sobre la ciudad. Las paradas eran breves y pocos eran los que subían o bajaban del convoy. La mayoría permanecía en los andenes, sin ir a ninguna parte, sentados en el suelo o echados sobre cartones. Algunos, habían hecho del metro su casa y se rodeaban de las pocas pertenencias que habían podido salvar de los escombros. El capitán González contemplaba, de pie junto a la ventanilla, el horrendo espectáculo que aparecía y desaparecía con las luces de cada estación. En la oscuridad del túnel, su rostro se reflejaba en el cristal, acusándole de ser, en alguna medida, el causante de tanta angustia y sufrimiento.

—¿Se encuentra bien, capitán? —le preguntó Enric desanclándole del espejo.

—Todo lo bien que puede estar uno contemplando este desastre —respondió González mientras se giraba y miraba a Enric a los ojos.

Enric no apartó la mirada y el capitán leyó en ella una actitud de desprecio, de reprobación por el comentario que había hecho.

—¿Me culpas a mí? —le preguntó el capitán González.

—No..., todos seguimos órdenes, nos gusten o no nos gusten, qué importa. Todos somos culpables o no lo somos y, si sobrevivimos, todo nos irá de una u otra manera según quien gane esta guerra.

El convoy entró en la estación de Cuatro Caminos donde, según Enric le estaría esperando su contacto. González, caminaba tras él por el andén en dirección a la boca de salida. Cerca de la escalera había un par de hombres que, apoyados en la pared y con las manos en los bolsillos, disimulaban sus rostros tras el humo de los cigarrillos que mantenían en sus labios.

—Ahí están, son ellos —le dijo Enric sin girarse.

—¿Son de confianza?

—Desde luego, conmigo lo son.

Subieron las escaleras tras ellos después de que aplastasen las colillas de sus cigarros con los tacones de sus zapatos y sin mediar una sola palabra. En la boca de la estación había un Ford Sedan negro aparcado. El hombre que había sentado al volante puso el motor en marcha segundos antes de que entrasen en el vehículo. Enric, se sentó detrás con González y uno de los hombres que esperaban en la estación. El otro lo hizo junto al conductor. Nadie pronunció una sola palabra.

—Soy el capitán Manuel González, de la Unidad de Segangan —dijo extrañado por tanto silencio.

—Sí, lo sabemos capitán, enseguida llegamos.

El Ford circuló sin prisas evitando los cascotes esparcidos por la calzada tras el último bombardeo. A Manuel González se le hizo largo el trayecto y, en alguna medida, agradecía el silencio que le permitía reflexionar sobre la irracionalidad del ser humano y hasta dónde es capaz de llegar. Su rostro palideció bruscamente cuando el Ford atravesó el portón de la cárcel Modelo. Miró a Enric y, por un instante, vio la traición tatuada en su rostro.

—¿General Bens?

—Sí, con quién hablo.

—Soy Santiago Carrillo

—Si va a preguntarme por Ibrahim y Leo, ya les di su mensaje.

—No, no le llamo por eso, general, ya me imaginé que no se presentarían y tampoco quise detenerlos esa misma noche por respeto a usted, admiro su trabajo en el Sahara.

—¿Entonces?

—Se trata del capitán González. Según tengo entendido es el padre de Leo y le llamo para decirle que se encuentra en la Modelo después de ser detenido por unos milicianos.

—¿Manuel González?

—Sí, así ha dicho el mismo que se llama.

—¿Se encuentra bien? —preguntó Bens moderando su tono de voz—, ¿puedo visitarle?

—No puedo impedirle que venga, pero tampoco puedo asegurarle cómo reaccionaran los milicianos, si me permites tutearte, te diré que no son militares y que actúan según su propio criterio.

—Lo entiendo.

—Por otro lado, —continuó Carrillo después de unos segundos de silencio—, el asunto es complicado porque en su chaqueta han encontrado un plano con información militar de relevancia. Ha sido un infiltrado nuestro en las tropas sublevadas quien le ha delatado y entregado a los milicianos.

—Te estaría muy agradecido si pudieses hacer algo.

—Lo intentaré, pero no puedo prometerte nada.

—Gracias, Carrillo.

Bens permaneció anclado al teléfono durante un largo rato después de cortarse la conexión. No sabía qué hacer, como enfocar el asunto. Una hora después, sonó el teléfono y no tardó un santiamén en descolgarlo. Carrillo le comunicó que, tras un breve interrogatorio, al capitán Manuel González le habían subido a uno de los camiones que se dirigían a Paracuellos.

Durante esas trágicas horas, Ibrahim y Leo, ajenos a las actuaciones de los otros infiltrados, se reunieron con el cabeza de un numeroso grupo de falangistas dispuestos a formar parte de una Quinta Columna que atacaría desde el centro de Madrid y a la que se incorporarían militares y civiles descontentos con el gobierno republicano.

Según el plan establecido por la cúpula golpista: el 8 de noviembre, cuatro columnas del ejército avanzarían por la Casa de Campo en dirección a los diferentes puentes que atraviesan el Manzanares, y, el día 15, tomarían la Zona Universitaria con la ayuda de la Quinta Columna que, partiendo del centro de la ciudad, sorprendería a las milicias republicanas por la espalda.

Ibrahim y Leo, tras su regreso y después de informar al general Franco en el Cuartel General de Leganés de los progresos relativos a la formación de la Quinta Columna, se incorporaron a las fuerzas del comandante Francisco Delgado, al que conocían bien por haber combatido con él en el norte de África.

—No tenemos noticias del capitán González —les dijo Franco cuando se presentaron en su despacho del cuartel de Leganés.

—El capitán, mi general, formó dos parejas: él y Enric se reunirían con los contactos de Enric en Cuatro Caminos y, Ibrahim y yo con los nuestros.

—Pues de los doce infiltrados, solo faltan los informes de González y Enric, y me resulta extraño, primero, porque el capitán es un hombre con experiencia sobrada y, en segundo lugar, porque Enric, es uno de los que más información nos ha facilitado en sus infiltraciones en la ciudad, aunque, a decir verdad, no eran muy relevantes.

—Lo cierto, mi general —intervino Ibrahim—, es que hay mucho desorden desde que el gobierno se trasladó a Valencia y aunque el general Miajas se esfuerza en militarizar a los grupos civiles armados, no le está resultando nada fácil.

—Sí, estoy al corriente del desmadre republicano, de las checas, de las matanzas de Paracuellos... Quizás tengan dificultades para salir de Madrid y hayan decidido formar parte de la Quinta Columna.

La bonanza climática que había caracterizado el final del verano y principios de otoño se vio interrumpida con la llegada de una gota fría. Lluvias intensas y fuertes vientos enlentecían y dificultaban el avance de los atacantes y complicaban el apoyo de los aviones italianos y alemanes. El caudal del Manzanares aumentaba cada día, lo que impedía cruzar el río por otro sitio que no fuesen los puentes. Tras ellos, los republicanos reforzaban las defensas con la ayuda de las Brigadas Internacionales y de carros de combate rusos.

—Algo no me cuadra —le dijo Franco a Varela mientras picoteaban unos pinchos de tortilla de patata con cebolla y saboreaban un poderoso y seco Pago de Carraovejas de las bodegas Ribera de Duero—, parece como si nos hubieran leído el pensamiento, las fechas, los movimientos...

—De eso quería hablarte, Francisco —le interrumpió Varela, tras tragar el primer bocado—, hace media hora he recibido una llamada del general Bens, y me ha dicho, tras hablar con el dirigente comunista Santiago Carrillo, que el capitán

González, traicionado por uno de los infiltrados, un tal Enric, ha sido detenido por los milicianos.

—¡Los mapas! —gritó Franco levantándose de un salto y propiciando que el Carraovejas abandonase la copa, estropease la tortilla y encharcase el plano que había sobre la mesa.

—En eso pensaba yo —añadió Varela—, tanto reforzar las defensas en esta zona no es algo fruto de la improvisación.

—Nuestro avance estratégico se va a la mierda y con él, nuestra Quinta Columna. ¿Se sabe algo del capitán González?

—Por lo que me dijo Bens, nada bueno. Al parecer, después de pasar por la Modelo, se lo llevaron a Paracuellos.

—¡Joder! —soltó a bocajarro Franco.

—Eso mismo, digo yo… ¡joder, joder, joder…!

—Como no sabemos exactamente que le ha pasado al capitán, no le digas nada a su hijo Leo. En estos momentos prima más la concentración en la batalla que las cuestiones familiares. Yo mismo, tengo a mis Carmencitas desatendidas.

—¡Hombre, Paco!, yo diría que no es comparable.

—Que Dios le acoja en su gloria y ni una palabra a Leo, ¿me has entendido?

Capítulo 27

Acordasen lo que acordasen Franco y el general Varela, Leo, pasada una semana, no iba a esperar pacientemente que le llegasen noticias de su padre.

—Ibrahim, esta noche me largo a Madrid —le dijo Leo tras regresar, sanos y salvos, de unos combates cuerpo a cuerpo con las milicias republicanas en la Casa de Campo. Los enfrentamientos fueron durísimos y la sangre corrió por los mismos surcos que la lluvia había trazado sobre una superficie que, en otros tiempos, fue coto de caza de reyes y vasallos.

—¿Qué dices?

—Lo que has oído —respondió excitado mientras se sacaba el empapado uniforme y se vestía con ropa de paisano—. Si me he jugado el pellejo sacando información, ahora, lo que más me importa es la que yo necesito.

—Te van a acusar de deserción —soltó Ibrahim sorprendido por el tono encendido con el que le hablaba Leo, normalmente más comedido que él.

—Que les den por el culo, ya está decidido.

Leo no pudo impedir que Ibrahim siguiese sus pasos. Vestidos de paisano y bajo una lluvia que no cesaba ni pasados los negros nubarrones, se dirigieron hacia el sur, hacia el puente de Princesa, por donde solían cruzar el Manzanares para entrar en la ciudad.

El puente estaba bloqueado por una barricada levantada por los milicianos. Agazapados en el otro extremo pudieron distinguir con claridad como, sobre un trípode, había montada una ametralladora Maxim de fabricación rusa. Aunque la lluvia disimulaba su presencia, si se acercaban hubieran sido abatidos sin ninguna duda.

—Pasaremos el río a nado —dijo Leo.

—Tú no estás bien del coco —soltó sorprendido Ibrahim al darse cuenta de hasta dónde estaba dispuesto a llegar su amigo.

—Yo sigo, tú, haz lo que quieras.

Ibrahim conocía muy bien a Leo y nunca le había visto tan alterado como en ese momento, ni siquiera en aquellas circunstancias en que el peligro era extremo.

—Lo que tú digas, Leo, si no sale bien y el agua nos arrastra, nos vemos en el Jarama.

—¡O en el Tajo! —gritó Leo antes de que le arrastrase la corriente.

—¡O en el Atlánti…!

Seguía lloviendo a cántaros. El agua, bajaba rápido, helándoles sus cuerpos mientras se esforzaban en mantener la cabeza en la superficie. Doscientos metros río abajo, Ibrahim, frenado por un tronco de árbol caído por el temporal, extendió el brazo para que Leo, que bajaba descontrolado, pudiese agarrarse. Se encontraban en el distrito de Usera, por el barrio conocido por el de "las casas ultrabaratas" que, aunque no era una zona prioritaria de ataque para los sublevados, estaba bien defendida por el comandante comunista Lister y por "El Campesino", que ponía los pelos de punta tanto al enemigo como a los que combatían bajo sus órdenes.

Pese a la vigilancia establecida, era fácil mezclarse y pasar desapercibido entre las personas de pocos recursos que vivían en el barrio. Entraron en una taberna de la calle Nochebuena y pidieron un par de orujos con la esperanza de que les ayudase a soportar el frío que les ocasionaba una ropa que no acababa de recuperar su temperatura habitual.

—Esa ropa está muy mojada —les dijo el tabernero tras dejar dos vasos de orujo sobre la barra— acercaros al brasero, os irá bien.

En el tiempo que tardó Ibrahim en girarse para acercarse al brasero, Leo, había ingerido de un trago el vaso de orujo y le pedía al cantinero que lo volviese a llenar.

—Ves con cuidado, chaval, este hollejo de uva pega muy fuerte.

Ibrahim, presumiendo que Leo iba a encararse con el tabernero por la mirada que le echó, le cogió del brazo y le acercó al brasero

—Lo siento Ibrahim, creo que voy a perder los nervios en cualquier momento. No me encuentro bien…, la cabeza me va a estallar.

—Anda, toma un cigarrillo, ahora lo importante es llegar a Madrid y tenemos que ir con cuidado.

—Demasiada tensión —comentó Leo mientras frotaba con ansiedad sus manos sobre las brasas—, no puedo apartar de mi cabeza la mirada del joven que atravesé su pecho con la bayoneta, debería tener nuestra edad y estaba más asustado que un crío. El cuerpo a cuerpo es terrible, en segundos se acaba la guerra para uno o para otro. No sé qué es mejor.

—Creo que lo mejor en estos momentos de tanta tensión es no darle muchas vueltas a las cosas, cuando acabe la guerra intentaremos olvidar esta tragedia y tener una vida más sosegada.

Llegaron a casa de Bens con las primeras horas del alba, cuando el par de milicianos que vigilaban la entrada, muertos de frío, dieron por cumplidas las órdenes recibidas y se largaron calle abajo.

—Pasad —les dijo María tras entreabrir la puerta—, no os quedéis ahí.

—¿Quién es, María? —preguntó Bens desde el salón.

—Los chicos, Ibrahim y Leo.

Bens se levantó de un tirón del sillón instalado junto a la radio y se dirigió a la entrada.

—Lo siento Francisco —dijo Ibrahim mientras María cerraba la puerta tras echar un vistazo al rellano—, Leo está fuera de control y necesita saber algo sobre el paradero de su padre.

—Bueno, pasad, habéis hecho bien en venir —dijo Bens mientras se giraba y se dirigía a la sala.

—Por otro lado, algo raro le pasa a Leo, nunca le había visto tan excitado.

—No me extraña —intervino María—, venís empapados y más pálidos que una vela. Quitaros esa ropa y poneros unos pijamas de Francisco. No tardéis, enseguida os preparo algo caliente.

Leo apenas comió y ni las gracias salieron de su boca. Era evidente que le había subido la fiebre. Movía la cabeza como si algo se estuviese desorganizado en ella y su mirada errática comenzaba a ser preocupante, así como los temblores de sus manos y algunas gotas de sudor sobre su frente. Le ayudaron a levantarse, le llevaron a la habitación y le echaron sobre la cama. Sus ojos los tenía cerrados cuando le arroparon, susurraba algo que no entendieron…, deliraba.

—No me gusta su estado —dijo María al volver al salón.

—Han sido unos días muy duros con los enfrentamientos en la Casa de Campo —comentó Ibrahim— y, por si no fuera suficiente, el no saber sobre su padre ha acabado con su paciencia y su salud.

—Las guerras, aunque se ganen, no traen nada bueno —añadió Bens.

—Algo grave le pasa —prosiguió Ibrahim—, se lanza al río sin tener en cuenta lo crecido y turbulento que estaba, casi se lía a tortazos con un tabernero en Usera y no sé qué hubiera pasado si nos hubiéramos topado con milicianos.

Bens le explicó a Ibrahim lo sucedido al padre de Leo, la traición de Enric, un infiltrado miliciano en el ejército sublevado; las conversaciones con Santiago Carrillo al ser detenido y conducido a la Modelo; lo del plano encontrado en el bolsillo del capitán, y, la última llamada de Carrillo para decirle que le habían detenido y llevado a Paracuellos.

—¡A Paracuellos! —soltó Ibrahim—, allí fusilan a todo el que sea sospechoso de no simpatizar con la república.

—Así es.

—Entonces, el padre de Leo…

—Eso me temo —respondió Bens mientras cogía y apretaba el brazo de Ibrahim—, nadie ha vuelto vivo de Paracuellos.

—¡Joder! —soltó Ibrahim levantándose del sillón—, solo le faltaba esto a Leo para acabar de perder el juicio.

—Hazme caso Ibrahim, estando como está, es mejor, de momento, no decirle nada.

Leo durmió dos días seguidos. La fiebre no bajaba, seguía delirando y empapando de sudor las sábanas. La mayor parte del tiempo Ibrahim estuvo sentado junto a la cama, confuso, sin saber qué hacer. En otros momentos escuchaba con Bens la radio que se había convertido en un medio de propaganda utilizado por ambos bandos. En el dial de la Telefunken, Bens buscaba la emisora Unión Radio Madrid para las noticias y proclamas republicanas y, para las noticias de los sublevados, las emisoras de las localidades conquistadas, principalmente radio Castilla que emitía desde Burgos.

Pasados esos dos días y viendo que Leo no mejoraba, Bens llamo a su amigo y compañero de armas Miguel López, médico del acuartelamiento de Dakhla, para que se acercase a su casa y echase un vistazo a Leo.

—Mi especialidad es la traumatología —les dijo el doctor López tras pasar un buen rato examinando a Leo—, pero como sabes amigo Francisco, en el ejército vemos tantos casos que sea cual sea la especialidad solemos hacernos una idea de lo que le pasa al soldado enfermo.

—Lo sé, Miguel, por eso te he llamado y, como te he pedido, máxima discreción. Has venido a cenar con María y conmigo y aquí no hay nadie más.

—Lo sé, lo sé, no te preocupes y referente a Leo, su estado si es preocupante. Cuando le he despertado, aparte de estado de ansiedad en el que se encuentra, me ha dicho que no veía nada en absoluto, ni de lejos ni de cerca.

—¡Cómo! —interrumpió Ibrahim—, cuando llegamos a casa del coronel Bens lo hizo por su propio pie y en ningún momento me habló de problemas de visión.

—Así es. Tal como dices, no tiene problemas de visión, no he observado ninguna lesión, ha fijado su mirada en mi rostro, parpadea y sigue los movimientos.

—¿Entonces? —preguntó Bens.

—Mi opinión, basada en los numerosos casos que he visto en combatientes, es que se trata de un problema mental producido por una situación de estrés, lo que suelen llamar los psiquiatras trastorno de estrés postraumático. Leo, presenta una ceguera psicosomática, sería como una neurosis histérica. Por explicarlo de una manera sencilla, ve, pero su cerebro no procesa lo que sus ojos están viendo.

—Si, Miguel, —dijo Bens— por desgracia, creo que es así y casos de estos son frecuentes en tiempos de guerra. ¿Te acuerdas en la guerra del Rif o la de Annual con el desastre del Barranco del Lobo?

—En Marruecos no solo perdieron algunos la visión —añadió Miguel—, también fue el final de la monarquía de Alfonso XIII y el comienzo de la Segunda República.

—Y qué podemos hacer —preguntó Ibrahim—, ¿podrá volver a ver?

—Bueno, hay pacientes que sí que lo han hecho, pero no se puede asegurar nada. Los trastornos de la mente son complejos, difíciles de entender, de abordar y hasta diría yo de explicar, pero ahí están. Leo ve, pero su cerebro no quiere ver. En mi opinión, lo que necesita es descanso, estar alejado de la guerra y de todo aquello que le produzca tensión.

La situación hospitalaria en Madrid era caótica, no solo para tratar los trastornos psíquicos, sino ni siquiera para atender a los heridos en combate. Al igual que las checas se multiplicaban por toda la ciudad, se improvisaban hospitales hasta en algunas estaciones de metro y en algún vagón de los convoyes que circulaban de un lado a otro de la ciudad. Por otro lado, la falta de personal cualificado y la desorganización impedían una asistencia sanitaria deseable. Eran tantos los heridos que hasta los estudiantes de medicina tenían que intervenir como si fuesen médicos consolidados. Con un brazalete de la cruz roja, una bata blanca y una cofia se improvisaban enfermeras, algunas de ellas, por más voluntad que ponían, eran incapaces ni siquiera de desinfectar una herida. La propaganda del gobierno republicano difundiendo a bombo y platillo los excelentes servicios sanitarios, no se correspondían con la realidad, sin embargo, en alguna medida, ayudaba a los combatientes a mantener la moral alta y a combatir arriesgando sus vidas para conseguir la victoria.

En tales circunstancias, el matrimonio Bens pensó que Leo no podía salir a la calle y que lo mejor era que se quedase en su casa hasta que se recuperase. También acordaron, atendiendo a la recomendación del doctor López, no decirle nada sobre la desaparición de su padre y menos en estos momentos en los que su estado mental podría deteriorarse totalmente.

Una vez más, como tantas otras veces había pasado a lo largo de su vida, Ibrahim sintió el afecto de María y Francisco, y más aún, en estos tiempos en los que tener a Leo escondido en su casa ponía sus vidas en peligro. Ibrahim les abrazó con fuerza y ellos sintieron que, con ese gesto, expresaba todo lo que sentía por ellos. Para no complicar la situación de la familia Bens y la de su amigo Leo, se levantó con sigilo, cerró la puerta a sus espaldas y aprovechó la oscuridad de la noche, y una persistente lluvia que calaba hasta los huesos y que mantenía a los milicianos guarecidos en sus parapetos, para regresar al frente.

Capítulo 28

Ibrahim se presentó en el puesto de mando de la Casa de Campo donde se encontraban Franco y Varela. Era el día clave para el asalto y conquista de la capital. Las columnas del ejército nacional, bajo el mando del comandante Delgado, atravesarían el todavía intacto puente conocido como "la Pasarela de la Muerte" hacia la Zona Universitaria.

—Da su permiso, mi general —dijo Ibrahim reclamando la atención de los generales que mantenían su atención centrada en el mapa que había sobre la mesa.

—¡Vaya, Ibrahim! —dijo sorprendido Franco—, no sé cuántas sorpresas más nos traerá esta guerra—, entra de una vez, no te quedes como un pasmarote bajo el quicio de la puerta.

—¿Dónde os habéis metido? —le preguntó Varela.

—Leo González y yo tuvimos que separarnos al darnos el alto un grupo de milicianos, corrimos en direcciones opuestas y no le he vuelto a ver desde entonces. Pensaba que habría regresado, pero nadie le ha visto.

—¿Pudisteis reuniros con vuestro contacto? —le preguntó Franco claramente contrariado.

—No, mi general, fui hasta el punto de encuentro y ya no estaba.

—¡A la mierda la Quinta Columna! —soltó encolerizado Franco mientras golpeaba con su puño la mesa haciendo saltar algún centímetro los lápices y otros objetos esparcidos sobre ella.

—Tranquilízate Paco —le dijo Varela—, no es momento para perder los nervios. Podemos seguir intentándolo.

—Olvidémonos de esa posibilidad y de la puta Quinta Columna —respondió Franco mientras señalaba por donde avanzarían las tropas al mando del comandante Delgado— y centrémonos en el ataque a la Zona Universitaria.

—¿Regreso a Madrid, mi general? —preguntó Ibrahim deseando que aprobasen su propuesta—, hay mucho movimiento y puedo seguir aportando información

—No, no, se acabaron las esperas, únete a las tropas del comandante Delgado y deja bien alta la enseña de los regulares de Segangan.

Esa noche, el aspecto de la Pasarela de la Muerte era deplorable. Acababa de ser bombardeada y los estrechos muros laterales habían desaparecido. De un cable de acero, que iba de una a otra orilla, pendían restos de hormigón que se resistían a caer en las frías aguas del río. Como un equilibrista de circo, que no las tiene todas consigo, Ibrahim, atravesó el Manzanares para incorporarse a la columna del comandante Delgado, cogiéndose con fuerza a un cable que todavía mantenía el calor del fuego en sus entrañas.

El comandante Delgado se había encontrado con unas defensas bien organizadas y pertrechadas rodeando la Zona Universitaria. No tenía ninguna duda de que los planes de ataque habían sido descubiertos y de que el ejército republicano estaba al corriente del día y hasta de la hora en la que iba a producirse. Por boca de Ibrahim sabía que el comandante comunista Lister y el teniente coronel Bueno impedían el acceso a Madrid por el Puente de Toledo; que el teniente coronel Prada, con unos mil quinientos hombres, estaba posicionado en el Puente de Princesa; Galán en el Puente de la República y con ellos, milicianos y otros combatientes dispuestos a perder la vida defendiendo la república.

Conocidos los planes de ataque, el presidente del gobierno republicano, Largo Caballero, ordenó, desde Valencia, la creación de la junta de defensa de Madrid y puso al frente al general José Miaja.

—Todos los accesos a la ciudad están controlados —le dijo Miaja al teniente coronel Vicente Rojo jefe del estado mayor republicano.

—Hay que defender Madrid a toda costa —comentó Rojo— y lo conseguiremos si somos capaces de unir en un frente común a todos aquellos que están a favor de la república, independientemente de sus ideologías.

—Es primordial aunar fuerzas —añadió Miaja— y creo que lo estamos consiguiendo. También, en un par de días, llegarán algunos combatientes de las Brigadas Internacionales para reforzar las defensas.

—Por otro lado —intervino Rojo—tanto tú como yo hemos combatido en África con los legionarios y regulares indígenas y sabemos, que hay que estar muy atentos y bien coordinados para poder detener su avance. Llevan años combatiendo en el norte de África y su preparación es excelente. Quién me iba a decir a mí que Franco y yo lucharíamos en frentes diferentes después de tantas campañas juntos.

—Y a mí con Varela, Yagüe y una larga lista de compañeros de armas. La casualidad nos ha posicionado en uno u otro frente y no nos queda más remedio, como militares, que cumplir con nuestro deber.

En la Casa de Campo el ejército republicano había perdido la partida durante la primera quincena del mes de noviembre, quizás, por una insuficiente coordinación entre los diferentes grupos, pese a los esfuerzos de Miaja y Rojo en dar alguna instrucción militar a los ciudadanos partidarios de la república.

Esa falta de orden y de coordinación posibilitó que las fuerzas sublevadas conquistasen el estratégico Cerro de Garabitas, tras duros enfrentamientos con la columna del anarquista Durruti que tuvo que retroceder a los puestos de defensa de la Zona Universitaria

De la unidad de Segangan solo quedaba Ibrahim que, a pesar de no contar con el apoyo de sus compañeros, seguía adentrándose en el frente enemigo y desempeñando su cometido como informador.

—La Escuela de Arquitectura está defendida por una columna marxista procedente de Cataluña —explico Ibrahim al comandante Delgado a su regreso— y, al parecer, por el movimiento que he observado, estarían preparando la defensa del edificio.

—Está bien, hablaré con el teniente coronel Asensio para que esta misma noche ataque la posición —respondió Delgado.

—Le conocí en África —dijo Ibrahim—y si lo autoriza me uniré a su columna esta misma tarde. No soporto estar parado esperando noticias sobre Leo o el capitán González.

—Lo siento Ibrahim —le respondió Delgado—, pero necesito que me informes sobre cómo está la situación en la Facultad de Filosofía y Letras. Al parecer, miembros de las Brigadas Internacionales procedentes de Francia, Bélgica y de otros países van a defender ese enclave. Quédate en la zona y tráeme toda la información que puedas.

Al no pedirle que regresase de manera inmediata, Ibrahim pensó que era una buena oportunidad para volver a casa de Bens y ver cómo se encontraba su amigo Leo. Al anochecer, atravesó las líneas enemigas por la Colonia de Fuente de la Teja y llegó a última hora del día a casa de los Bens.

—¿Cómo está Leo? —les preguntó nada más llegar y deshacerse del chaquetón y la gorra.

—Ven y siéntate —le dijo Bens mientras se dirigía al comedor—, ahora te explico. María te preparará algo de comer.

—Si no te importa, me acerco un momento a la habitación para ver a Leo.

—Debe estar dormido, pero ves, ves, luego hablamos.

Leo dormía plácidamente, parecía inmerso en un sueño profundo, probablemente facilitado por la medicación que le traía el doctor López cuando iba a visitarle. Ibrahim se sentó en el borde de la cama y le cogió la mano sin que Leo respondiese al contacto.

—Te echo en falta, Leo —le susurró Ibrahim emocionado al ver a su amigo en este estado—. Las horas pasan lentas y los ánimos están por los suelos. La guerra contigo era diferente, me ayudabas a entender algunos comportamientos y nos rebelábamos contra todos aquellos que no respetaban mínimamente a las personas, sobre todo, a mujeres y niños. La guerra es una mierda, Leo y no sé cuánto más voy a aguantar esta…

—Ibrahim —le interrumpió María tras abrir con discreción la puerta—, la cena está en la mesa, luego le haces compañía un rato más.

—¿Cómo está Leo? —preguntó Ibrahim, visiblemente entristecido, nada más sentarse a la mesa.

—Siento darte malas noticias —respondió Bens—, pero Leo no mejora. Persiste la ceguera y los continuos bombardeos le crean un estado de pánico que ni tapándole los oídos conseguimos que se calme. En este estado es imposible bajar al refugio y solo nos queda rezar para que no caiga uno de esos proyectiles en el edificio.

—Siento que esta situación os ponga en peligro —dijo Leo—, pensaré a dónde podemos ir, escondernos si es necesario.

—Ibrahim —intervino María—, la familia y los amigos están sobre todo para ayudarse en los momentos difíciles. No dormiría tranquila si no supiese dónde estáis. Prefiero oír la explosión de las bombas que esa incertidumbre. Leo, se queda aquí, en casa, y que sea lo que Dios quiera.

—Tampoco está la situación para ir dando tumbos en busca de un escondite —dijo Bens—, y no me refiero solo a Madrid, sino a todo el país. El gobierno catalán acaba de declarar la mayoría de edad a los 18 años, lo que quiere decir que pronto los incorporaran al frente; los rusos siguen atacando con sus aviones "mosca" todo lo que se mueva bajo sus alas; el crucero Canarias acaba de bombardear el puerto de Palamós... Así está la cosa y, por si no fuera suficiente, Hitler y Mussolini acaban de reconocer a Franco como único y legítimo representante de España. No te pongo la radio porque no cenarías. Anda, come algo, hay que estar en forma para aguantar este chaparrón.

Ibrahim regresó al frente atendiendo, una vez más, los consejos del general Bens, su padre adoptivo, el que le acogió como a un hijo y con el que aprendió el sentido del deber y la importancia de la disciplina. «*Si eres capaz de afrontar cada compromiso, sea cual sea y venga de donde venga, entonces serás una gran persona*» le decía Bens mientras paseaban al atardecer descalzos por la cálida arena de la playa de Dakhla o cuando le llevaba al desierto de Imlili para que se bañase en las piscinas naturales de agua salada. ¡Qué tiempos aquellos!, y que duro fue alejarse de la familia Bens, de Dakhla, de Dahia y Hussain, de su querida esposa Shara y ahora, de su amigo Leo. Sabía que era duro y difícil separarse de los seres queridos, pero también estaba convencido de que, tarde o temprano, volverían a reunirse.

Nada agradable le esperaba a su regreso al frente. La Zona Universitaria se había convertido en un campo de batalla en el que dos ejércitos debían de atender diferentes intereses políticos. Unos y otros, con tal de alcanzar el poder, obligaban a enfrentarse vecinos contra vecinos, hermanos contra hermanos sin que nadie pudiese escapar de esa barbarie. Las muertes en la Zona Universitaria fueron en vano porque no hubo vencedores ni vencidos. La guerra, por la conquista de la capital, no había hecho más que empezar y no había lugar ni persona que estuviera fuera de peligro.

Los aviones combatían en el aire garabateando en el cielo para evitar estar en el punto de mira del enemigo. Otros, bombardeaban posiciones, con más o menos acierto, sin detenerse a pensar quienes estarían bajo la sombra de unas alas que rozaban, una y otra vez, el cielo; en tierra, se luchaba cuerpo a cuerpo en los pasillos y en las aulas de las facultades; se calaban las bayonetas para abrir heridas, atravesar corazones, tatuar en la lengua y en el alma rabias y rencores. Miles de combatientes y de civiles desarmados, tanto de uno como de otro bando y de ninguno, murieron en esos trágicos meses de noviembre y diciembre de 1936. Sus cuerpos yacían inertes sobre el fango de caminos y campos, sobre el asfalto, tras los parapetos, sobre su propia sangre en los hospitales improvisados, en el cruce de calles, en los refugios o en su propia cama, cuando la precisión de un piloto hacía añicos la casa.

Mientras los republicanos mantenían en alto el estandarte con el "No pasarán", Franco, al mando de las tropas sublevadas, decidió cambiar de estrategia: cercar Madrid, esperar un mejor momento para conquistarla e intensificar los combates en el resto de los frentes de la península.

—Madrid, será el último bastión republicano —le dijo Franco a Varela tras constatar que entrar en la capital no sería fácil.

La guerra iba para largo y Franco se lo recordaba a los madrileños bombardeando día y noche la ciudad con la ayuda de aviones alemanes e italianos y, desde el cerro de Garabitas, con cañones de todos los calibres y tamaños. La muerte, había llegado para quedarse y esperaría, pacientemente, el sonido de la última bala.

Capítulo 29

«*Vamos a tener un hijo*». Así comenzaba la carta que Ibrahim encontró al llegar, una gélida noche del mes de diciembre a casa de los Bens. Los gruesos copos de nieve que caían a mansalva y la Noche Buena habían paralizado por unas horas las armas. La vigilancia de los milicianos brillaba por su ausencia o por la presencia de alguna copa de más en sus redes neuronales. Hacía más de un mes que no veía a Leo y podría decirse que tampoco se veía a sí mismo, de no ser porque el esqueleto se resistía a abandonar el cuerpo.

Un par de lágrimas corrieron a buscar la comisura de sus labios cuando el sobre estuvo en sus manos. Las encontró en su boca, saladas, y las mordió con rabia al no poder abrazar a su querida Shara. No tenía noticias de ella desde el mes de octubre, desde poco antes de que empezase el asedio a Madrid y de que la guerra, que de por sí ya era dolorosa, se transformase en cruel. Se dirigió a la habitación sin darse cuenta de que su saludo a María y a Francisco había quedado suspendido en el aire y de que Leo, estaba allí esperándole con los brazos abiertos.

Querido Ibrahim, esposo mío,

Vamos a tener un hijo. No puedo esperar más para decírtelo y no sé cómo apresurar las horas para que tú lo sepas. A pesar de esta distancia sin alma que se interpone entre nosotros, soy inmensamente feliz porque una parte de ti está conmigo, en mí, bajo esa piel que acariciaste con tanto amor y, para mi desdicha, tan pocas veces. Daria la vida entera por tener tu mano sobre mi vientre en estos momentos. Colocaría la mía sobre ella para recorrer juntos, lentamente, cada centímetro del cielo en el que vive nuestro bebé.

No puedo dejar de pensar en la noche que concebimos a nuestro querubín, nuestro tesoro. La luz generosa de la luna perfilaba nuestros cuerpos abrazados sobre la arena del desierto de Tigissit. Fue allí donde me besaste por primera vez y fue allí donde acabó nuestra brevísima noche de casados. Mil años me gustaría que hubiese durado. Recuerdo cuando me cogiste de la mano y salimos corriendo de la jaima hacia nuestro oasis, volabas, y mi velo, que ondulaba en el aire, se desprendía de mí cuerpo para yacer junto a tu chilaba sobre la arena del desierto. Nos amamos.

He vuelto una y otra vez a nuestro desierto para ver si las estrellas siguen clavadas en el cielo para iluminar tu regreso. Ya te acercas..., amado mío, pones la mano sobre mi cuerpo, junto a la mía..., ¿notas cómo se mueve?, nuestro angelito está despierto, quiere verte, abrazarte, caminar contigo por las dunas ambarinas que escuchan todas las palabras y entienden todos los silencios. No me dejes vida mía, vuelve, porque quiero compartir contigo todo lo que nace en mi corazón y florece en mis pensamientos. Lo que Dios ha querido ha sucedido y le pido, una y mil veces, que nos regale, a nuestro pequeño, a ti y a mí, una vida larga llena de amor y de ternura.

Mi querido Ibrahim, no dejes que te quiten la vida, la quiero mía, ahora y siempre.

Tengo el corazón lleno de ganas de verte.
Shara
Tifariti, octubre de 1936.

—Ibrahim —le llamó María mientras picaba levemente con los nudillos la puerta de la habitación—, ¿puedo pasar?

—Sí, pasa —le respondió Ibrahim segundos después de salir de su ensimismamiento—, discúlpame, María, hacía tiempo que no tenía noticias de Shara.

—¿Está bien?

—Sí, bien, mejor dicho, muy bien —respondió Ibrahim mientras un aluvión de estrellitas nublaba su mirada—, está esperando un bebé.

Las lágrimas desbordaron el dique que las contenía y navegó en ellas mientras María le abrazaba. En ese momento sintió que era el cuerpo el de Shara.

—¡Cómo!, ¿quieres decir que está en cinta? —le preguntó, manteniéndole unido a su cuerpo como cuando era pequeño.

—Eso dice en su carta.

—¡Francisco, Ibrahim va a ser padre! —soltó María mientras se dirigía apresurada al comedor donde estaba preparada una modesta pero luminosa cena de Noche Buena.

Leo estaba sentado a la mesa y le buscó con la mirada al oír que se acercaba, pero sus ojos, seguían sin ver. Ibrahim le abrazó con la alegría que le había llegado por carta y con la que había sentido al ver a su amigo.

Al acabar la modesta cena navideña y de que Leo se tomase el tranquilizante que le facilitaba el doctor López, Ibrahim le acompañó al dormitorio. Notaba como la mano de su amigo apretaba su brazo como si quisiera retenerlo a su lado, impedirle que regresase a esa terrible guerra que tanta muerte, miseria y odio sembraba en todos los rincones del país.

—No vuelvas al frente —le dijo Leo al echarse en la cama.

—Todo acabará pronto y te pondrás bien —le respondió Ibrahim mientras cubría con la manta su cuerpo sin saber qué respuesta darle y sin ni siquiera tener claro qué es lo que debería hacer.

—¿Quieres… decir…? —farfulló Leo silabeando su incertidumbre—, maña…na…

El resto fue un movimiento de labios y un sonido lento y prolongado, confuso, que acabó apagado por el eco de una respiración profunda y por un incipiente ronquido.

Al regresar al comedor, María había puesto sobre el mantel unos vasitos de moscatel y unas rosquillas caseras. En esta ocasión no había árbol navideño, ni pavo, ni turrones, ni siquiera tarjetas sobre la bandeja del recibidor con deseos de familiares y amigos deseando una Feliz Navidad y un próspero Año Nuevo. Tan solo unas pocas bolas, rojas, verdes, de oro y plata, las de cada año colgaban de la lámpara araña junto a las poliédricas lágrimas de cristal.

—He encontrado a Leo muy intranquilo —les dijo al regresar de la habitación y sentarse a la mesa.

—Si no fuese por la medicación, se subiría por las paredes —respondió Bens después de oler y probar el azucarado y seco moscatel.

—Y el doctor López, ¿qué dice?

—Nada nuevo, que continúe con la medicación, porque sin poder salir y con el continuo ruido de las bombas, podemos estar contentos si se mantiene en este estado y no empeora. Siempre pregunta por ti, por su padre, bueno, ya sabes cómo están las cosas.

—¿Qué crees que debería hacer?, lo paso fatal sin su compañía y, por si no fuera suficiente, recordando el estado en que se encuentra. La guerra me está destrozando y, a veces, arriesgo demasiado, como si quisiera acabar de una vez con mi vida y con todo este sufrimiento.

—Te entiendo, Ibrahim —dijo Francisco, preocupado de que fuese a hacer una locura—, pero tienes que ser fuerte, tienes un amigo que te necesita o te necesitará en un futuro y tendrás que estar en condiciones para poder ayudarle. Por otro lado, vas a tener un hijo y sabes que, Shara lo pasaría muy mal sin ti.

—Y nosotros también —añadió María que, entristecida y preocupada por todo lo que estaba pasando, guardaba silencio.

—Y yo, si os pasase algo a vosotros —respondió Ibrahim emocionado—. Nunca olvidaré como acogisteis a mi madre y a mí, ni tampoco todo el cariño que nos habéis dado. Y ahora, por si no hubierais dado suficiente, tenéis a Leo en casa con el peligro que eso supone para vosotros. No puedo sacármelo de la cabeza y me duele no hacer algo más.

—Bueno, Ibrahim, seamos optimistas, aunque solo sea porque nos ayudará a enfrentarnos a todo esto. Por otro lado, quería decirte, que he hablado por teléfono con un amigo, el doctor Armengol que trabaja en el hospital Clínico de Barcelona, que tiene muy buenos contactos y, después de explicarle el estado de Leo, me ha recomendado trasladarle allí para ingresarle en el hospital psiquiátrico de San Baudilio, a las afueras de la ciudad.

—¡A Barcelona! —dijo sorprendido Ibrahim.

—Bueno, conoce una doctora del psiquiátrico y me ha dicho que estaría bien atendido. Pero yo no puedo decidir, su padre ha muerto, Leo no está en condiciones de hacerlo y sus abuelos de Cádiz, además de estar muy lejos, son mayores y no están al corriente de todo lo que está sucediendo. Creo Ibrahim, que tú has de asumir esa responsabilidad y decir qué hacemos. Puedes contar, como no puede ser de otra manera, con la ayuda de María y por supuesto la mía, y también la de nuestros amigos. No te quepa ninguna duda que podemos fiarnos de ellos.

Esa noche la pasó en blanco, leyendo y releyendo la carta de Shara y anhelando el día que abrazaría al hijo que iba a tener. También, dándole vueltas a lo que Bens le había comentado sobre el traslado de su amigo a Barcelona. Regresar al frente para seguir matando o perder la vida, se le ponía cuesta arriba cuando pensaba en todas las cosas que podía o debía hacer. «¡Qué se me ha perdido en esta puta guerra…!» se decía una y otra vez, «ni siquiera es mi país y tampoco están mejor de la cabeza de lo que está Leo…; me importa una mierda lo que quiera Franco, Varela, Carrillo, Rojo o el mismísimo presidente Largo Caballero…; comunistas, falangistas, requetés, anarquistas, monárquicos, republicanos…, cada uno con su historia y todos hambrientos de poder».

Tenía que salir de la incertidumbre, pero ¿cómo?, tomar una decisión, pero ¿cuál? Patadas daría a una lata, una tras otra, si pudiese caminar por las calles de Madrid buscando la respuesta; guijarros lanzaría al Manzanares si pudiese acercarse al puente de Toledo; se empacharía de sol si pudiese sentarse, aliviado de cargas, en un banco del parque del Retiro. Daría media vida por estar lejos, en Tifariti con Shara esperando juntos la llegada de su hijo. «Ni siquiera puedo enviarle una carta. Algo tengo que hacer y pronto», se dijo.

Capítulo 30

A mediados de enero de 1937, una ambulancia del cuerpo militar de sanidad del ejército republicano, procedente de Barcelona, se detuvo frente al portal de casa de los Bens. El teniente Manel Alves, vestido de militar, se colocó la gorra de plato caqui que alojaba una estrella roja de cinco puntas en el frontal, y se apeó del vehículo seguido por del doctor Armengol. Un par de milicianos, apostados en la esquina, levantaron el puño al ver al oficial republicano.

—Pasad, pasad —les dijo Bens nada más abrir la puerta.

—Me alegro de verte, Francisco —le dijo el teniente Alves al darle un prolongado apretón de manos.

—Lo mismo te digo, Manel —le respondió Bens.

—¡Cómo pasa el tiempo!

—Pues, la friolera de quince años —añadió Manel.

—Todavía recuerdo el día que llegaste a Dakhla —dijo Bens—, era la Noche Buena de 1920 y, en aquel entonces, con la barra de alférez y algo más de cabello en tu mollera.

—¡No me recuerdes el desierto, Francisco! —le dijo Manel—, probablemente aquella calor fue la responsable de mi calvicie.

Se sentaron en la mesa del comedor después de saludar a María con afecto y de estampar en sus mejillas un par de besos.

—¿Qué tal tu mujer, Juan? —le preguntó María al doctor Armengol, contenta de volver a verle.

—Pues, qué te puedo decir…, la relación no era buena desde hace un par de años…

—¡No me dirás que os habéis separado! —le interrumpió María.

—Pues sí, podría decirse…

—¡Cómo!, que podría decirse.

—Pues que se fue…, murió a finales de octubre.

—¡Muerta!

—Como lo oyes, en la iglesia de la Concepción, durante el primer bombardeo importante que hubo en la ciudad.

—Fue desde el crucero Canarias, el pasado mes de octubre —añadió el teniente Manel Alves tras encender un cigarrillo.

—Lo sentimos mucho, Juan —añadieron al unísono María y Francisco.

—Bueno, la verdad es que yo no lo sentí tanto —dijo el doctor sin que mostrar en su rostro, o en su tono de voz alguna señal de tristeza.

El silencio invadió la estancia durante algunos segundos en los que se cruzaron algunas miradas sorprendidas por el comentario del doctor.

—Claro que siento que se haya muerto y más de esta manera —añadió Juan intentando justificar su actitud—. Ninguna persona se merece morir así, pero, si os he parecido frío o indiferente es porque mi mujer me engañaba, por lo visto desde hace algún tiempo, con el párroco de la Concepción.

—¡Joder! —soltó a bocajarro Bens mientras María se santiguaba tres veces y media, y ahí se detuvo, porque por atender lo que decía Juan, no completó la cuarta.

—Ni que lo digas, bien jodidos quedaron, cuando les cayó encima una bomba de trilita de 50 kilos —añadió Juan con la misma naturalidad que un torero se enfrenta al astado—, Pero, olvidemos el asunto, como dice el refrán «agua pasada no mueve molino» y hoy, con mi querida Lola, tengo toda la compañía y afecto que necesito. Por supuesto, también con Paco, su marido, una persona comprensiva, de quehaceres dudosos, pero a la que aprecio sinceramente.

—Si es así, estupendo —respondió María, sorprendida de nuevo por cómo se había tomado el asunto y después de decidir aplazar para la noche el análisis sobre todo lo que había dicho el doctor Armengol—. Bueno, quiero decir que me alegro de que estés servido..., atendido... Mejor me voy a la cocina y acabo con el sexo, quiero decir con el guiso.

Las carcajadas y las bromas se convirtieron en el agradable aperitivo que compensaría el modesto plato de lentejas, con alguna rodaja de chorizo, que María puso sobre la mesa a causa de la estricta política de racionamiento. No tardaron en pasar al aguado café y al tabaco que, como la munición, el ejército suministraba para estimular o relajar a los soldados. Liada la picadura y pasada la lengua por el borde engomado del papel de fumar, Bens abordó el tema por el que Alves y Armengol habían viajado desde Barcelona a Madrid.

—Bueno —soltó Bens tras expulsar una bocanada de humo que mantuvo en los pulmones durante un par de segundos—, tal como hemos ido hablando por teléfono, la situación del joven Leo es delicada, según me comentó Juan.

—Sí, lo sé —dijo Manel—, me ha puesto al corriente durante el viaje.

—Bien, ahora está echado en la habitación y duerme, según me ha comentado María antes de que llegaseis.

—¿Y Ibrahim?, tu hijo adoptivo —preguntó Juan.

—Salió esta mañana temprano —respondió Bens—, para reincorporarse a la columna del comandante Delgado, que combate en la Zona Universitaria. Le he visto muy alterado cuando se despedía de Leo, como si no fuera a volver a verle. La verdad es que no sé qué ronda por su cabeza y eso me preocupa.

—¿No se le ocurrirá desertar? —apuntó el teniente Alves—. Si lo hace, tú ya sabes cómo se resuelven estas cosas en tiempos de guerra, juicio sumarísimo y fusilamiento sin contemplaciones, aunque solo sirva de advertencia a la tropa.

—Lo sé, Manel —respondió Bens—, pienso que no lo hará, pero Ibrahim está pasando por unos momentos muy duros y de mucha incertidumbre. La guerra se alarga, contrariamente a lo que pensaban Franco, y Madrid resiste. Y, por si no fuera suficiente, se ha quedado sin la compañía de su amigo Leo, de su padre, el capitán González, asesinado en Paracuellos y de todos los que componían la unidad de información de Segangan, que han ido cayendo en una u otra misión. Y aquí no acaban sus pesares, su querida y añorada esposa Shara, a la que dejó sola en Tifariti después de la noche de bodas para reincorporarse al frente, está esperando un bebé.

—Hay que tener aguante para todo eso —comentó el doctor Armengol—, por mucho menos caen enfermos muchos jóvenes como Ibrahim y Leo.

—Cierto, así es —ratificó Bens—, muchos de ellos se incorporan al ejército ansiosos por combatir y después se dan cuenta de que la guerra no es un juego. No es el caso de Ibrahim y de Leo, ellos ya han combatido en África y saben lo que es perder amigos y compañeros. No les viene de nuevo.

—Si, desde luego —añadió Manel—, pero todo y así, mira cómo ha caído Leo.

—No todas son heridas físicas —añadió Armengol—, peor son las que alteran la mente. No suelen detectarse fácilmente ni se entienden y, la mayoría de las veces, ni se sabe qué tratamiento darles. Con frecuencia se abusa del electrochock, pero, desde mi punto de vista, no es, ni mucho menos, el tratamiento adecuado.

—Desde luego, si le fríen a uno los sesos, los trastornos desaparecen —añadió Manel rascándose la mollera— pero, la mayoría de las veces, con el tratamiento se va el paciente. Conozco a un médico que no le costaría utilizar el refrán que dice: «Muerto el perro se acabó la rabia».

La ambulancia del Cuerpo Militar de Sanidad del ejército republicano partió la mañana del día siguiente hacia Barcelona. El doctor Armengol, dada la resistencia que puso Leo a salir de la casa de Bens, tuvo que inyectarle una dosis de morfina que le produjo un plácido y profundo sueño. En él, sus ojos volvían a ver y las imágenes que se sucedían en la pantalla de su mente eran, además de luminosas, de recuerdos agradables: en la playa de la Caleta, en Cádiz; la boda de Ibrahim, en Tifariti; las charlas con Ibrahim, en el acuartelamiento de Segangan… Ni siquiera se enteró cuando un grupo de milicianos detuvo el vehículo al anochecer poco antes de cruzar el Ebro cerca de Zaragoza. Una miliciana, sin duda la cabecilla, se acercó a la ventanilla del conductor de la ambulancia que, en sus puertas, llevaba estampada una cruz roja sobre las siglas CSI de la Central Sanitaria Internacional.

—¿A dónde os dirigís? —preguntó la miliciana sin dejar de apuntar con su Mauser mientras el conductor bajaba, sin prisas, el cristal de la ventanilla.

—A Barcelona —respondió concisamente Batet, cabo conductor de la unidad sanitaria.

—La documentación —pidió, sin ni siquiera un por favor, la miliciana que lucía un gorro de fieltro pardo con una estrella de cinco puntas roja y un pañuelo negro sujetado al cuello.

—Soy el teniente Alves, de la unidad 3 del CPSR —respondió Manel dejando ver su rostro a la miliciana y a los otros camaradas que rodeaban el vehículo.

—¿De la unidad 3 de qué? —dijo molesta por no recordar a qué hacían referencia esas siglas.

—Cuerpo de Psiquiatría de la Sanidad Republicana.

—¿Y la unidad 3?

—Barcelona —respondió escuetamente Manuel Alves.

—¿Me enseñas la documentación?, camarada —insistió la cabecilla sin darse por satisfecha con la respuesta del oficial republicano.

—¿Quién me la pide?, no crees que debes identificarte, camarada —le dijo el teniente Manel Alves mientras sacaba del bolsillo interior de su chaqueta su documentación

—Soy Susana Girbe, de la columna anarquista del camarada Durruti —le respondió tras colgarse el fusil del hombro para coger los documentos.

—¿Todo correcto? —preguntó Alves.

—Si, camarada, ¿va vacía la ambulancia?

—No, detrás va el doctor Armengol y su hijo Leo, herido en Zaragoza.

—¿Grave? —preguntó la miliciana aminorando su tono de voz y esbozando una mueca parecida a una sonrisa.

—Diría que bastante, ha perdido la visión —respondió escuetamente Alves—. ¿Todo bien por aquí?

—Fatal, nos fiamos del general Cabanellas y el cabrón se ha pasado a los nacionales. Ya controla las capitales aragonesas y otras localidades importantes como Calatayud y Jaca.

—¿Y el camarada Durruti? —preguntó Alves a pesar de que sabía perfectamente que había muerto en Madrid a causa de una bala perdida en circunstancias extrañas y que su muerte había sido ocultada a la variopinta columna de milicianos anarquistas y antifascistas para que no decayeran los ánimos.

—Muerto y enterrado —le respondió sorprendida de que no lo supiese—, cayó en Madrid impidiendo que el fascista de Franco entrase en la ciudad. Pero no te preocupes, camarada, varias columnas van desde Barcelona a echarles una mano. ¡No pasarán!, recuérdalo.

—Espero que así sea camarada —dijo el teniente Alves levantando el puño mientras pedía al cabo Batet que arrancase el vehículo.

La miliciana devolvió el saludo y ordenó a los camaradas que la acompañaban que abriesen paso para que pudiese pasar la ambulancia. Bajaron los fusiles y alzaron sus puños mientras gritaban «¡Victoria o muerte!»

Cuando los primeros rayos de sol aparecieron en el horizonte, cruzaron el río Llobregat y se dirigieron al hospital psiquiátrico de Nuestra Señora de Montserrat, conocido por el manicomio de San Boi o "la ciudad de los locos"

El vehículo entro discretamente por una puerta lateral, por la que algunos enfermos leves podían salir unas pocas horas para ir a trabajar a los campos. La situación bélica en Barcelona y los alrededores exigían una cautela absoluta, porque las milicias anarquistas se habían hecho dueños de la ciudad y, en general, de toda Catalunya. La doctora Vidal, salió a recibirles cuando la avisaron de su llegada.

—¿Qué tal el viaje, Juan? —le preguntó la doctora mientras se arreglaba el pelo y le estrechaba la mano.

—Bien —respondió el doctor Armengol—, pero hemos estado de un tris de tener problemas con un grupo de milicianos cerca de Zaragoza. Menos mal que Leo dormía y que el teniente Alves ha manejado bien la situación.

—Hola Manel —gracias por tu ayuda— pero bueno, pasad y traer al chico, aquí hace mucho frío.

Leo, todavía dormía después de que el doctor Armengol le administrase, poco antes de ser rodeados por los milicianos, un segundo jeringazo de morfina por vía intravenosa que aseguraba una ampliación de su estancia fuera de este mundo. Le entraron en camilla y le acomodaron en una pequeña habitación en el ala de ingresos, en la que se alojaban los nuevos pacientes hasta que, analizada la alteración psíquica, se les adjudicaba una cama en el ala pertinente o donde quedase una cama libre.

—Aquí estará tranquilo y bien atendido —les dijo la doctora Vidal mientras les ponía una taza de café con leche y un trozo de "pastel de pobre" elaborado con harina y con alguna que otra pasa incrustada en su esponjoso cuerpo.

—Está muy bueno, Carmen —le dijo Armengol después de hincarle el diente con ganas.

—Los hace un paciente que dice ser Antonín Carême, cocinero del zar Alejandro I de Rusia. La verdad —prosiguió la doctora—, es que tiene mano para la cocina, pero le despidieron a causa de los problemas que causaba en la del hotel Ritz debido a su paranoia. Ahora, dice estar en San Petersburgo, en el Palacio de Invierno.

—Espero que, si entran los milicianos, no le fusilen como al zar Nicolas II —añadió Juan Armengol.

—Pues a mí no me sorprendería tanto —dijo el teniente Alves mientras alegraba su estómago con un segundo pedazo de pastel—, los anarquistas se han adueñado de Barcelona y campan a sus aires sin atender a otra cosa que no sea sus principios: revolución pura y dura hasta la abolición del estado.

—Ya, y según reza en sus panfletos, las demás ideologías no solo son innecesarias, sino que además son perjudiciales

—añadió la doctora Vidal—, de ahí su afán en liquidarlas y a quienes comulguen con ellas.

—Ahora que hablas de comulgar —continuó el teniente Alves—, les ha cogido una perra contra la iglesia y los curas, que no están dejando edificio en pie, ni cura o monja que caiga en manos de esa jauría.

—Aquí, a San Baudilio, ya han llegado —comentó la doctora Vidal— han quemado la parroquia y la biblioteca—. El padre José salvó su vida de milagro cuando le acogimos y le hicimos pasar por un enfermo más. Miradle, ahí le tenéis, en su paseo nocturno por nuestra bonita alameda, esperando que acabe toda esta barbarie.

—Con la quema de iglesias, los asesinatos, el desorden y el caos, están entregando en bandeja de plata el país a Franco, y al resto de los militares contrarios al gobierno republicano. Les han dado motivos suficientes para justificar el levantamiento —argumentó el teniente Manel Alves.

—Así es, a la gente corriente no le gusta este libertinaje —dijo Armengol— y, si no me equivoco, tampoco al gobierno republicano. Claro que, el alboroto le va bien, y también, que el trabajo sucio lo hagan otros.

—Pues sí —añadió la doctora Vidal—, como Franco con los regulares de África, barra libre para el moro. Bueno, hagamos lo que podamos nosotros por atender a la gente y confiemos en que todo este sinsentido acabe pronto.

—De eso se trata, Carmen, y por eso estamos aquí —dijo el doctor Armengol tomándole la palabra—. Como te dije, mi amigo Francisco Bens me pidió si podía echarle una mano cuando su hijastro, Ibrahim, se presentó con su amigo Leo en casa diciendo que había perdido la visión. Como ya me he encontrado casos de estos en el Clínico y al no haber recibido herida alguna, le avancé que, probablemente, sería un trastorno psíquico y que suele presentarse a causa del estrés que genera la guerra. Le dije que hablaría contigo para que le echases una mano.

—Por desgracia Juan —dijo la doctora Vidal—, no es el primer caso ni será el último que ingresa aquí a causa de la guerra, aunque, en la mayoría de los casos, se da en sujetos con una personalidad frágil, con propensión a la alteración psíquica. No quiero decir con ello que sea el caso de Leo.

—Ojalá sea así, porque siempre es más fácil curarse —apuntó el doctor Armengol.

—Bueno, Juan, dile a tu amigo Bens que me ocuparé personalmente del chico y que haré todo lo que esté en mis manos para ayudarle. Aquí, por lo menos, no correrá peligro.

—Eso espero —añadió el teniente Alves.

Capítulo 31

—¿Dónde te habías metido? —le preguntó el comandante Delgado al verle entrar por la puerta de lona del despacho de campaña en Casa de Campo.

—He estado en Madrid buscando a Leo y al capitán González —respondió Ibrahim con una naturalidad impropia en tiempos de guerra y, mucho más, después de haberse ausentado durante una semana.

—A ver si lo entiendo, abandonas el frente, te vas a dar un paseo por la ciudad, a pasar las navidades porque te pasa por el forro, y de paso… ¿a tomarte unas copas con los amigos?

—Si lo ve así —añadió Ibrahim a sabiendas de que lo que se le venía encima no iban a ser precisamente abrazos.

—¡Cómo!, si lo veo así. En primer lugar, te pones firme, añades "mi comandante" cuando te dirijas a mí y, en segundo lugar, elige: te acuso de deserción y te pego un tiro aquí mismo, o te vas directo a primera fila del frente, con la columna del comandante Asensio, a matar bolcheviques y a follarte, sin remilgos, lo que se te ponga por delante. Tú decides.

Esa misma mañana Ibrahim cruzó la magullada pasarela de la muerte. Se dirigió a la cabeza del grupo que combatía contra la columna del asesinado anarquista, revolucionario y temido Buenaventura Durruti, en los alrededores de las facultades de Medicina, Farmacia y del Hospital Clínico. Se luchaba con dureza desde el alba hasta que el sol se ponía al otro lado del Manzanares, sobre todo, después del asesinato de Durruti. Al anochecer, se contaban por centenares los malheridos y las muertes en ambos bandos. Los heridos eran atendidos según la gravedad de sus lesiones en quirófanos improvisados en hospitales de lona levantados en la retaguardia. La sangre corría por los suelos, entre gritos de dolor, mezclándose con un barro que había cambiado su olor, color y textura. Los muertos se enterraban en fosas improvisadas o permanecían inertes en el lugar donde las balas les habían encontrado.

Ibrahim, combatía en primera fila con las temidas tropas llegadas de África. Regulares y legionarios se enfrentaban al ejército republicano a bayoneta calada, por los pasillos de las facultades, por las aulas y por cualquier instalación de la Ciudad Universitaria. En el Cerro del Pimiento, el Hospital Clínico, recién acabado y todavía sin haber dado servicio a la ciudadanía, era codiciado tanto por uno como por otro bando, ya que desde su alzada posición podía controlarse los movimientos del enemigo. Cumpliendo las órdenes a gritos de los suboficiales, los soldados salían de sus parapetos y corrían cuesta arriba sin pensar cuantos metros habían avanzado o cuantos faltaban para llegar a la cima. Muchos caían abatidos por las ráfagas de metralleta nada más salir de las trincheras, otros en la carrera y los que seguían vivos luchaban hasta morir o conquistar un enclave que cambiaba de manos en el transcurso de los días.

No había noche en la que Ibrahim cerrase los ojos con las manos limpias de sangre, ni madrugada en la que pensase si alcanzaría vivo la noche. Combatir, morir, vivir, eran términos que se sucedían y mezclaban en su mente a lo largo del día, sin saber cuál de ellos prevalecería ni por cuál de ellos se inclinaría si tuviese la opción de elegir. La muerte y la vida convivían con él y las descubría en su mente y en el rostro del enemigo que, abatido en el suelo de la colina y con la bayoneta clavada en su pecho, le entregaba su última mirada. El dolor y la tristeza que sentía Ibrahim bloqueaban el aire que retenía en sus pulmones. Su mano, temblorosa y ensangrentada, la posaba sobre el pecho del vencido como si con ello pudiese ayudar al corazón malherido a seguir latiendo. A veces, alguna palabra salía de su boca envuelta en saliva y lágrimas «lo siento…, perdóname…» y le cerraba los ojos con ternura después de extraer la bayoneta de su pecho.

En el estado en el que se encontraba no había espacio ni momento para los recuerdos. Tampoco quería activarlos y que se cruzasen, aunque solo fuese por un instante, con momentos tan horrendos. No sabía nada de su querida Shara ni de su familia desde la carta que recibió en la que le comunicaba que estaba esperando un hijo. Tampoco sabía nada de su amigo Leo, salvo que le llevaban a Barcelona, ni de la familia Bens a la que no veía desde hacía semanas, o quizás meses. Había perdido la noción del tiempo.

Los días se sucedían unos a otros en un contínuum que se escapaba a su control. No sabía si era miércoles o domingo, si era el mes de marzo o abril el que traía un ligero aumento de la temperatura y no se daba cuenta de que se acercaba la noche hasta que disminuía la intensidad de los combates y algún compañero le traía algo para llenar su estómago vacío.

La guerra se había estancado como los convoyes militares en el barro por las fuertes lluvias de primavera. Los pocos metros de tierra que se conquistaban en un día, pasaban a manos del enemigo al día siguiente. Madrid, Barcelona, Valencia, Guernica… eran bombardeadas por tierra, mar y aire de manera sistemática. El cielo, se había convertido en un campo de entrenamiento y de acciones de combate para los aviones Junkers y Heinkel alemanes, para los Savoia italianos o para Katiuskas rusos. Sus bombas hacían correr a la gente hacia los refugios mientras las calles se llenaban de cascotes de las casas de cualquier barrio o condición social. La explosión de la trilita, alojada en las entrañas de los proyectiles, hacía que la metralla se esparciese a gran velocidad, alcanzando a personas y edificios.

Si la piel de la tierra había perdido su textura natural, la del mar, había sido despellejada su calma chicha y, el viento y las olas se mostraban dispuestas a sumarse al escenario de las calamidades. Los pertrechados barcos de guerra se parapetaban tras la niebla esperando sorprender al enemigo. En esas redes cayó el buque soviético Komsomol cuando el crucero Canarias descargó toda su rabia contra su casco al sospechar que transportaba material de guerra para el ejército republicano; el Smidovich fue apresado en Bilbao por el Velasco; el acorazado España hundido en Cantabria por la aviación republicana... Si la piel del agua se teñía de sangre y gasóleo, en sus entrañas se combatía con la misma dureza y con la certeza de que, siendo alcanzado por los torpedos enemigos, quedarían atrapados en el fondo de los mares y nadie salvaría su vida. En esas circunstancias se encontró la dotación del submarino republicano C3 cuando un submarino alemán, que daba apoyo a los nacionales, le hundió frente a la costa de Málaga.

La gente pasaba hambre, enfermaba, incluso moría, por la escasa comida que se daba con las cartillas de razonamiento después de pasar horas y horas haciendo colas. El frío, que entraba a raudales por los cristales rotos o por la ausencia de madera o combustible para calentarse, calaba hasta unos huesos poco abrigados por una musculatura menguada. El miedo, se alojaba en los intestinos sin que las noticias que circulaban ayudasen a librarse de él. Las familias veían como sus hijos, cada vez más jóvenes, se incorporaban al frente y como los mayores, que ya combatieron en otras guerras, eran reclamados por el ejército y volvían a coger los fusiles.

La guerra se recrudecía mes a mes, año a año, con victorias y derrotas en ambos bandos. Los muertos se contaban por millares y las acciones cada vez eran más violentas. Las batallas subían a los altares y se recordaban por el número de muertos: la del Alcázar de Toledo, la del Jarama, Brunete, Belchite, la del Ebro, el bombardeo de Guernica, la de la Puerta del Sol en Madrid...

La victoria, se iba decantando lentamente a favor de los sublevados, mientras la muerte, se adueñaba de las cunetas llenándolas de republicanos a los que la suerte no estaba corriendo de su lado en esta guerra fratricida. Lo que sucedía no había escapado a las previsiones de unos y de otros desde el principio de la contienda. Se sabía que Franco, Mola, Yagüe, Varela y otros muchos militares sublevados, contaban con una tropa más cohesionada y preparada para el combate, sobre todo la del ejército de legionarios y regulares, curtidos en contiendas permanentes en el norte de África durante los años previos a la guerra civil. Por otro lado, los apoyos internacionales de los sublevados eran más sólidos, sobre todo de Alemania, con un Hitler eufórico por extender el conflicto por toda Europa y por un Mussolini, fanático, partidario del fascismo a ultranza y temeroso de perder su corona de "Il Duce". Tanto uno como otro, no sentían ninguna inclinación especial por los sublevados, sino porque encontraban en el territorio español una excelente oportunidad de entrenar a sus tropas y probar su material bélico. Por si no fuera suficiente ventaja para los nacionales, el Papa Pío XI se pronunció públicamente sobre el conflicto español, posicionándose a favor de Franco.

A los republicanos les costaba encontrar afectos, tanto nacionales como internacionales, después de tanto Cristo descrucificado, santos desalojados de sus hornacinas, curas arrancados de sus confesionarios, monjas obligadas a desprenderse de sus tocas y, por si no fuera suficiente, iglesias expoliadas de sus cuadros, reliquias y siendo pasto de las llamas. No solo influyó en el posicionamiento de Pío XI, sino que, toda esa barbarie, tampoco fue del agrado de otros muchos ciudadanos que combatían en uno u otro bando. Por otro lado, armando al pueblo tampoco lo convertía en un ejército y las grandes diferencias ideológicas entre unos y otros, tampoco ayudaban a crear la cohesión necesaria para mantener el régimen republicano. Los gobiernos de otros países, contenidos por la prudencia, no mostraron un respaldo claro al gobierno legítimo y dejaron que fuesen las Brigadas Internacionales las que actuasen en el conflicto.

En esa suerte se encontraban ambos ejércitos y la balanza se inclinaba a favor del ejército de Franco, que, conquistada la mayor parte del país, envió sus huestes a Cataluña y dejó, para su último episodio de esta guerra fratricida, su entrada triunfal en la capital. El mismo se veía entrando por la Puerta de Alcalá montando en su caballo blanco en olor de multitudes, como Jesús en Jerusalén, y el pueblo, agitando palmas y palmones, y gritando: «¡Bendito el que viene en el nombre del Señor!». Ese era su sueño, pero antes, había que conquistar otros muchos pueblos y ciudades y no todos caían rápido y fácilmente.

En Lérida, las tropas republicanas resistían y a los nacionales les costaba sangre, sudor y lágrimas penetrar en las altas montañas de los Pirineos, en las que las emboscadas de los nativos ponían a prueba las mejores habilidades para esquivar a la muerte.

—Echaré mano de Sagardía —le dijo Franco por teléfono al general Cabanellas, que lideraba la sublevación en Aragón y quería hincarle el diente a los Pirineos.

—Pero general…

—Ni general ni leches, Cabanellas —le interrumpió Franco— y no hay peros que valga.

El frente de Aragón estaba prácticamente en manos de los nacionales y el modo más rápido y eficaz de penetrar en los Pirineos y conquistar el Pallars, era con la intervención de la 62 División que mandaba Antonio Sagardía.

—El general Sagardía al teléfono —le dijo el asistente de Franco al entregarle el auricular.

—Antonio, necesito que me eches una mano en el frente del Pallars. La geografía es compleja y estamos perdiendo muchas vidas.

—Sí, eso ha llegado a mis oídos —respondió el general Sagardía.

—Sin mano dura, la conquista del Pallars tardará años —añadió Franco—, conocen cada palmo del escabroso terreno y nosotros, a pesar de la experiencia en la guerra del Rif, somos unos pardillos a su lado. Por otro lado, es prácticamente imposible acceder con material pesado por el desfiladero de Collegats, y poca cosa podemos hacer desde el aire.

—Entiendo, y la población, ¿cómo se define?

—Pues como en todos los sitios, Antonio, unos a favor y otros en contra, pero tengo información que me envían desde Sort de que los vecinos están hartos del desorden, de la cantinela de las iglesias y de la habitual persecución de curas por los anarquistas de las FAI y de la CNT. También hay quien está más pendiente, aprovechando la contienda, de sacar tajada de sus rencillas personales.

—No me extraña, Paco, ganaremos la guerra gracias a sus desmanes —añadió Sagardía.

—La cuestión —siguió Franco—, es que desde el consistorio de Sort nos piden ayuda para impedir que una columna de milicianos y anarquistas llegue por el Puerto del Cantó a la localidad y hemos acordado, porque no me fio ni un pelo de estos caciques, que un vehículo con representantes del municipio vaya a recibirnos a la Pobla de Segur y nos escolte hasta Sort, naturalmente con nuestra bandera en alto.

Así llegó el general Sagardia a la localidad de Sort. Se instaló, él y sus soldados, en viviendas de vecinos, y empezó a desplegar a sus hombres por toda la comarca y a ejercer una fuerte represión sobre todo aquel que no comulgaba con los principios y valores de los nacionales. Ibrahim, destinado a la 62 División, tras recorrer el país con una u otra columna de regulares, fue testigo, una vez más, de la brutalidad ejercida bajo un cielo que contempla y goza de las tranquilas aguas del Mediterráneo y se conmueve observando las nevadas cumbres de los Pirineos. Bajo ese mismo cielo Ibrahim convivió, una vez más, con las miserias y grandezas de los seres humanos.

En el Pallars Sobirà, a las órdenes de Sagardía, tuvo que participar en la limpieza de rojos de las pequeñas y dispersas localidades pirinaicas. Los asesinatos estaban en la orden del día, así como las detenciones, encarcelamientos y torturas. Las rencillas entre los vecinos se arreglaban delatando a aquellos que, en uno u otro momento, o, por uno u otro motivo, les habían causado algún daño físico, moral o económico. Los que lo pasaron mal durante la república ahora campaban a sus anchas por pueblos, valles y montañas, y, los que se vieron beneficiados por ella, se escondían o huían a Francia atravesando la frontera por las altas y nevadas cumbres de los Pirineos.

Si en el norte las acciones del general Sagardía conseguían la estampida del enemigo, en el sur de Cataluña, el ejército republicano no mostraba ninguna señal de rendición, todo lo contrario, sabían que era su última baza y que en sus manos estaba, como en Madrid, el no caer en manos de los nacionales. La suerte de ambos iba a dirimirse a orillas del Ebro, el escenario más sangriento de la guerra civil.

Franco, conocedor de las habilidades de Ibrahim para recabar información, ordenó al coronel Sagardía que le enviase urgentemente al frente del Ebro. Salir de la guerra sucia que parecía perpetuarse en el Pallars Sobirà, fue un alivio para él.

Más de cuatro meses, desde mediados a finales de 1938, duró la batalla del Ebro en la que estuvieron presentes los cabecillas de ambos ejércitos: el jefe del Estado Mayor de la República, Vicente Rojo y Francisco Franco, caudillo del ejército sublevado.

"Si me quieres escribir
ya sabes mi paradero,
en el frente de batalla
primera línea de fuego..."

Esa cantinela se escuchaba en la trinchera republicana mientras los fusiles hablaban. Una de las innumerables balas que atravesaron el Ebro, quizás la de uno de los más de veinte mil niños de la Quinta del Biberón que los republicanos enviaron al frente, penetró en el pecho de Ibrahim y le tumbó en el foso de la trinchera en la que combatía con el 52 Tabor de Regulares de Melilla en el Cerro de Benifallet.

Su mirada quedó anclada en un cielo que escupía ira y fuego y su mente, no cesaba en recordarle, en sus últimos alientos, el párrafo de la carta de Shara que le decía «Ibrahim, amor mío, vas a tener un hijo». Tendido a orillas del Ebro, bajo el mismo cielo que Shara en el oasis de Tigissit, observó pasar las últimas nubes que paseaban por la azulada piel del universo. Del bolsillo de su pechera sacó la carta con el deseo de estar con el amor de su vida en su último hálito. La sangre, diluía los trazos de tinta que le habían ayudado a mantener las ganas de vivir y que le habían hecho abrigar la esperanza de que, llegado el día, acunaría en sus brazos al hijo que esperaba.

Capítulo 32

—¿Cómo te encuentras? —le preguntó una mañana más la doctora Carmen antes de dirigirse a su despacho.

—Bien, doctora, hubiera preferido perder un brazo que la visión —respondió Leo que, a pesar de estar bien atendido por la doctora Vidal, el doctor Armengol y el enfermero Josep, no acababa de acostumbrarse a la vida rutinaria del psiquiátrico.

—Bueno, quizás lo podamos arreglar, ¿por qué brazo hacemos el cambio, por el derecho o el izquierdo?, —le preguntó la doctora con una sonrisa emparejada a una mirada amable que, como en otras ocasiones, Leo no pudo ver, pero sí sentir por el tono de su voz.

—Me fastidia no poder ver el paseo por el que Josep me lleva todas las mañanas, el banco en el que me siento, las hojas de unos árboles que oigo cuando hace viento, las caras de las personas que se acercan y me hablan. He empezado a conocer a toda esta buena gente sin verlos y, entre ellos, a uno que dice ser Jesús del Gran Poder y que cada mañana me asegura que me ha curado y que ya puedo ver.

—Desde luego, no es el mejor lugar para que florezcan los ánimos —comentó la doctora mientras miraba por la ventana el ir y venir de los enfermos que paseaban a la sombra de los plataneros—, de todos los sentidos, la vista, es el más limitador, pero no hay daño físico y con paciencia, vas a recuperarla. En estos casos, como en otras afecciones, la actitud del paciente es fundamental para curarse. Ayúdame, Leo a curarte.

—Bueno, no quiero ser pesimista, pero llevo así más de un año y, en cuanto a la visión, no hay mejora. Por otro lado, doctora Vidal, tampoco consigo apartar la guerra de mis pensamientos y la angustia de no saber nada de mi padre ni de mi amigo Ibrahim. Cada día que pasa me hace suponer lo peor.

—Ya sabes que el doctor Armengol ha hablado en varias ocasiones con su amigo Francisco Bens y que le ha dicho que Ibrahim no ha vuelto por su casa desde que te fuiste hace algo más de un año. Pero no te preocupes, seguro que está bien y, por lo que me has contado de él, veo que sabe cuidarse. Ahora lo importante es que tú estés tranquilo, que la guerra acabe de una vez y que los medicamentos y tú, con una actitud positiva para salir de esto, hagáis vuestro trabajo.

—Si, lo entiendo, intentaré poner lo que pueda de mi parte y que los medicamentos que ahora me tranquilizan, me ayuden a recuperar la visión.

—Es que nada ha pasado en tu cuerpo que genere esta ceguera. Son procesos mentales los que te han conducido a ella, o para que me entiendas mejor, las preocupaciones y la ansiedad son los desencadenantes principales. La situación de guerra en la que nos encontramos no ayuda a tratar estos estados, pero, como le dije al doctor Armengol, alejándote de ella puede ayudar a que no se cronifiquen y, por supuesto, estando aquí, evitamos que el ejército crea que estás simulando una ceguera, te juzguen o te vuelvan a enviar al frente.

—Yo nunca simularía una cosa así, me gustaría estar bien, volver al frente a buscar a mi padre y a Ibrahim. No soy un farsante ni un cobarde.

—Lo sé Leo, pero el estrés, el cansancio, la falta de alimentación adecuada, de sueño, entre otras muchas situaciones, causan este tipo de alteraciones y son más corrientes de lo que piensas. El mismo Hitler durante la Primera Guerra Mundial perdió la visión y la recuperó casualmente un mes después, cosa que prueba que no era un problema orgánico, sino una reacción histérica producida seguramente por una situación de pánico.

—Podrían haber informado de ello, serviría para dar ánimos a todos los que nos encontramos en esta situación —dijo Leo más calmado.

—Bueno, eso intentó el doctor que le trató, un tal Forster —añadió la doctora Vidal mientras cogía a Leo del brazo y le acompañaba hasta la puerta de su despacho—, pero no vivió para contarlo.

—¿Qué le pasó?

—Dicen, y yo creo que debió ser así, que Hitler le envió al otro barrio antes de tiempo.

Una mañana más, Josep Pradell, el enfermero que le atendía desde su ingreso en el psiquiátrico de San Boi le llevó a la biblioteca y le sentó frente al poeta Eufrasio Menéndez que solía decir cuando le presentaban: «Llámeme por mi nombre, Federico García Lorca y, si lo cree necesario, añada: poeta español de la generación del 27». Leo, sentado frente a él, escuchaba como recitaba los poemas que escribía de manera ininterrumpida todas las mañanas, algunos, los repetía una y otra vez como si quisiera que la persona que venía a escucharle se los aprendiese de memoria o quizás porque pensaba que, como Leo no podía verle, también tendría un problema con la audición. Puesto en pie, con voz actoral, adecuada entonación y emotiva interpretación, recitaba el poema que le tenía atrapado, casi tanto, como las cuatro paredes de la biblioteca en las que pasaba su vida después de perder aquella otra en la que no fue capaz de encontrar el camino por el que seguir caminando.

—Querido amigo Leo —dijo una vez más Eufrasio reclamando su atención—, escucha y siente, que para ello no necesitas tus ojos.

A Leo

En el sótano oscuro y húmedo
tú escondes imágenes y yo palabras,
entre maderas podridas
abrazadas por telarañas.

En las grietas de mi mano
el musgo arropa a las ratas,
mientras tú alzas la copa
y mi lengua lame sabia.

¡Entra en mi bosque encantado
mientras los enanos bailan!
¡Embriágate de colores
y sueña conmigo que no sueñas nada!

La muerte afila guadañas.
La noche, el río y los abedules cantan.
Un rayo de luz viaja a la luna
y en el pliegue de su labio lleva,
tus imágenes y mis palabras.

Y terminaba confirmando su identidad y autoría:

Federico García Lorca, poeta granadino.

El oído y el tacto había crecido en importancia para Leo y, puesto que no podía verle, disfrutaba escuchándole, imaginado como sería Eufrasio y qué circunstancias habrían causado su ingreso en el psiquiátrico. Sabía por Josep, que no había sido la guerra que, como a él, le había traído hasta aquí. Fue una lucha encarnizada entre "los eufrasios" lo que cuarteó su mente y posibilitó que floreciese su alma de poeta.

— Nunca había escuchado un poema tan hermoso, ¿puedo darle la mano, Don Federico? —le dijo Leo cuando acabó de recitar el poema que le había dedicado.

—Desde luego —respondió Eufrasio con un tono de satisfacción que Leo detectaba claramente—, pero no se me suba al escenario, no se vaya a caer en el intento. Mejor, me acerco yo a estrechar con mucho gusto la suya.

Era una mano de tamaño mediano y, si no supiese a quién pertenecía, diría que era la de una mujer joven por sus largos y finos dedos, por el tacto suave y porque desprendía una calidez que invitaba a hacerla prisionera. Eufrasio le dejaba caminar sobre ella hasta a su muñeca, colocar sus dedos sobre sus venas y que pasase todo el tiempo que quisiera escuchando sin prisas, una y otra vez, los monótonos e ininterrumpidos latidos de su corazón.

—Notas Leo de donde nacen mis poesías.

—Desde luego, Eufrasio, ya sabes que lo que se dice ver, no veo, pero en sentir, nadie me supera.

—Dime Leo, ¿qué sientes?

—Pues…, una palabra de tu poema con cada latido que tú corazón escribe en cada gota de sangre.

Leo, necesitaba sentir esas palpitaciones, un buen rato, porque, con ellas, alcanzaba un sosiego similar al que encontraba en las distendidas charlas y apreciados silencios con su amigo Ibrahim.

—Qué tal, Leo, ¿cómo te encuentras? —le preguntó el doctor Armengol una mañana más de domingo cuando fue a buscarle a la biblioteca para pasear por la alameda.

—Bien, muy distraído con Eufrasio —respondió Leo mientras se cogía del brazo del doctor para dirigirse al paseo de los plataneros—. ¿Tienes alguna noticia de Ibrahim?

—Bueno…, noticia, lo que se dice noticia…

Armengol, había recibido una llamada de Bens en la que le decía que el general Yagüe, que comandaba las tropas de legionarios y regulares en el frente del Ebro, le había comunicado que su hijastro, Ibrahim Ahmed, había caído combatiendo en el Cerro de Benifallet y que, al parecer, habría sido enterrado allí mismo por sus compañeros.

—Por el titubeo de tu voz y por el tono tengo la impresión de que sabes algo —le dijo Leo mientras notaba que el brazo del doctor se tensaba—, venga, habla, no me tengas en ascuas.

—De acuerdo, Leo —le respondió Armengol al darse cuenta de que se había quedado sin opciones para demorar la respuesta—, la cuestión es…

—¡Suéltalo de una vez, Juan!

—Pues…, que hay una noticia buena y otra mala —respondió tranquilizándose con la ocurrencia y con ganar un par de segundos para preparar la respuesta.

Leo, soplo como si fuera a apagar una vela a la Virgen del Perpetuo Socorro, patrona del cuerpo de sanitarios, y se contuvo dispuesto a no concederle más treguas.

—De acuerdo, empieza por la buena.

—Pues que Ibrahim está bien —respondió mientras relajaba el brazo y normalizaba su tono de voz.

—¿Y la mala? —preguntó Leo impaciente.

—Pues la mala… es que nadie sabe dónde se encuentra —dijo Armengol, dándose cuenta de que no había llegado al punto final de esta conversación.

—Y, si no le encuentran, ¿cómo saben que está bien?

«Ahora sí que me ha pillado», pensó el doctor Armengol.

—Al parecer —continuó el doctor sin darse por vencido—, le comentó a un compañero que no soportaba más estar sin ver a Shara y que se largaba para Tifariti.

—No es propio de Ibrahim lo que me dices —le dijo Leo haciéndole pensar que su improvisación se iba al garete.

—Ya, yo también lo veo así…

—Pero entiendo que lo hiciese, Juan, algunas veces me lo decía a mí y, por otro lado, ya ves como he acabado yo a causa de esta cruenta guerra.

El doctor Armengol respiró aliviado y reinició la marcha por el paseo de los plataneros. No se sentía satisfecho con el engaño, pero, por otra parte, era consciente de que decir la verdad, sobre Ibrahim y su padre, hubiera empeorado su estado.

No todos los momentos procuraban tranquilidad a Leo. A menudo, tenía que soportar el trato impropio del doctor Cortina que, dueño y señor de la noche, ya que siempre solicitaba ese turno de trabajo, procuraba un sinvivir que cronificaba las enfermedades de la mayoría de los pacientes que se cruzaban en su camino. Por miedo a sufrir agresiones mayores, tras las reiteradas amenazas del doctor, los pacientes se convertían en silenciosas estatuas de sal. Leo, como otros, no podía escapar del acoso al que le tenía sometido y la angustia que le causaba acababa convirtiéndose en un aumento de la medicación a la mañana siguiente.

—Tú a mí no me engañas con tu ceguera —le decía a Leo cuando, una noche sí y otra también, le llegaba su turno—. Tú, lo que eres, es un cobarde, un mariquita bolchevique al que le tapan la boca y no sabe qué coño decir ni hacer.

Leo no contestaba y se entretenía pensando en dónde iba a recibir la bofetada que iba a soltarle tras caracolear la mano antes sus narices. Como no podía ver su rostro ni el movimiento de sus manos, solo se preparaba para recibir el impacto.

—Desde luego tienes aguante —le decía el doctor—, a ver si aguantas, sin moverte, esta otra.

En esta ocasión la mano caracoleaba por debajo de la cintura y tras contar hasta tres, le agarró los testículos provocando un dolorido chillido.

—A ver si va a ser verdad que no ves —le decía poco antes de darse la vuelta y de dirigirse a otro paciente que, temiendo que llegaba su turno, se hacía el dormido sobre su lecho.

A diferencia de otros enfermos, Leo no se angustiaba porque pensaba que ese era todo el daño que le podía hacer y que, tarde o temprano, acabaría cansándose de ese comportamiento impropio de un médico, pero no fue así.

—He estado dando vueltas a tu trastorno y como veo que los medicamentos que te da la sabionda doctora no te procuran resultados satisfactorios, ni tampoco mi particular método, inductivo-reductivo, he decidido incluirte en el grupo de los que me están ayudando a perfeccionar el "método Cortina". Un método sencillo, basado esencialmente en procurar corriente al cerebro apagado del paciente para que se ilumine.

Leo guardaba silencio a sabiendas de que cualquier duda que pudiese tener el doctor sobre su visión, iba a exponerle a nuevos ensayos "clínicos". La fatídica noche acabó por llegar tal como presumía y, estirado en una camilla, atado de pies y manos, y enmudecido por un cilindro de goma que le impedía morderse la lengua, recibía una descarga eléctrica de entre tres y cinco miliamperios que le procuraron durante unos instantes, que parecían no tener fin, una visión privilegiada de las galaxias del universo.

Capítulo 33

A principios de 1937, Shara, dio a luz una hermosa criatura cuyas facciones ponían de manifiesto su procedencia que, como la de otros saharauis, resultaba de la fusión de rasgos bereberes y beduinos. Su piel bronceada hacía resaltar unos ojos sorprendidos que buscaban, yendo de un lado a otro, alguna señal que le dijese algo sobre el mundo al que acababa de llegar. Le hubiera gustado permanecer en el paradisíaco mar en el que anduvo navegando durante nueve meses, pero no pudo ser, y, con el estallido del primer llanto, expulsó todo aquello que le acompañó durante ese largo y placentero viaje y que, en este nuevo mundo, no iba a necesitar. Tras ese lamento, el legado de sus ancestros se hizo cargo, provisionalmente, del tierno cuerpecito hasta que estuviese capacitado para asumir su propio liderazgo. Todo en él comenzó a funcionar porque así estaba escrito que fuese: empezó a respirar, a sentir la suave caricia sobre su piel, a escuchar la voz de Shara, a buscarla con sus ojos nublados, a oler el aroma de su cuerpo y a tatuar en su corazón la primera experiencia de amor que le ofrecía su madre.

—¿Cómo le llamarás? —le preguntó Dahia tras asistirla en el parto que, por fortuna, Alá quiso que fuese rápido, sin complicaciones y con menos dolor que el que suelen padecer las parturientas y, desde luego, del que sufrió ella la noche en que, demasiado joven y sola, dio a luz a Ibrahim en la playa de Dakhla.

—No le pondremos nombre hasta que vuelva Ibrahim —le respondió Shara mientras abrazaba al bebé con una ternura y ese amor de madre que suele aparecer cuando la semilla da fruto y los vientos que soplan auspician tiempos dichosos.

—Pero bueno, Shara, de alguna manera hemos de llamarle, aunque estoy de acuerdo contigo en esperar que vuelva Ibrahim. Entretanto, y espero que regrese pronto, podríamos ponerle uno provisional.

—Pues, no sé, ¿a ti que te parece?

—Yo creo que si le pones el nombre de su padre le gustará y de momento, podríamos llamarle… Ibra.

— ¡Ibra…, Ibra! —repitió una y otra vez Shara mientras le cogía los deditos de su diminuta y regordeta mano y los llevaba a sus labios.

El retoño abrió ligeramente los ojos sin soltar el dedo de su madre, como si supiese que le llamaba y ella, interpretó que al pequeño le gustaba su nombre y que quería quedarse con él.

— ¿Has visto, Dahia?, parece que le gusta, no quiere soltar mi dedo.

—Bueno Shara, la verdad es que lo del dedo es un reflejo, Ibrahim tampoco soltaba el mío y quizás, por ello, la noche que lo tuve en la playa de Dakhla, no acabé con su vida.

—Estoy convencida, ahora que tengo al pequeño Ibra en mis brazos, de que no lo hubieras hecho a pesar de todo lo que sufriste.

—Tienes razón, cuando lo alcé en brazos y la luz de la luna tatuó su silueta en mi retina, le quise tanto que hubiera dado mi vida por él —dijo Dahia mientras cogía al pequeño y le alzaba recordando aquel momento—, pero me encantó cortarle el cuello al pescador y que la sangre que derramaba se llevase mi rabia. Él, se fue con su desvergüenza, y yo, me quedé con el amor de mi vida, mi pequeño Ibrahim.

—¿Y Hussain, no es también tu amor? —soltó Shara apremiándola a que se pronunciase sobre sus sentimientos hacia su marido.

—Bueno, Hussain es mi segundo amor y le quiero con locura porque, y que esto quede entre nosotras, colma todos mis apetitos —respondió Dahia bajando el tono de voz hasta casi llegar a convertirlo en un susurro mientras se cubría sus mejillas sonrojadas con el *hiyab.*

—¿Quieres decir? —insistió Shara sin poder evitar el recuerdo de Ibrahim, saciándola hasta empachar su corazón la noche de bodas.

—¡Que si quiero decir! —respondió Dahia mientras dejaba caer el *hiyab,* subía el tono de su voz y su rostro pasaba del sonrojo al sofoco como consecuencia del aumento de los niveles de estrógeno—, ¡le cortaría los genitales si dejara de abrazarme!, de tocarme, de besarme de arriba abajo como si fuera una golosina.

Shara le cogió la mano y la llevo a su rostro para recordar el calor de una caricia, las que Ibrahim le daba en el oasis de Tigissit mientras las cabras trepaban a los árboles para comer el fruto de los arganes.

—Nosotras aquí de cháchara y quién sabe cómo lo estará pasando nuestro querido Ibrahim —dijo Shara cambiando de tema y de tono.

Los días y meses del fatídico año de 1938 se sucedían como las avemarías, padrenuestros y glorias de un rosario y, mientras en Tifariti reinaba la paz y la calma para el desempeño de los quehaceres cotidianos, en la Península, la guerra continuaba encendida abrasando con sus llamas cuanto se ponía a su alcance. Los soldados, de uno u otro bando, todos ellos reclutados para consumar la barbarie, caían a uno y otro lado del frente sin saber de qué fusil habría salido la bala, ni ver el rostro del que apoyo su mejilla en la culata antes de apretar el gatillo. ¿Sería el de un amigo, de un familiar, de un hermano...?, se preguntaban sin querer saber la respuesta.

Miles de cadáveres de militares y civiles yacían en los campos, en las trincheras, a pie de los paredones, en las calles o bajo los escombros de sus casas. Se reclutaba a todo aquel que pudiese empuñar un arma, sin hacer distinciones por la edad, y se les enviaba allí donde pudiesen taponar un agujero, impedir que el enemigo ganase un metro de frente.

Los días no eran mejores para aquellos que, por una u otra razón, no estaban combatiendo. Niños, mujeres y ancianos, sanos o enfermos, pasaban hambre, frío y eran sometidos a un estado de tensión permanente difícil de reducir, incluso dentro de los refugios. Llegar al día siguiente, sobrevivir, era una cuestión de suerte, pero lo que sí que era una certeza, es que el dolor sufrido y el odio tardarían años en desaparecer.

A Tifariti las noticias llegaban con cuentagotas semanas o meses después de producirse los hechos, adulteradas por un "me han dicho..." que generaba una gama infinita de consuelos y desconsuelos. Algunas, habían pasado por tantas bocas que lo acaecido no tenía nada que ver con lo escuchado. Las noticias emitidas por radio o escritas en los periódicos, les llegaban a través de comerciantes que, ajenos a lo que sucedía en la Península, continuaban su actividad comercial por el norte de África.

—He hablado con Hasan, el argelino, que hace la ruta de Tánger a Bamako —les dijo Hussain a su regreso de Tombuctú— y me ha dicho que el ejército republicano está perdiendo posiciones y que las tropas nacionales, así llaman a los sublevados, avanzan gracias a las acciones del Ejército de África y al apoyo de Italia y Alemania.

—¡Lo que faltaba! —le interrumpió Dahia—, otros echando leña al fuego.

—Pues sí —añadió Hussain—, ahora dan y luego pedirán. Estos no se van con las manos vacías.

—¿Crees que acabará pronto? —preguntó Shara mientras miraba la boquita de Ibra arrebatándole hasta la última gota de leche.

—Parece ser que el general Franco, a quien todo el mundo señala como el cabecilla de la sublevación, no tiene prisa y que su propósito es ir limpiando España de rojos a medida que va conquistando posiciones.

—Pero esto puede hacer que la guerra se alargue varios años —apuntó Shara mientras caía por los suelos su estado de ánimo.

—No tiene por qué —añadió Dahia echándole una mirada a Hussain con la que le anticipaba la suspensión de los juegos de noche—, si la cosa está tan clara como nos acabas de decir, no hay ninguna duda de que los rojos se van a rendir.

—Sí..., sí, seguro que se rinden —dijo Hussain confirmando el comentario de Dahia y con la esperanza de que levantara el castigo al anochecer.

—Ahora Shara —prosiguió Dahia con la intención de alejarla de la guerra—, lo importante es que te centres en el bebé para que, cuando llegue Ibrahim, encuentre al niño sano, satisfecho y con una enorme sonrisa y, a ti, más guapa que nunca.

—Me pregunto, si me seguirá queriendo como antes.

—Con esos ojazos que tienes, el bebé que le has dado y después de tantos meses separados, estoy convencida de que no va a esperar que salga la luna.

Las semanas pasaban rápido y Shara se mantenía ocupada todo el día atendiendo a su pequeño y llevando el rebaño de cabras hasta el oasis de Tigissit. Ibra, había cumplido un año y medio y enfundado en su *daraa* blanco y con un pequeño turbante negro anidado a su cabeza, correteaba detrás de las cabras azuzándolas con una rama de acacia para que subiesen a los árboles.

Sentada en el mismo lugar en el que Ibrahim acariciaba sus mejillas y tanteaba el momento propicio para acercarse a sus labios, observaba el ir y venir de su pequeño, ansiando poder compartir con su amado, más pronto que tarde, esos momentos felices.

El cielo cayó de los cielos cuando, un comerciante de Tánger, en su viaje hacia Dakhla, trajo una carta de María Bens para Dahia. Su corazón cambió el ritmo de su palpitar y su cuerpo se tensó como las cuerdas de la jaima cuando sopla el simún. Se sentó sobre un puf hecho con tela de kilim de vivos colores, abrió el sobre y con la mano temblorosa extrajo la carta que había en su interior.

Querida Dahia,

No sé cuándo ni cómo te llegará esta carta. Estamos pasando muy malos momentos y con las comunicaciones cortadas es imposible contactar con vosotros. La situación actual hace imposible que viajemos a Tifariti, por lo que no me queda más remedio que escribiros y esperar que esta carta os llegue lo antes posible.

Se trata de Ibrahim, según nos informa un compañero de Bens, cayó combatiendo en el Ebro hace algunas semanas. Francisco está intentando desde hace días confirmar la noticia, pero, al no tener respuesta, hemos pensado que no tenemos derecho a callar lo que sabemos y que debemos poneros en conocimiento de ello.

No puedes imaginarte la tristeza que invade nuestros corazones, incrementada por la imposibilidad de estar a vuestro lado para compartir con vosotros estos momentos tan tristes.

Mi querida Dahia, sabes que te quiero como a una hija y estoy convencida de que entenderás lo que voy a pedirte: tienes que sacar fuerzas de flaqueza para poder ayudar a Shara en estos momentos. Tú, la conoces bien y sabrás cómo y en qué momento decírselo.

La vida es así, una sucesión de alegrías y tristezas que ponen a prueba la capacidad de resistencia del ser humano. No hay palabras para expresar lo que Francisco y yo sentimos y, si no fuese porque es totalmente imposible salir de Madrid, viajaríamos para estar a vuestro lado.

Os queremos,

María
Madrid, septiembre de 1938.

Capítulo 34

—¡Fermín! —gritó el capitán médico Laudelino Mayol al verle regresar del campo de batalla con la camioneta llena de soldados, unos heridos y otros muertos, con la intención de descargarlos en la unidad sanitaria establecida en la plaza de la Farola de Gandesa—, descarga aquí solo los vivos, con los muertos nada podemos hacer. Te los llevas detrás del muro del cementerio y los entierras allí. Y que Dios los acoja en su gloria.

—Y de paso, extiendo un certificado de defunción. ¡Yo no soy médico! —contestó de mal modo Fermín, que trabajaba en la construcción, en Gandesa, y que, al simular un retraso mental, salvó la vida cuando el general Yagüe, al frente del Tabor de Regulares de Melilla, arrebató la posición al comunista Lister que tuvo retirarse a la otra orilla del Ebro.

—No me toques los cojones Fermín y espabila.

La fosa, tras la valla del cementerio, esperaba abierta una noche más para aquellos combatientes que habían caído en las trincheras a lo largo del día. Fermín, empezó a vaciar la caja del camión con todo cuidado y con el respeto que, a su entender, se merece un muerto. Uno tras otro fue dejándolos en el interior de la fosa mientras una luna creciente, con su fría luz, iluminaba los numerosos cuerpos amontonados. Sin prisas, se esforzaba en colocarlos en la mejor posición posible, con las manos juntas sobre el pecho y los ojos cerrados. Se preguntaba sobre su procedencia, su edad, sus familias, a qué se dedicaban, si estarían casados, si tendrían hijos como él… Uno de ellos, cubierto de barro y sangre hasta las cejas, tenía una carta en su mano que todavía no había perdido su blancura. La luna la hacía más visible en la oscuridad y él se acercó, como cuando el barco se dirige a puerto guiado por la luz del faro, se agachó junto al soldado y acercó lentamente su mano para coger la carta.

—Perdona joven —le dijo al inanimado cuerpo que permanecía exánime sobre cuerpos amontonados en la fosa—, quizás pueda informar al que te escribió esta carta de que aquí recibiste sepultura.

Fermín cogió una punta de la carta y notó que se resistía a abandonar la mano del soldado. Estiró de nuevo con más determinación y, el desahuciado, la sujetó con toda la fuerza que le queda a un muerto, como suplicando que le dejasen morir con ella. Sorprendido, no intento de nuevo cogérsela. Pensando que todavía podía estar vivo, le subió a la caja de la camioneta y se dirigió a su modesta casa a poco más de tres kilómetros de Gandesa. Le quitó la ropa y el barro que cubría su cuerpo y dejó la carta sobre la mesilla de la pequeña habitación en la que yació con su mujer antes de que partiese a la guerra.

—¡Qué piel más oscura! —le dijo Daniel a su hermana al entrar en la habitación y acercarse a la cama.

—Dice papá que es así, a lo mejor se ha quedado de ese color por el barro —respondió Susana que, pese a su corta edad de tan solo diez años, tenía que hacerse cargo de su hermano desde que su madre, una joven entusiasta de la revolución y afiliada al Partido Obrero de Unificación Marxista, muriese en un rifirrafe entre falangistas y milicianos en la localidad tarraconense de Mora de Ebro.

—Susana, voy a buscar a Carlos y vuelvo enseguida —le dijo Fermín a su hija—, vigila a Daniel y no os acerquéis a la habitación.

Fermín regresó con Carlos, el veterinario de Batea, al que le unía una fuerte amistad desde que, de niños, andaban a la caza de ranas, ratones, palomas y gatos para abrirlos en canal y explorar sus cuerpos.

—Yo soy veterinario, no médico —le dijo Carlos al entrar en la habitación y ver al soldado tendido sobre el lecho de Marta, la mujer de Fermín, con la que tanto había soñado tener entre sus brazos, pero que, por la amistad que les unía, nunca lo había intentado.

—Bueno, coño, eso ya lo sé, pero dale un vistazo y dime algo. Muerto, muerto, yo creo que no está.

Carlos le pinchó con una aguja el brazo y el soldado ni se inmutó, le abrió los párpados para mirar sus pupilas y las encontró dilatadas, como las de los ternerillos que no logran sobrevivir.

—Mira si el corazón se mueve —le indicó Fermín.

—No querrás que le abra en canal.

—¡Joder, Carlos, no seas animal!

—Algún latido escucho —respondió Carlos tras colocar su oído sobre el pecho malherido— pero no quiere decir que esté vivo, a algunas vacas les sigue latiendo poco después de morir.

—Pero este lleva más de diez horas muerto.

—Bueno, a ver, para qué coño me levantas a estas horas de la noche, si dices que está muerto —le dijo Carlos mientras colocaba un pequeño espejo bajo la nariz para ver si se empañaba—. Está vivo, Fermín. Todavía respira.

—¿Y la herida? —preguntó Fermín.

—De bala, con orificio de entrada y salida.

—Eso ya lo sé, no soy ciego, la cuestión es si podemos hacer algo.

—Bueno, yo a los animales les limpio la herida con agua templada, la desinfecto con agua oxigenada y la protejo con un trapo limpio para que no se la toque y si lo creo conveniente, chamusco la herida

—¿Qué quieres decir?

—Pues que acabo con el sangrado, que le meto el soplete.

—¡Joder, Carlos, que no tenemos un ternerillo en la cama!

—Pues si quieres, ocúpate tú, le rezas un padre nuestro y tres avemarías y yo me voy a dormir.

Aparcada la jerigonza que utilizaban cada vez que se encontraban, Carlos cauterizó, con un hierro al rojo vivo, los orificios de entrada y salida del proyectil con más esmero del que solía tener con los animales, aunque, eso no sirvió para que el moribundo, que ya vagaba por los soportales de otro mundo, hiciese el más mínimo movimiento. En el pecho del moribundo, quedó tatuada la "C", letra que utilizaba para herrar al ganado de su modesta granja.

Durante las semanas siguientes, Carlos volvía cada noche para ver si había algún cambio. Utilizaba todo lo que Fermín traía del frente como vendas, pomada de cloramina cicatrizante, sulfato de magnesio, cilotropina…, y otros ungüentos caseros que aplicaba a los animales y que pensaba que también ayudarían al joven. Fuese lo que fuese, sobrevivió gracias al trato y al maltrato y, aunque todavía su mente permanecía alejada de los reinos de este mundo, respiraba con más fluidez y su corazón latía con más desparpajo que cuando le trajeron.

Susana, pasaba horas y horas sentada a su lado mirándole y respondiendo a las preguntas que Daniel no paraba de hacerle y para las que ella tenía siempre una respuesta.

—¿Cuándo ya no esté muerto, hablará?

—Pues claro, como tú.

—Entonces, ¿mamá también volverá?

—Depende si está muerta de verdad o solo está muerta de momento. Cuando acabe la guerra ya lo veremos.

Con la paciencia de una santa, Susana introducía, una a una, cucharaditas de sopa en una boca que se mantenía entornada. Las primeras salían sin tragarlas por la comisura de los labios, pero, poco a poco, dejaron de fluir por los surcos de su piel y comenzaron a alimentar su desnutrido cuerpo.

Pasadas un par de semanas y tras una ligera mejora de las constantes vitales, Carlos, dio por finalizada la etapa de "moribundo" y animado por su éxito en el tratamiento del paciente, animó a Fermín a seguir dándole cobijo en su casa y a implicarse en una curación que le convertía en un semidiós y en una esperanza para sus hijos de resucitar a su madre.

Se llama Ibrahim, le dijo Susana a su padre el regresar una noche más del frente. Era principios de noviembre y la victoria se decantaba del lado de los nacionales. Los republicanos, que no habían caído combatiendo en la durísima batalla del Ebro, retrocedían en busca de refugio lejos de las posiciones ocupadas al inicio de la contienda. Les pisaban los talones y muchos, eran detenidos y ejecutados de inmediato, ya fuese hombre, mujer, incluso niños con apenas quince años de la llamada Quinta del Biberón. Las posibilidades de mantener la república eran mínimas y muchos, de los que se habían significado a su favor, huían del país con los pocos enseres que podían llevar en sus manos.

—¿Cómo sabes que se llama Ibrahim? —le preguntó su padre que, aunque había tenido varias veces la carta del herido sobre sus manos no conocía su contenido al no haber aprendido a leer.

—Mira —le dijo Susana señalando con el dedo el nombre que aparecía encabezando el escrito—, «Querido Ibrahim», leyó deletreando el encabezamiento de la carta.

—Y qué dice más la carta.

—Dice, que va a tener un hijo.

—Entonces, va a ser padre este chico.

—Sí, como tú, papá.

—Pues cuídale y dale de comer, que en algún sitio le están esperando.

—Sí, en Tifariti —respondió Susana.

—Y dónde coño debe estar ese sitio. Bueno, cuando se cure y despierte ya nos lo dirá.

Tocado por la mano del Santísimo, Ibrahim abrió los ojos a principios de diciembre, una mañana más en la que Susana le introducía migas de pan empapadas en la leche que Carlos le llevaba siempre que podía. Se la quedó mirando, esforzándose en mantener sus párpados abiertos.

La carta de Shara, en la que le anunciaba que iba a ser padre, le salvo la vida al resistirse a abandonar la mano de Ibrahim. Fermín y Carlos le trajeron de nuevo al mundo y Susana, una niña de tan solo diez años, le ayudó a mantenerse en él.

—Hola, Ibrahim —le dijo Susana mientras unían sus miradas.

—Do… —una incomprensible sílaba, apenas un susurro, salió de su boca sin el más mínimo movimiento de sus labios.

—¿Do…? —repitió Susana.

—Don…

—¿Dónde? —arriesgó Susana

—Es…to…y.

—¡Ah!, ya te entiendo, estás en mi casa.

—Ibrahim, incapaz de articular una palabra más, cerró los ojos y cayó en un profundo sueño que duró un par de días.

Una semana más tarde, Fermín le ayudo a sentarse y Susana, utilizaba una cuchara más grande que llenaba de sopa hasta el borde. No tardo en poner los pies en el suelo y en salir de la pequeña casa cogido del brazo de Fermín. Sentado en un tronco, reponía fuerzas mientras pasaba horas y horas contemplando el mar que dejaba verse en el horizonte.

—¿De dónde eres, Ibrahim? —le preguntó Susana que solía hacerle compañía, fuese cual fuese la hora del día.

—Del desierto —respondió Ibrahim.

—Y, ¿cómo es el desierto?

—Pues…, como una inmensa playa, de arena muy fina, que cambia de color entre alba y el anochecer.

—¡Qué bonito!

—También se mueve, levanta pequeñas montañas, que el viento cambia su forma y su tamaño… A veces, es tan fuerte, que tienes que tapar los ojos con un turbante, para que no te ciegue.

—Y…, ¿qué es un turbante?

—Pues, es una tela con la que te puedes cubrir la cara cuando vas en camello por el desierto.

—¿En camello?

El abundante número de preguntas y la exigencia de respuestas ayudaron a Ibrahim a recuperar recuerdos aletargados en su memoria, desde los más triviales y sin apenas significación emocional alguna, hasta aquellos que, por mantenerlos seguros, no alcanzaron la luz hasta sentirse recuperado.

—Mi mujer, Shara, va a tener un hijo —le dijo a Fermín, la persona que le había salvado la vida y que, con su hija Susana y su amigo Carlos, le habían procurado un trato exquisito.

—Me alegro Ibrahim, pronto podrás verlos.

—Eso me gustaría, Fermín, la guerra para mí ha terminado y quiero volver a casa.

—Bueno, si no me equivoco, no tardará mucho en acabar para todos. Al parecer, las tropas de Franco ya se acercan a

Barcelona y, como has podido ver desde aquí, hay muchos bombardeos en la costa de Tarragona.

—Conozco un médico en Barcelona que podría ayudarme a volver a casa —le comentó Ibrahim.

—Y, ¿sabes cómo localizarlo?

—Sé que trabaja en el Hospital Clínico, se llama Juan Armengol.

—Le diré a Carlos que nos eche una mano, él va mucho a Barcelona a por medicinas que necesita para los animales y, ahora que estás bien, te confesaré, que algunas de ellas han acabado en tu estómago.

Una semana más tarde de mediados de diciembre de 1938, mientras contemplaba un día más los bombardeos en la costa de los Junkers alemanes, vio como un coche negro serpenteaba la carretera que conducía al lugar donde se encontraba. «Alguien sabe que estoy aquí y me ha delatado», pensó Ibrahim sin perder de vista al coche que continuaba acercándose y sin suficientes fuerzas para emprender la huida. Era medio día, Fermín no había regresado a casa y los niños, Daniel y Susana, corrían ante sus ojos como si no hubiese cosa más importante en este mundo que jugar al "pillapilla".

—¡Entrar en casa! —les dijo Ibrahim poco antes de que el Ford negro se detuviese delante de la puerta.

Capítulo 35

A Susana, le cayeron las lágrimas a borbotones al ver arrancar el Ford que se llevaba a Ibrahim poco después de que la abrazase con fuerza y le prometiese que un día la llevaría a ver el desierto y a pasear en camello.

—Gracias por todo, Fermín, por devolverme la vida a pesar de ser un regular africano del ejército golpista.

—En el frente hubiera tenido que dispararte, pero fuera de él y estando más muerto que vivo, hubiera sido una canallada hacerlo.

—Sea como sea, nunca lo olvidaré. Ah, y dale un fuerte abrazo a Carlos de mi parte. Ojalá volvamos a vernos —les dijo mientras el coche se alejaba.

El Ford descendió desde el altiplano de Gandesa hasta la localidad de Jesús, en el Bajo Ebro y próxima a la ciudad de Tortosa, que había sido tomada por los nacionales tras los continuos e intensos bombardeos del mes de abril. La localidad estaba en ruinas y ninguno de los tres puentes que cruzaban el Ebro se mantenía en pie.

El doctor Armengol estacionó el vehículo frente a la Illa Xiquina, a la entrada de Jesús, y vendó la cabeza de Ibrahim, dejando uno de sus ojos al descubierto. Se pinchó el dedo y manchó la gasa con sangre simulando una herida en la frente. Entrada la noche, una pequeña barca de perchar de las que faenan en el Delta del Ebro se acercó y, sin mediar palabra, los llevó hasta la otra orilla. A unos doscientos metros, en la huerta de Pimpi, una ambulancia del ejército republicano les esperaba con las luces apagadas.

—¿Todo bien? —preguntó el teniente Manel Alves con impaciencia al verlos llegar a la finca.

—Sí, sin problemas —respondió el doctor Armengol mientras se dirigían apresurados hacia la ambulancia.

—Tú —le dijo el teniente dirigiéndose a Ibrahim— mantén la boca cerrada y no la abras ni, aunque te pregunten tu nombre. ¿Llevas alguna documentación?

—No, se quedó en la trinchera —respondió Ibrahim—, solo tengo una carta de Shara, mi mujer.

—¿Hay algo que te identifique en ella?

—Está mi nombre.

—Desde luego, por catalán no pasa —dijo el teniente—, mejor sería que te deshicieses de ella.

—Lo siento, pero no puedo.

—¿Y si te la guardo yo? —sugirió el doctor Armengol.

—Me parece bien. Lo siento teniente, pero es lo único que tengo de mi esposa.

—Bueno, solucionado. En la ambulancia hay un par de jóvenes de la Quinta del Biberón malheridos y probablemente recojamos a alguno más en el camino. Recuerda, no abras la boca.

La ambulancia, tras un par de paradas para recoger heridos, llegó a Barcelona con las primeras luces del alba. En la calle Diputación, frente a la puerta del edificio donde vivía Juan Armengol, se detuvo un instante y, sin pronunciar una sola palabra, se apearon Ibrahim y el doctor.

—Esta noche te quedas en casa, aunque no es el sitio más seguro, y mañana ya veremos —le dijo Juan Armengol mientras subían por las escaleras.

—¿Sabes algo de Leo? —le preguntó Ibrahim mientras Juan improvisaba algo para cenar.

—Está bien, sobre todo, está a salvo.

—¿Y la vista?

—De momento sigue igual. Le trasladamos al psiquiátrico de San Baudilio para que pudiese estar seguro y para que tratasen su enfermedad. Allí tengo amigos que pueden ayudarle.

—¿Dónde está San Baudilio?

—Cerca de Barcelona. Si todo va bien, pronto podrás verle. Ahora, la situación en Barcelona es la más peligrosa de toda la guerra y es vital moverse con la máxima precaución. Hasta que no vea una posibilidad clara no voy a llevarte a San Baudilio. Leo no corre peligro y lo que hemos de preocuparnos es de que no lo corras tú tampoco. Tu mujer y tu pequeño no me lo perdonarían.

—Lo entiendo —dijo Ibrahim—, no sé cómo podré agradecerte lo que estás haciendo.

A principios de 1939, tras la pérdida del Ebro, la situación era caótica en Cataluña. Los nacionales avanzaban por la costa y por el flanco del Segre, tras la conquista de Lérida y de superar las dificultades en las altas montañas del Pallars Sobirà; los republicanos retrocedían de los frentes y se escondían en las altas montañas o huían atravesando la cresta nevada de los Pirineos hacia Francia; y, los que combatían en otras localidades catalanas se concentraban en Barcelona y Gerona con la esperanza de frenar el avance de las tropas franquistas. El número de bajas crecía sin parar en ambos bandos. Los nacionales compensaban las pérdidas con soldados italianos, alemanes y con nuevas unidades del Ejército de África. Los republicanos, cada vez más desmoralizados por la pérdida de hombres, de posiciones y de apoyo de las Brigadas Internacionales, no tuvieron más remedio que seguir incorporando a filas a los más jóvenes a la Quinta del Biberón, adolescentes que apenas habían dejado atrás la niñez.

Barcelona era un objetivo prioritario para los sublevados. Los aviones alemanes Heinkel, escoltados por cazas Messerschmitt, bombardeaban a diario la ciudad. Desde las afueras del puerto, barcos de guerra como el Canarias, el Mar Negro o el Júpiter, no paraban de lanzar sus mortíferos y destructivos proyectiles. Las calles se teñían de sangre mientras mujeres y niños, asustados, corrían hacia los improvisados refugios. En las aguas del puerto, un espeso líquido plomizo rodeaba a los barcos semihundidos mientras las gaviotas buscaban, entre los hierros retorcidos y sobre las pestilentes aguas, las panzas sin vida de lubinas, meros, loritos…

Si los ataques por mar y aire eran demoledores, por tierra, el avance de las tropas franquistas impedía que floreciese alguna victoria republicana. Por la costa tarraconense avanzaban hacia el norte las tropas del general Yagüe, bien pertrechadas y con las mismas instrucciones que en los inicios de la contienda: «sembrar el terror», es decir, no dejar títere con cabeza. La moral de los combatientes de las izquierdas se mezclaba con el polvo del camino.

Por las carreteras y caminos de Cataluña, unos, regresaban meses después de haber sido ser perseguidos por los rojos y ahora, otros huían porque la opción de quedarse era descartada por todos aquellos que habían combatido o simpatizado con el Frente Popular. Sabían que si se quedaban serían delatados por sus vecinos por haberse significado a favor del gobierno republicano, por sus ideas políticas o por cualquier otro motivo que sirviese para conseguir un bien o vengar un agravio. Civiles, de todas las edades, sexo y condición, caminaban en procesión hacia el exilio con lo puesto, una pequeña maleta y la esperanza de salvar sus vidas. También lo hacían muchos soldados hartos de combatir esperanzados en salir ilesos de esta guerra fratricida; políticos que, ante la imposibilidad de cambiarse de chaqueta, soñaban con reorganizarse al otro lado de los Pirineos para poder volver a enviar sus huestes a la reconquista del país y del poder; y también, intelectuales, como Machado, Alberti, Cernuda, Zambrano… ya sea por haber empuñado el fusil, el pincel, la lengua o la pluma revolucionaria.

—Aquí estará seguro —dijo Paco Blanco, carterista de oficio, al abrir la puerta de su casa en la calle Unión, en las Ramblas de Barcelona—, pasar, no os quedéis en la puerta.

—Gracias, Paco. Este es Ibrahim —pronunció Juan Armengol, sin prisas y haciendo énfasis en la terminación "…him" con la intención de que se centrase en el asunto que le había comentado por teléfono la noche anterior—. ¿Hablaste con Lola?

—Todavía no, duerme y no he querido despertarla. Ayer se acostó tarde.

—Tienes que convencerla de que deje la noche o, por lo menos, que no trabaje tanto.

—Ya sabes cómo son las mujeres, basta que les digas algo para que se reboten. Por otro lado, no entiendo, tal como están las cosas, que la gente quiera pegar un polvo antes de irse al exilio.

—No seas bruto, Paco, que me duele que hables así —exteriorizó Juan—, ya sabes lo que siento por Lola, además, es tu mujer.

Ibrahim no daba crédito a lo que estaba oyendo. Sabía por el doctor Armengol dónde iba a alojarse y quienes eran Lola y Paco, pero, cuando le habló de ellos, no entró en detalles y menos de sus sentimientos hacia Lola. Sus pensamientos caminaban de un lado a otro de la mollera cuando la codiciada Lola, la "reina del Rabal", abrió la puerta de la habitación y se plantó en la sala-cocina-comedor ataviada con su bata de seda de damasco que le había regalado un marinero portugués antes del inicio de la guerra.

—Tú debes de ser Ibrahim…, el Saharaui, —le dijo Lola después de oírlos desde la habitación y mientras alborotaba con las yemas de sus dedos, al dirigirse a la cocina, sus negros cabellos como hacía Dahia cuando era pequeño.

—Siéntate Lola, ya te preparo yo el café —soltó Paco.

—Pues haz otro para Juan y para este guapo joven del que tanto habéis hablado. Ah, y acerca unas galletas que he puesto en el cajón.

—¡Galletas! —largó sorprendido Juan—, con la escasez de alimentos que hay y aquí no falta de nada.

—No todo es mérito mío, ya sabes lo bien dotado de olfato que está Paco, entre otras cosas, y lo hábil que es con las manos —añadió Lola cuando, distraída la bata y al tomar asiento, dejó grabada en la memoria de los tres la imagen de sus generosos pechos.

Tal como les había pedido Juan, Ibrahim se quedaría en su casa hasta que encontrase el momento adecuado para llevarle a ver a su amigo Leo. No sabía cómo transcurriría la guerra durante estas primeras semanas de 1939 y, teniendo que trabajar casi las veinticuatro horas del día en el hospital Clínico, no había encontrado un lugar más seguro que la casa de Lola y Paco que, ajenos a la guerra, al fervor patriótico y al odio fratricida, vivían el día a día sin otra preocupación que no fuese mantener el pellejo a salvo y alimentar fuese como fuese sus cuerpos serranos. Tan ajenos estaban de lo que sucedía en Barcelona, que ni siquiera acudían a los refugios cuando los aviones alemanes bombardeaban, un día sí y otro también, la ciudad con el objetivo de desmoralizar a la población y preparar la entrada triunfal de las tropas franquistas.

Los ciudadanos perdieron toda esperanza cuando, el presidente Manuel Azaña y el general Vicente Rojo, pusieron pies en polvorosa y cruzaron los Pirineos por el puesto fronterizo de La Jonquera en dirección a Le Perthus. La confusión flotaba en el aire, el desorden, la incertidumbre y la angustia corría por calles y caminos tan rápido como la pólvora y Juan Armengol, curtido por lo vivido antes y durante la guerra, pensó que había que aprovechar ese momento para llevar a Ibrahim al psiquiátrico de San Baudilio.

Capítulo 36

—Tanto va el cántaro a la fuente que al final se rompe —le dijo la doctora Vidal a Juan Armengol cuando, un domingo más, fue a visitar a Leo al psiquiátrico de San Baudilio y se le encontró en un estado deplorable.

—No sé cómo se nos ha pasado por alto, Juan—le dijo la doctora visiblemente apesadumbrada.

—Pero dime, ¿qué ha pasado? —le preguntó el doctor Armengol sorprendido.

—Hace unos meses y por problemas de personal a causa de la guerra contratamos a un médico, Antonio Cortina, para el turno de noche porque no había manera de cubrirlo, a pesar de que la información que teníamos de él era escasa y poco relevante.

—Pero dime, Carmen, ¿qué ha pasado? —reclamó Juan impaciente—, por favor, ves al grano.

—Pues nada, por lo que hemos podido saber por algunos enfermos, el doctor Cortina no les daba un trato correcto, se mofaba de ellos, les amenazaba y según hemos podido comprobar abusaba con la medicación.

—¿Por eso está así Leo?

—Si, por eso y menos mal que Josep, ya sabes el enfermero, estaba de guardia y al no encontrarle en su cama le buscó y le encontró inmovilizado en una camilla de la sala de electroshock mientras el doctor Cortina le aplicaba una descarga.

—¡Será cabrón ese mamarracho! Me cuesta creer que un médico pueda hacer esto a un paciente.

—Pues sí, y Josep, al encontrarle, se abalanzó sobre el doctor y sin pensarlo dos veces le dio un par de guantazos bien dados.

—Y bien merecidos —añadió Juan Armengol.

—La cuestión es que se fue y desde entonces no ha aparecido por aquí ni para cobrar su sueldo.

—Y a Leo, ¿cómo le ves?

—Está confuso, asustado, tiene náuseas, le duele la cabeza y me atrevería a decir que algo ha afectado a su memoria, aunque es pronto para dar un diagnóstico definitivo. Desde luego, si no llega a aparecer Josep le deja catatónico.

Cuando el doctor Armengol fue a verle a la enfermería le encontró dormido. Su aspecto no era el de siempre, había desmejorado y, según le comentó Josep, prefería quedarse en la cama y no salir ni siquiera para ir a la biblioteca con su amigo Eufrasio.

Era domingo y Juan le dijo a la doctora Vidal que se quedaría a comer para comentarle un tema importante y que le urgía una respuesta de ella.

—No te he dicho nada al llegar porque lo de Leo ha acaparado toda mi atención, pero, el motivo de mi visita este domingo era, además de para ver a Leo, para hablarte de Ibrahim.

—Muy triste su fallecimiento y una terrible noticia para Leo cuando se entere.

—Espera Carmen, que no he acabado. La cuestión es que Ibrahim no está muerto. Le tengo escondido en Barcelona, en casa de Lola y de Paco.

—¡Cómo dices!

—Lo que has oído. Según me ha contado, al irle a enterrar en una fosa detrás del cementerio de Gandesa, un tal Fermín vio algo que le hizo pensar que todavía no estaba muerto, se lo llevó a su casa y durante un par de meses, él y su amigo Carlos, veterinario, le estuvieron curando y cuidando. Ahora se encuentra bien y con ganas de ver a Leo.

—Menuda sorpresa se va a llevar cuando mejore —dijo Carmen visiblemente emocionada—, claro que Leo no sabe que falleció en el frente del Ebro.

—Menos mal que no le dijimos nada y que, gracias a Dios, Ibrahim sigue con vida.

—Y, ¿qué has pensado? —preguntó Carmen.

—Pues que hasta que sea más seguro salir, sobre todo él que a claras luces su color le delata, creo que lo mejor sería traerle aquí. Además, después de ver cómo está Leo, podría servir para mejorar su estado, ¿qué opinas?

—Qué voy a decirte, Juan, mientras pueda echar una mano ya sabes que puedes contar conmigo. Habrá que pensar cómo le traemos y que enfermedad le adjudicamos.

—Bueno, tú te ocupas de los papeles por si se presentan aquí los milicianos o los nacionales, vete tú a saber, y yo me ocupo de que llegue hasta aquí sano y salvo.

Sano y salvo le llevó Lola hasta el Hospital Clínico de Barcelona. A pesar de llevar al "niño" de la mano, nadie se fijaba en él porque las miradas quedaban ancladas en los pechos, en las caderas o en los vaivenes que el trasero de Lola iba dando Ramblas arriba camino del hospital.

—Tú, no te sueltes, chaval, porque no hay nacional o republicano que desista en su mirar.

—Bueno —dijo Ibrahim echándole una mirada de arriba abajo con algunas paradas en el recorrido—, no me sorprende, la verdad es que eres muy… atractiva.

—¡Atractiva!, soy la reina de las Ramblas y eso lo saben los marineros intrépidos, los señores adinerados, políticos, curas, militares, estudiantes… y hasta los bolcheviques consumados. En estos quehaceres todos juegan en el mismo campo y solo piensan en meterla en la portería. Ah, y, dicho sea de paso, tú, no estás nada mal: ese pelo negro, esos ojazos y esa piel achocolatada han debido poner hirviendo el cuscús de muchas señoritas, ¿no es así como se le llama en tu tierra?

—De hecho, no, el cuscús es un plato típico de…

—Ya me parecía a mí —le interrumpió Lola—, tan típico y sabroso como el que sirvo yo a mis clientes.

El trayecto se hizo corto, amenizado con esta cháchara en la que se imponía no llamar a las cosas por su nombre de pila, cosa que ponía de manifiesto la fluidez lingüística y las dotes literarias de Lola.

El doctor Armengol les esperaba en urgencias y la ambulancia partió del Clínico sin demoras hacia San Baudilio. Ibrahim iba echado en una camilla en la parte trasera del vehículo, adormilado por el medio jeringazo de midazolam que el doctor Armengol le había administrado. Con él se aseguraba de que, en el caso de que les parasen, el paciente no abriría la boca. Las luces del vehículo se apagaron al atravesar la verja de entrada del psiquiátrico y al detenerse frente a la entrada principal. En la misma camilla que llegó, un par de enfermeros le llevaron hasta una habitación en el ala de ingresos, la misma que ocupó su amigo Leo a su llegada y en la que durmió profundamente hasta entrada la mañana del día siguiente.

—¿Cómo te encuentras? —le preguntó el doctor Armengol al verle abrir los ojos.

—Bien —respondió Ibrahim un tanto desorientado—, ¿ya hemos llegado?

—Sí, sin incidencia alguna —respondió Juan mientras se giraba para ver quién acaba de entrar.

—Veo que ya te has despertado —le dijo la doctora Vidal al subirle los párpados para observar la dilatación de sus pupilas—. Me llamo Carmen, soy amiga del doctor Armengol y, si te encuentras bien, voy a darte unas instrucciones para que no haya problemas. Recuerda, que has de tenerlas en cuenta en todo momento.

—De acuerdo, doctora —respondió Ibrahim—, procuraré no olvidarlo.

—No, nada de procurar —intervino el doctor Armengol— has de seguirlas al pie de la letra. Solo la doctora Carmen y yo sabemos que estás sano, el resto del personal no y, para tu seguridad, más vale que no levantes sospechas.

—Te he abierto tu expediente —prosiguió la doctora—, y los datos importantes son los siguientes: tu nombre a partir de ahora es Juan, acuérdate, como el doctor Armengol, y de apellido González, como tu amigo Leo; naciste en Melilla el mismo día, 1 de septiembre de 1918; la muerte de tu madre al inicio de la guerra te causó un profundo chok emocional e intentaste suicidarte disparándote un tiro en el pecho; el diagnóstico que aparece en tu expediente es que el paciente padece una psicosis depresiva persistente por falta de tratamiento adecuado.

—Has de concentrarte Ibrahim —intervino de nuevo el doctor Armengol—, y compórtate como si realmente tuvieses esa enfermedad.

—Recuerda, solo el doctor Armengol y yo sabemos que no la tienes, por lo tanto, debes mostrarte decaído, no inicies conversaciones, ni preguntes ni muestres curiosidad, duerme todo lo que puedas, no te relaciones ni muestres interés por ocupar el tiempo, ah, y lo más importante, tómate la medicación, pero no te la tragues, la dejas bajo la lengua y en cuanto puedas, y no te vea nadie, la sacas y la tiras.

—¿Crees que podrás recordar todo lo que te he explicado?

—Creo que sí —respondió Ibrahim—, en realidad decaído lo estoy y la guerra ha afectado mi humor y mi estado de ánimo.

—Bueno, no te preocupes —dijo el doctor Armengol—, cuando veas a Leo, esperemos que pueda ser mañana, subirá ese ánimo y también el de él, pero has de tener paciencia y dejar que la doctora Vidal prepare el encuentro de la mejor manera posible para no levantar sospechas.

El 24 de enero de 1939 las defensas republicanas pierden las orillas del río Llobregat y las tropas franquistas entran en la localidad de San Baudilio sin encontrar resistencia. Los vecinos, hartos de los desmanes de los anarquistas a lo largo de toda la guerra, salen a los balcones, a las calles y plazas a darles la bienvenida. Algunos, de corazón, y otros, probablemente la mayoría, para no ser represaliados por sus inclinaciones políticas.

Media docena de falangistas aporrearon las puertas del psiquiátrico de San Baudilio a primera hora de la mañana del 25 de enero con el objetivo de que no escapase nadie que pudiese ser sospechoso de haber combatido en el bando republicano. La doctora Vidal, avisada por el celador y los enfermeros, acudió sin demora a abrirles la puerta. Iban ataviados con sus camisas azules, con los fusiles Mauser en sus manos y los índices en los gatillos dispuestos a abrir fuego si se producía algún movimiento extraño.

—Soy la doctora Carmen Vidal —se apresuró a decir interponiéndose en la puerta— ¿les puedo ayudar en algo?

—Haga el favor de decirle al director que salga —respondió el falangista que encabezaba el grupo y que lucía una "v" invertida y dos flechas rojas en su gorro azul.

—Yo soy en estos momentos la directora —respondió con calma la doctora Vidal.

—¿Una mujer?

—Bueno, provisionalmente —respondió ella al darse cuenta dónde la situaban en su escala de valores.

—Mi madre también se llama Carmen, y, ¿sabe dónde está?, en casa, con sus labores y cuidando a la familia.

—Espero poder hacer lo mismo cuando pongan un director —se apresuró a decir la doctora Vidal—, pero pasad, fuera hace frío.

—A ver, vayamos a lo que hemos venido, ¿ha habido algún ingreso recientemente?

—Pues…

—Le estoy preguntando al conserje, y tú —dijo dirigiéndose a la doctora Vidal— la boca cerrada.

Al conserje le temblaban las piernas, su mirada iba de la doctora al falangista, del falangista a los pies, de los pies al techo, del techo a la doctora…

—¡Eh!, abuelo, te he hecho una pregunta.

—Pues…, uno…, enfermo, si llegó.

—¿En camilla?

—Sí, sí, en camilla…, le trajo una ambulancia.

—Está bien, ves a buscarle.

—Ya iré yo —interrumpió la doctora Vidal.

—Tú, aquí quietecita.

El conserje apareció en pocos minutos con el enfermo que, enganchado a su brazo con fuerza, caminaba como un robot mientras su mirada vagaba por el techo, mostraba una cara más pálida que la luna y su lengua, fuera de la boca, caía hacia un lado de sus labios.

—¿Qué le pasa? —preguntó sorprendido el falangista.

—Nada, está catatónico —respondió el conserje mientras el falangista le cogía por la barbilla y movía de uno a otro lado su cabeza.

—Está jodido, Manuel —comentó uno del grupo.

—¿Cómo te llamas? —le preguntó el falangista después de darle un par de palmaditas en la mejilla que no produjeron ninguna reacción del enfermo—. La verdad, es que jodido lo está, lo ve hasta un ciego.

—A ver, doctora, mañana volveremos y quiero encima de este mostrador —dijo el cabecilla falangista golpeando con sus nudillos la encimera—, una lista con todos los pacientes y su fecha de ingreso, ¿me ha entendido, doctora?

—Descuide, mañana la tendrá sobre la mesa.

—Más le vale —concluyó al darse la vuelta y dirigirse a la puerta.

La doctora Vidal cayó a plomo sobre una de las sillas de espera de la recepción, con el rostro pálido y un soplido que llevaba aguantando en los pulmones desde que llegaron.

—Lleva a Genaro a su habitación —le dijo al conserje—, y gracias por tu ayuda.

Capítulo 37

—Me imagino la cara que pusiste cuando el conserje se presentó con Genaro en la recepción —comentó Juan Armengol sin poder evitar que una sonrisa apareciese dibujada en su boca después de que Carmen le contase la visita de los falangistas.

—Sí, ríe todo lo que quieras, pero la cosa no está para bromas.

—Disculpa Carmen, tienes razón, Ibrahim y Leo no pueden seguir aquí, ponen en peligro tu vida y la de todos los enfermos. Ahora me llevo a Ibrahim, por si vuelven esta mañana, y por la noche una ambulancia recogerá a Leo que, como está ciego, no corre tanto peligro.

—Y…, ¿dónde los vas a llevar?

—De momento a casa de Lola, mientras buscamos una solución.

—Pero si los dos combatían con las tropas de Franco, ¿qué peligro hay?, ¿no están ganando la guerra?

—Parece que así será, pero no se quedaron en el frente ni solicitaron exención alguna. En principio serán juzgados acusados de deserción y tal como están las cosas y sin un tribunal profesional, en cualquier muro les pegan un tiro. Si por otro lado les cogen los republicanos, les arrancan hasta los dientes.

Juan explicó a Ibrahim la situación, y este, dadas las circunstancias de extrema gravedad, estuvo de acuerdo en aplazar el encuentro con Leo. Si había esperado meses, ahora podía esperar algunas horas más, aunque nada podía darse por seguro porque la situación en Barcelona era de extrema gravedad.

La ciudad se daba por perdida y se aconsejaba desde la Generalitat que todo aquel que se hubiese significado con la república, fuese civil o militar, abandonase la ciudad y se dirigiese hacia el norte, a Francia.

—Uno de mis clientes, por cierto, muy bien situado —dijo Lola mientras las cucharas removían los pistones de pasta escondidos en el fondo del plato de sopa caliente—, me ha dicho que en un par de días las tropas de Franco entran en Barcelona.

—¿No será el padre Matías? —soltó Paco acompañando su alusión con una sonrisa burlona.

—No —respondió con enfado Lola—, ¡era tu padre!

—Sin ofender, cariño, que Dios ya tiene a mi padre en su Gloria.

—Pues no me toques los ovarios que ya sabes lo discreta que soy con el tema de clientes.

—Bueno, tranquilos, ¡parad de una vez! —intervino Juan Armengol—, Ibrahim y Leo no están seguros ni en San Boi ni aquí, ya habéis visto lo que ha pasado en el psiquiátrico, o sea, que mejor nos centramos en encontrar una solución.

—Creo —dijo Ibrahim, tras regresar a casa de Lola y después de guardar silencio durante la trifulca—, que lo mejor es que nos las arreglemos nosotros solos. Tanto él como yo estamos acostumbrados a movernos en terreno enemigo y podemos hacerlo también aquí y ahora.

—Tu sí —comentó Juan—, pero Leo no puede colaborar ni valerse por sí mismo. Más que una ayuda sería una carga. Por otro lado, tú no puedes poner en peligro la vida de Leo.

—Tienes razón, Juan, pero no voy a marcharme sin él. Yo seré sus ojos hasta que recupere la visión, aunque con los tiempos que corren no lo tiene fácil.

—A ver chicos —intervino Lola golpeando con la cuchara la mesa como si fuera el mallete de un juez— Yaco llega con el Santo Antao a Barcelona la semana que viene según me comentó en su última carta y, aun estando la cosa mal ha atracado siempre que ha venido. Ahora, con este desorden, le será mucho más fácil.

—Yaco es el abuelo de Lola —le aclaró Juan a Ibrahim— y capitanea un barco, el Santo Antao, que navega con bandera caboverdiana.

—¿Y?

—Pues que mi abuelo —aclaró Lola—, os podría sacar del país.

—Eso sería estupendo —soltó Juan—, conozco a Yaco y hará lo que sea por Lola, ¿cómo no se me había ocurrido?

—Es que no estás por lo que hay que estar —intervino Paco—, menos mal que mi Lola, bueno nuestra Lola, para ser precisos, tiene la cabeza en su sitio, entre otras cosas.

—Pues no se hable más —dijo Lola a punto de dar por finalizada la reunión—, si a Ibrahim le parece bien, esperamos que Yaco llegue a puerto y mientras escondemos a los chicos en la bodega de la Carmela.

Leo llegó en una ambulancia al Hospital Clínico esa misma noche. El doctor Armengol le esperaba en la puerta de urgencias y tras apearse del vehículo, le llevó directamente a su despacho. Leo, se quitó el pijama con el que llegó del psiquiátrico y se vistió de paisano con la ropa que Juan le había preparado.

Aunque seguía sin poder ver, su salud había mejorado, después de que el doctor Cortina abandonase el hospital y él volviese a su rutina diaria. Con las solapas del abrigo alzadas, una boina de algodón estilo irlandés y un bastón que le ayudaba a orientarse, a detectar y a esquivar obstáculos, caminó del brazo de Juan Armengol hasta la casa de Lola. Durante el trayecto, Juan creyó oportuno hablarle de Ibrahim.

—Tengo que decirte algo importante —le dijo nada más salir del Clínico y cruzar la calle Mallorca.

—¿De qué se trata? —preguntó Leo con cierta impaciencia después del ajetreo de las últimas semanas.

—Se trata de tu amigo.

—¿Ibrahim?, ¿está bien?, ¿le ha pasado algo?

—Está bien…, yo diría, mejor que bien.

—¿Y? —reclamó Leo, nervioso y moviendo el bastón de uno a otro lado sin sentido alguno.

—Te está esperando en casa de Lola.

—¿Cómo?

—Lo que has oído Leo, ahora cuando lleguemos lo comprobarás por ti mismo.

—¿Y por qué no me has dicho nada hasta ahora?

—Las cosas se han complicado estos últimos días con el avance de las tropas de Franco y los últimos coletazos de los republicanos. Ayer, sin ir más lejos, llevé a Ibrahim a San Boi para que os vieseis y tuvo que salir por piernas cuando se presentó un grupo de falangistas dispuestos a llevarse a quienquiera que resultase sospechoso y anduviese escondiéndose. Por ese motivo te hemos sacado del hospital también a ti.

—No entiendo nada, Juan, y, al no poder ver, me cuesta hacerme una idea de todas estas prisas, ¿no estarás intentando animarme?

—No, en absoluto, alégrate porque ya estamos entrando en las Ramblas y, como te he dicho, Ibrahim te espera en el piso de Lola.

Cuando llegaron a casa de Lola, Ibrahim no estaba, por lo que no pudo responder a la llamada insistente de Leo.

—¡Ibrahim…, Ibrahim…!

—Lola se apresuró a dar explicaciones al ver a Leo nervioso y a Juan totalmente desconcertado.

—Tranquilizaos…, tranquilizaos, está en el sótano del bar de Carmela, ahora bajamos.

—El inspector Márquez, ya sabes Juan, el cabrón de la comisaría de Vía Layetana, se ha presentado esta mañana a buscar a Paco, al parecer por un robo en el hotel Majestic. Le he dicho que no estaba y como ha insistido en entrar no me ha quedado más remedio que dejarle pasar, a pesar de que le he dicho que estaba con un cliente.

—¿Y, Ibrahim?

—Al oírme hablar, se ha desnudado y se ha metido en pelotas en la cama. No veas la cara que ha puesto el inspector al entrar en la habitación y verle encima de la cama como Dios le trajo al mundo. Hasta yo me he sorprendido al verle tan bien dotado.

—¡Joder, Lola!, eres de lo que no hay.

—Bueno, déjate de remilgos y vamos al sótano.

El abrazo fue largo, sentido y prolongado entre los dos amigos, sin que ninguno de los dos pudiese evitar que aparecieran unas lágrimas en sus ojos. Se llamaron una y otra vez como si quisieran verificar su presencia, atar sus cuerpos a sus nombres y que estos no desapareciesen del espacio en el que se encontraban en estos momentos. Habían pasado meses sin saber el uno del otro y Leo, desconocía las causas de ello.

—Cuéntame, Ibrahim, ¿dónde has estado todo este tiempo? ..., ¿qué noticias tienes? …, ¿sabes algo de mi padre?

—Luego te cuento, ahora bebé y disfrutemos de este momento.

Las reservas de vino bajaron sustancialmente en el sótano del bar La Carmela y cuando Juan bajó a buscarlos, encontró media docena de botellas vacías esparcidas por el suelo.

Un día antes de que las tropas de Franco bajasen por las Ramblas de las flores marchitas y de los pájaros liberados, lo hicieron Ibrahim y Leo, cogidos por los hombros y con una borrachera que desataba la lengua de ellos y la de los que se cruzaban en su camino. Por más que les dijeron no llegaron a las manos porque sobre la alegría que les envolvía patinaba cualquier agravio: «¡fascistas!» les llamaban unos, «¡anarquistas!» les decían otros levantando el puño en alto. Les dijesen, lo que les dijesen ellos seguía cantando Ramblas abajo.

...soy un hombre a quién la suerte
hirió con zarpa de fiera
soy el novio de la muerte...

—Y ahora, escucha, Leo, esta, la cantaban en la otra orilla del Ebro.

—¡Canta, canta, que ver no veo, pero te escucho de puta madre!

Si me quieres escribir
ya sabes mi paradero
en una barquita de vela
me verás pasar el Ebro...

—Cómo quieres que te vea pasar el Ebro si estoy ciego.

—Leo, ¡mira, el puerto!

—Y dale, Ibrahim, ¡que no veo!

—Si quieres que te sea sincero, yo tampoco veo muy bien, creo que estoy un poco borracho. ¡Que Alá me perdone!, pero sabes qué, estoy mejor que cuando estuve muerto.

—¿Muerto?

—Bueno, solo un poco. Mejor, nos sentamos en el malecón y te cuento.

Ibrahim, con la lengua suelta, no controlaba lo que salía de su boca. Buscó en su memoria y empezó a contar sus andanzas desde el momento en que se separaron en casa de los Bens, su incorporación al frente en la ciudad universitaria, los bombardeos continuos, los enfrentamientos cuerpo a cuerpo… y, su casi fallecimiento en la batalla del Ebro y posterior recuperación en casa de Fermín, un obrero de Gandesa.

—¿Y Shara? —preguntó Leo que empezaba a recobrar la cordura tras la borrachera.

—No tengo noticias de ella desde la carta que me envió diciéndome que estaba embarazada. Las comunicaciones estaban cortadas y no llegaban noticias ni de Shara ni de nadie.

—Si no recuerdo mal, fue por navidad cuando recibiste la carta… —le interrumpió Leo

—Ahora que lo dices, sí, fue en diciembre. O sea que…, ¡ya habrá nacido! —se levantó, se subió a uno de los bolardos que sujetaba una embarcación semihundida por los bombardeos y se puso a gritar «¡soy padre…, he tenido un hijo…!», hasta que, en una de las muchas piruetas cayó y se dio de bruces contra el suelo. El estado de exaltación eufórica finalizó en el momento de aterrizar en el suelo y cuando escuchó de nuevo la voz de Leo.

—Y de mi padre, ¿sabes algo?

—Pues saber…, saber… sí sé, —dijo Ibrahim mientras se volvía a sentar junto a Leo en el malecón y daba un largo trago a la última botella de vino que quedaba en pie antes de lanzarla al agua— y no son buenas noticias.

—¡Dime ya, coño, Ibrahim!

—No te dije nada cuando estuvimos en casa de los Bens porque acababas de perder la vista y el doctor Armengol no quiso que la situación en la que te encontrabas fuese a peor.

—Pero, durante este tiempo Juan no me ha dicho nada.

—Se lo pedí yo. No quería que sufrieses más.

—Pues habla, Ibrahim, ¿vive mi padre?

—Está bien Leo, te explico lo que me han contado. Tu padre fue detenido por los milicianos en Madrid tras ser traicionado por Enric. Le ingresaron en la cárcel Modelo y por la noche le llevaron a Paracuellos.

—¿Dónde está Paracuellos?

—Está cerca de Madrid, pero la cuestión no es dónde está, sino lo que hacían allí.

—Acaba de una vez —le apresuró Leo temiéndose lo peor.

—Los anarquistas fusilaban allí a todos los presos para impedir que pudiesen incorporarse a las filas franquistas si eran liberados.

—Entonces, ¿está muerto?

—Bens, llamó a Santiago Carrillo para evitar la ejecución, pero no pudo hacer nada por él. Lo siento Leo —le dijo Ibrahim mientras le abrazaba.

Juan y Paco salieron en su búsqueda Ramblas abajo después de que el camarero del Café del Liceo les dijese que hacía un par de horas que dos chicos habían pasado dando tumbos y cantando. Al llegar al puerto los vieron sentados. Ibrahim tenía el brazo cruzado sobre los hombros de Leo. El silencio y la tristeza flotaban en el aire como el petróleo sobre las pestilentes aguas del puerto.

La madrugada del 26 de enero las tropas del general Yagüe encabezadas por el Ejército de África entraron en

Barcelona por la Diagonal sin que se produjese un solo tiro. Recorrieron las calles del ensanche hasta llegar a la Plaza Cataluña, bajaron por las Ramblas y entraron, sin incidente alguno, a la sede de la Generalitat y del Ayuntamiento. Desde allí, el capitán de la Legión, Víctor Felipe Martínez, dio por tomada la ciudad. A partir de ese momento, los barceloneses empezaron a escuchar los discursos que anunciaban las bondades de los vencedores y las primeras invitaciones a colaborar con el nuevo orden establecido.

Las banderas republicanas eran sustituidas en los balcones por la rojigualda. La mayoría de la gente salía a la calle para festejar, más que la llegada de los nacionales, la de la tranquilidad, la paz y el sosiego que todos necesitaban, especialmente los curas y las monjas, los burgueses, los catalanistas conservadores y, sobre todo, las madres, hartas de perder a sus hijos en la guerra. La situación era de incertidumbre, de alboroto, durante esos primeros días de la toma de la capital catalana. Todavía no se habían establecido controles en la ciudad y la represión, que se sabía iba a llegar, esperaba a las puertas de la ciudad a que finalizasen las improvisadas celebraciones. «¡Que se enteren en Madrid si vamos o no a pasar!», cantaban los nacionales invitando a los transeúntes a sumarse a la fiesta.

—Ha llegado el momento de abandonar la ciudad y regresar a casa —les dijo Juan. El Santo Antao ha llegado a puerto y no encontraremos una oportunidad mejor que esta.

Capítulo 38

Juan Armengol recogió a Yaco Vinuesa, abuelo de Lola y patrón del Santo Antao, en el puerto de Barcelona. Desde el buque mercante, de dieciocho metros de eslora y ocho tripulantes que navegaba con bandera de Cabo Verde, se lanzaron los cabos desde proa y popa a los amarres, quedando inmovilizado en el muelle por el costado de babor. Salvo Juan, nadie prestó atención a su entrada en el puerto, ni tampoco, cuando Yaco descendió por la pasarela y puso pies en tierra. Ocupados unos en salvar el pellejo y otros en vitorear a los vencedores, los portuarios habían abandonado sus quehaceres habituales en los muelles. Ni siquiera el práctico, que dirigía a las embarcaciones desde la entrada del puerto a los lugares de amarre, cumplió con su cometido.

—Hola Yaco —le saludó Juan mientras estrechaban sus manos a pie de la pasarela.

—Ya lo ves, por aquí de nuevo, con ganas de ver a mi querida nieta Lola y de regresar a Tarrafal con Asha.

—¿Qué tal Asha, sigue tan guapa como siempre?

—Qué te voy a decir, me corro solo con pensar en ella. Perdona Juan, tantas semanas en el mar y con ocho cotorras malhabladas a bordo, se te pierde la lengua.

—Te entiendo Yaco, a mí Lola me quita el sentido y si no fuese porque está casada con el bonachón de Paco, me casaría con ella.

—Cierto, tienes suerte de Paco, otro, te hubiera cortado los cojones y yo, los hubiera frito en la sartén. Pero eres un buen tío y por qué no, mi nieta Lola se merece un par de bonachones.

Lo único que le falta es una criatura y su gozo sería completo. Por cierto, Juan, tú que eres médico, ¿no puedes hacer algo con eso de las trompas de Falopio?

Después de saludar a Paco y de estrechar a Lola entre sus brazos como si quisiera tatuar, una vez más, su imagen en su brazo marinero, se sentaron en el comedor a picar unos boquerones y otras alegrías de esas que escaseaban en las mesas en tiempos de guerra, excepto en la de Lola que, aun sin ejercer su oficio, no había día que no le llegase un recuerdo.

—Está imponente mi Lola —soltó Paco mientras la cogía de la mano.

—Más te vale que la cuides, Paco, si quieres conservar tus habilidosas manos.

—Me dejas sin manos y pierdo el oficio —respondió Paco simulando dos muñones—, difícil sería hacerme con una cartera así.

Bueno —dijo Lola dando unas palmadas sobre la mesa—, dejaros de bromas y solucionemos lo de los chicos.

—¿Qué chicos? —preguntó sorprendido Yaco mientras ponía sobre la mesa unos pendientes con una piedra natural turquesa con toques morados cubierta por un baño de oro.

—¡Madre mía, abuelo!, ¿de dónde ha salido esta preciosidad.

—Pues del gran bazar de Estambul, mi niña, y otra igual que le llevo a Asha. Pero dime, ¿qué quieres decir con lo de los chicos?, no me tengas en ascuas.

Juan le puso al corriente sobre la guerra y lo sucedido en la misma a Ibrahim y a Leo, con un lenguaje tan preciso, que mantuvo atentos y en silencio hasta el pajarillo del reloj de cucú colgado en la pared del comedor. Yaco escuchaba impaciente intentando asimilar toda la información que llegaba a sus oídos, ausentes de la guerra y en general de lo que sucedía en el mundo, porque él, cuando se entregaba a la mar lo hacía en cuerpo y alma y sin que el resto le distrajese un instante. Lola, que conocía la historia de la "a" a la "z", mantenía la boca entreabierta seducida por la locuacidad, la elegancia y musicalidad de las palabras de Juan y Paco, con las cejas arqueadas repetía, de tanto en tanto, aquellas palabras de Juan que imaginaba suyas.

—¡Menuda historia! —soltó Yaco al acabar diciéndole que los chicos estaban escondidos en la bodega de la Carmela—, y si los subo al Santo Antao y les hago pasar por miembros de la tripulación, la historia no se habrá acabado. ¡Qué emocionante! formar parte de ella…

—Y nosotros rezaríamos para que no acabe como Jesús en el Calvario —añadió Lola.

Vestidos con la ropa adecuada que les daba una apariencia de avezados marineros, bajaron Ramblas abajo en dirección al puerto. Lola, Paco y Juan, los acompañaban para asegurarse de que ningún bolchevique rezagado, en su huida hacia Francia, frustrase el plan o si algún franquista entusiasmado quisiera imponer su caprichoso criterio sobre lo que le viniese en gana.

Un nudo, de considerables dimensiones, se hizo en la garganta del comité de despedida que no dejó de dar besos y abrazos poco antes de verlos subir por la pasarela del Santo Antao. Yaco, encabezada la comitiva dando órdenes a la tripulación para desatracar el barco. Tras él, subía Ibrahim, ocultando su rostro con una gorra marinera y Leo, que mantenía la función de sus ojos de vacaciones, iba detrás de él guiándose con una mano con la cuerda de la pasarela y con la otra, agarrándose al tabardo que vestía Ibrahim.

—¿Los ves Ibrahim? —le preguntó Leo al notar que el barco empezaba a moverse.

—Están ahí, plantados en el puerto, levanta la mano y saluda. Espero que no sea la última vez que los veamos.

Sin demoras y con el sigilo con el que había entrado en el puerto de Barcelona, el Sant Antao salió a mar abierto y puso rumbo a Cabo Verde. El sol se escondía por el horizonte dibujando en el cielo violáceo el perfil de la montaña de Montjuic y de la sierra de Collserola. Ibrahim cogió del brazo a Leo y le llevó al costado de babor para ver asomarse la luna.

—Vamos Leo, la luna está saliendo.

—¿Me lo vas a contar o quieres que me lo imagine?

—Pues…, no sé cómo explicarlo…: veo una luna grande y resplandeciente sobre el horizonte… el cielo, es de color azul oscuro y sobre la mar rizada, se extiende un camino de luz plateada que llega hasta nosotros…

—No la veo, pero casi la toco con el pensamiento. Dios quiera que no pierda también esta modalidad de ver.

—En realidad, Leo, veo algo más y no precisamente con mis ojos, veo a Shara, con mi hijo en brazos esperándome en el oasis de Tigissit. Es de día y un anaranjado sol luce en el cielo viendo cómo se despierta la arena del desierto, mi desierto, mi casa… Shara está sentada a la sombra de una acacia y el *hiyab* azul turquesa que le regalé descansa sobre sus hombros dejando libres sus cabellos para que un suave lebeche balancee sus rizos de color negro azabache. Extiende sus brazos y me acerca a mi hijo…, no sé cómo llamarle…, pero le cojo con mis manos, tiemblo, nos balanceamos y bailo al sonar las cuerdas del *tidinit* cuando Shara las acaricia con sus manos.

—Os estoy viendo, Ibrahim. Gracias por tu amistad y por compartir tus sentimientos conmigo. Aunque no lo sepas, tus esperanzas me animan, me ayudan a dejar atrás las miserias humanas, a estar en paz, tranquilo… Eres grande, Ibrahim.

—Y tú mi mejor amigo, Leo. Por cierto, tú que ves sin ver, ¿crees que algún día tendré a mi hijo en brazos?

—Claro Ibrahim, estoy convencido de ello y, ¿sabes qué?, cuando llegue ese día estoy convencido de que yo también podré veros.

—Seguro que sí, Leo.

—¡Paren máquinas! —ordenaron por altavoz desde el crucero del ejército nacional el Castillo de Olite cuando el Santo Antao navegaba a unas cinco millas náuticas de la base militar de Cartagena—. Les habla el capitán de navío José Hernández. Una lancha se acercará para realizar una inspección a bordo. Toda la tripulación debe permanecer en cubierta. Abriremos fuego ante cualquier acción sospechosa.

Media docena de marineros armados del Castillo de Olite subieron a bordo cumpliendo las órdenes. El capitán Yaco, más adelantado, y toda la tripulación les esperaban en cubierta.

—¿Cuál es el último puerto de partida? —le preguntó el suboficial del Castillo de Olite.

—*Nao entendo, falo portugués* —respondió Yaco—, *seguimos para o porto da Praia em Cabo Verde.*

—Enséñeme la documentación del barco y de la tripulación —exigió con determinación el suboficial.

—*¿Documantação?*

—Sí, sí, *documantação*

Yaco, le entregó la documentación del barco y el suboficial la revisó a fondo. Según constaba en ella, el Santo Antao había partido de Nápoles con medicamentos, vinos y licores después de descargar plátanos, aguacates y mangos, la mayoría procedentes de la isla de Fogo en el archipiélago de Cabo Verde; constaba, que había hecho una parada técnica en

Barcelona y que se dirigía a Praia, capital del archipiélago, tal como le había dicho el capitán Yaco y como aparecía escrito en el diario de navegación.

El suboficial le devolvió la documentación y le solicito la de los diez tripulantes que permanecían a bordo, entre ellos, se encontraban Ibrahim y Leo. Solo había ocho documentos claros que identificaban a los marineros.

—Faltan dos…, *dois faltando* —señaló el suboficial mientras se hacía entender levantando dos dedos de la mano.

El suboficial del Castillo de Olite llevo su mano al cinto que sujetaba la cartuchera de su Astra 300 9 mm. Probablemente era la señal para que los que le acompañaban desenfundasen las suyas y apuntasen a la tripulación. Yaco levantó los brazos y dando un paso al frente se interpuso entre las armas y la marinería.

—*Levamos uma pessoa doente…*enfermo —dijo el capitán intentando justificar la presencia de los indocumentados.

—¿Quiénes son? —pregunto el suboficial mientras Leo se adelantaba al grupo y se deshacía de la mano de Ibrahim que intentó sujetarle.

—Soy yo, Me llamo Leo González, perdí la vista en el frente.

—Yo le acompaño —dijo Ibrahim adelantándose.

—De los regulares de África, me imagino.

—Así es, —respondió Ibrahim ante la evidencia de que su piel tostada y el turbante que le regaló Shara y que anidaba en su cabeza, evidenciaba su procedencia.

—Y os han contratado en el Santo Antao para custodiar los licores, ¿me equivoco?

—En realidad, papeles no hubo ninguno, subimos al Santo Antao y nos escondimos en la bodega —dijo Ibrahim a sabiendas de que dijese lo que dijese no iba a servir de nada.

—Pues a mí lo que me parece, es que habéis decidido que la guerra se ha acabado para vosotros.

—*Não, oficial* —intervino Yaco—, *eles são dois jovens, desembarque en Cádiz, onde eles tem família.*

—Ya..., pues ya han llegado a su destino, más vale que suban a la lancha si es que algún día quieren llegar a la tacita de plata. Me los llevo al Castillo de Olite para que decida el capitán José Hernández qué hacemos con ellos.

—*Mas oficial..., eles são dois jovens...* —insistía Yaco mientras descendían por el costado de estribor a la lancha.

—Déjalo Yaco, saldremos de esta —dijo Ibrahim mientras cogía del brazo a Leo.

—Os he fallado, no me lo perdonaré nunca —les dijo Yaco en un entendible castellano olvidándose de que había estado hablando en portugués.

El suboficial desenfundó su Astra y apoyo el cañón en la frente de Yaco.

—Ni una palabra más, capitán, sigue tu rumbo sin rechistar o te pego un tiro aquí mismo.

Capítulo 39

El Castillo de Olite había partido de la base naval de Málaga un par de días antes de abordar el Santo Antao. Se dirigía hacia Cartagena, junto con otros barcos, para dar apoyo al coronel Casado, que pretendía que el gobierno republicano, presidido por Juan Negrín, se rindiese ante la evidente pérdida de territorio. Había caído Cataluña y Madrid estaba en el punto de mira de los nacionales; las Brigadas Internacionales habían puesto los pies en polvorosa; los gobiernos de las naciones que estuvieron a favor de la república miraban hacia otro lado; y, por si no fuera suficiente, el Vaticano se posiciona a favor de los nacionales y del, más que probable e inmediato, régimen de Franco.

—¿Qué hacemos aquí parados? —le pregunto Leo a Ibrahim mientras permanecían detenidos en la popa del Castillo de Olite, con sus muñecas unidas por unos incómodos y pesados grilletes que, si saltasen al agua, irían a parar con ellos directamente al lecho marino.

—Me da la impresión —respondió Ibrahim, que no saben qué hacer con nosotros—, si echarnos al agua, canjearnos por prisioneros o someternos a juicio. Por lo que he oído, en el barco viajan oficiales de un tribunal militar.

—Me parece que de ninguna de las tres opciones vamos a salir bien parados.

—Bueno, no seas pesimista, ya veremos.

—¡Verás tú!, porque yo no creo que pueda ver ni hacer nada —respondió Leo harto de su ceguera.

—No te pongas a lloriquear. Ahora necesitamos tener los cinco sentidos puestos.

—Querrás decir tus cinco y mis cuatro.

—Los nueve, ¿te parece mejor?

A media tarde, les condujeron al pequeño comedor de oficiales donde les informaron que iban a ser juzgados por los tres miembros de un tribunal militar de Murcia. Les sacaron los grilletes y el juez, manteniéndolos en pie, les informó de que dadas la proximidad de desembarco en Cartagena y la entrada en combate con el ejército republicano, procedían, con carácter de urgencia, a llevar a cabo un juicio sumarísimo.

—Dadas las circunstancias especiales en las que nos encontramos —les dijo el juez—, el juicio se llevará en un solo acto en el que se presentarán y valorarán los hechos. En este mismo acto, se emitirá una sentencia condenatoria o exculpatoria por parte de los tres miembros que formamos este tribunal. No habrá posibilidad de recurrir la sentencia y en el caso de ser condenatoria, se cumplirá en un plazo inferior a veinticuatro horas, ¿lo han entendido?

—Sí —respondieron al unísono sabiendo que de poco iban a servirles sus relatos.

—Está bien, prosigamos. Digan sus nombres y apellidos, edad, lugar de nacimiento, fecha de incorporación a filas, unidad o destacamento..., en fin, todos aquellos datos que permitan contextualizar los hechos.

No tenían nada más ni mejor que hacer, por lo que Ibrahim y Leo se explayaron con datos y detalles que, en repetidas ocasiones, el juez tuvo que pedirles que abreviaran y que fuesen directamente a los hechos relevantes.

—Bien, —intervino el juez un par de horas más tarde, interrumpiendo las exposiciones de uno y de otro que parecían no tener fin—, como les he dicho al inicio, no podemos seguir alargando esta situación, por lo que, conocidos los hechos, damos el juicio por finalizado. En breve les convocaremos para comunicarles la sentencia. Sargento, puede llevarse a los acusados.

Los fríos grilletes volvieron a sus muñecas, dejando emparejados sus cuerpos y sus destinos en una unidad indisoluble. Se sentaron sobre la cubierta de popa y apoyaron sus espaldas sobre el costado de estribor. A poco menos de veinte kilómetros, el sol comenzaba a ponerse tras el sinuoso perfil de la costa murciana. Algunas gaviotas, acostumbradas a encontrar comida desechada por los barcos que transitaban próximos a la costa, planeaban sobre sus cabezas con las alas desplegadas y en formación de "V" para facilitar el vuelo de las menos dotadas. Leo, escuchaba a Ibrahim con atención y le preguntaba sobre todos aquellos detalles que pudiesen ayudarle a ver el mundo con sus ojos ciegos. A Ibrahim, le gustaba esa insistencia porque viendo las cosas más de una vez y con más detenimiento, como hacía con Hussain cuando transitaban por el desierto, su mente se llenaba de imágenes y su boca de nuevas palabras para describirlas. El silencio se adueñaba, poco a poco, de esos momentos y no tardaron en preguntarse si serían las última horas que pasarían juntos.

Con las primeras estrellas que aparecieron sobre el azul cobalto del cielo, llegó la sentencia que les fue comunicada en la misma estancia del juicio

—Según se establece en el Código Penal de la Marina de Guerra para los procedimientos de urgencia y según el decreto número 55 de 1 de noviembre de 1936, este tribunal, una vez escuchado a los acusados, procede a dictar sentencia. Respecto al acusado Ibrahim Ahmed, de 22 años y nacido en el Sahara

Español, este tribunal le declara culpable del delito de deserción y dada la grave situación actual de guerra, le condena a la pena máxima; en el caso de Leo González, de 24 años y natural de Cádiz, este tribunal le declara culpable del delito de deserción con el agravante de intentar engañar a este tribunal simulando una ceguera, ya que el examen del médico de abordo ha concluido diciendo que no hay lesión alguna en los ojos del acusado. Por tal motivo y dada la grave situación actual de guerra, este tribunal le condena a la pena máxima. Ambas sentencias se cumplirán al amanecer del día de mañana, por fusilamiento, en la cubierta de popa.

—¿Tienen algo que alegar los acusados? —preguntó el juez mientras se levantaba del asiento y golpeaba la mesa con el mallete dando a entender que no estaba dispuesto a alargar la sesión.

—Tampoco servirá de nada hacerlo —respondió Ibrahim tras coger a Leo del brazo y dirigirse a la puerta.

—Lo siento —les dijo uno de los tres miembros del tribunal—, no he podido convencer al juez para que dictara una sentencia menor.

—No se preocupe, no son buenos tiempos para andarse con juicios. De todos modos, le agradecemos su interés.

—Mañana —dijo Leo a Ibrahim—, estaré sentado a la diestra del padre. Algo así dijo Jesús al ser crucificado en el monte Calvario.

—Eres una buena persona y Dios te acogerá con los brazos abiertos.

—No me refiero a la diestra de Dios, me refiero a la de mi padre —aclaró Leo—. Si Dios existe, se ha olvidado de nosotros.

—Eso, es tan cierto como que vamos a acabar en el fondo del mar, no te quepa la menor duda. Yo, espero que mi padre ni se me acerque —dijo Ibrahim— porque, por lo que le hizo a mi madre, le rebano de nuevo el cuello con la navaja árabe de madera de estamina roja, acero de vanadio y cierre de palanquilla, que mi madre me regaló cuando me explicó quién era mi padre.

Amanecía cuando, custodiados por dos marineros, los subieron a cubierta. Ibrahim, se había colocado el turbante azul oscuro con el que partió de Tifariti y que alojó en una u otra parte de su cuerpo durante toda la guerra. En su bolsillo llevaba una carta, arrugada, con la tinta corrida en algunas letras, en la que Shara le decía que iba a tener un hijo.

Leo, cogido del brazo de Ibrahim, subió las empinadas escaleras y caminó hacia popa con la gorra irlandesa que Paco le había regalado y que pertenecía a un marino de Dublín que perdió la vida a causa de un infarto sobrevenido mientras buscaba la gloria en la cama de Lola. Paco, la guardaba como una reliquia y una prueba evidente de que el marinero, había encontrado el paraíso y entrado en él con la gorra puesta.

El Castillo de Olite se encontraba rumbo a Cartagena con el objetivo de dar apoyo al golpe del Coronel Casado, lo que no sabía el capitán, es que todavía la base naval de Cartagena estaba en manos de los republicanos.

—Llegó la hora Ibrahim —le dijo Leo al oír los pasos de un grupo de hombres que se colocaba delante de ellos.

—Son muy jóvenes estos chicos, no sé cómo tienen narices para enviarlos a la guerra.

—¿Qué hacen Ibrahim?

—Los tenemos enfrente, a unos seis metros, en línea, en posición de descanso y esperando que llegue el oficial.

—A esa distancia, harán blanco seguro.

—Les he indicado con la mano que apunten al corazón, pero no sé, me da la impresión de que alguno es la primera vez que coge un fusil.

—¿Qué tipo de fusil?

—Coño, Leo, ¿qué importa eso ahora?

—Pues no se me ocurre otra cosa en estos momentos.

—Diría que es un Mauser del 83.

—Buen fusil, pero demasiado pesado para unos críos. Si apuntan a los pies me van a dar en la frente.

—No son tan críos.

—Pues entonces en los huevos.

El oficial al llegar a cubierta se acercó a ellos y les preguntó si querían que les tapasen los ojos o decir algo, a lo que respondieron que no, que estaban dispuestos. Tras retirarse, ordenó al pelotón cargar armas y ponerse firmes.

—¡Preparados…!, ¡apunten…!

Bajaron las armas y miraron al cielo en el instante en que un proyectil alcanzaba su objetivo en la zona de popa ligeramente por debajo de la línea de flotación. Por la trayectoria y la posición del barco podía asegurarse que provenía de las baterías republicanas de Cartagena capaces de alcanzar el objetivo a una distancia de unos veinte kilómetros con una velocidad de vértigo. El Castillo de Olite, que se encontraba a una distancia mucho menor, se tambaleó como cuando a uno le dan una bofetada, y no pasaron quince segundos en recibir el segundo impacto que partió el buque en dos.

El barco se hundía disparatadamente rápido con casi dos mil personas a bordo. La mayoría murió sobrecubierta por el impacto de los proyectiles, los heridos y los que habían resultado ilesos, aparecían y desaparecían luchando entre las olas por sobrevivir. Cada minuto que pasaba, el número de los que se encontraban sobre la superficie del barco o la del agua iba reduciéndose sin que nadie pudiese hacer algo por evitarlo.

—Ya no nos queda tiempo para el lamento —le dijo Ibrahim a Leo—, ni siquiera para decirnos lo que nos hubiera gustado en el futuro: charlar sobre Tifariti, sentarnos en la jaima y tomar los tres tés; bañarnos una vez más en la Caleta y disfrutar con los sabrosos guisos de tu abuela; volver a escribir a Shara, a leer sus cartas, poder conocer a mi hijo y pasear con él sobre las dunas del desierto… Ya no queda tiempo para mantener nuestra amistad más allá de estos últimos segundos que estamos viviendo.

—Antes de que la muerte os haga libres, lo haré yo —les dijo el miembro del tribunal que se había pronunciado en contra de su ejecución mientras les quitaba los grilletes—, que sea Dios quién decida sobre la vida y la muerte.

Un tercer impacto sobre la parte del Castillo de Olite, que todavía estaba flote, arrancó a los tres de la inclinada cubierta y los lanzó sobre las aguas teñidas por la sangre y el combustible del buque. Ibrahim, al salir a la superficie, busco a Leo y le encontró girando una y otra vez la cabeza y llamándole a voces. Tan solo una docena de metros separaba sus cuerpos. Nadaron con fuerza y se abrazaron una vez más.

— ¡Ibrahim…, Ibrahim…! —gritó una vez más Leo—, ¡puedo verte…!, Ibrahim, puedo verte.

—¿Con el pensamiento?

—No… —gritó Leo mientras escupía el agua salada de su boca— con los ojos…

—Ya lo dijo el doctor Armengol…, «volverás a ver cuándo te sientas en paz y ya no haya nada que te angustie» …, me alegro Leo de que afrontes esta situación con la valentía que a mí me falta.

—Ibrahim…, tú…, tienes mujer… y un hijo…, —la voz de Leo enmudecía cada vez que le golpeaban las olas.

—Estoy con ellos, Leo, y estoy…contigo…

Sus cuerpos se sumergieron succionados por un remolino provocado por una masa de aire, agua y otras partículas cuando el barco zozobraba. Ibrahim cogió la mano de Leo para entrar juntos en los palacios de la lùz. Se miraron y supieron que la mejor manera de irse era manteniendo la calma y dejándose abrazar por el azul turquesa que vestían las aguas. De nuevo se miraron y sus ojos, lo decían todo mientras las letras de las palabras que salía de sus labios subían deshilachadas con las últimas burbujas de oxígeno a la superficie.

Ya no había tiempo ni fuerzas para luchar con los elementos, ya no había dudas, ni flaquezas, ni un mañana ni un ayer, era, el instante perfecto, las síntesis del todo y la inevitable repuesta a la última pregunta que todo ser humano se hace al llegar a las playas de Ítaca: «¿Merecí la vida que me regalaron?»

En ese momento, todos los astros del firmamento se conjuraron para recibirles en el reino de los cielos porque, a pesar de los pesares, Ibrahim y Leo habían acariciado la piel de la compasión con el pensamiento.

Capítulo 40

Una cálida luz de atardecer se filtraba entre las volátiles partículas rojizas que, un moderado simún, arrancaba de la piel de la tierra para decorar el telón de fondo de un escenario ante el que la vida transcurría con los mismos altibajos que los de las dunas del desierto. Shara, salió de la jaima para sacudir la afelpada alfombra persa que Hussain compró en el Cairo cuando, caído en el desánimo por la falta de noticias de Ibrahim, Dahia, le animó a unirse a una de las últimas caravanas de tuaregs que viajaban, atravesando el desierto del Sahara, desde las saladas y bravas aguas del Atlántico hasta las dulces y tranquilas del Nilo. «La próxima vez te llevaré conmigo», le dijo Hussain al pequeño Ibra, que recién cumplidos los dos años, se negaba a bajar del camello el día de su partida. Cuando regresó de su largo viaje a Tifariti, Ibra había cumplido los tres y, a pesar de su corta edad, no solo corría y brincaba como una cabra para subirse a una solitaria acacia, sino que, montado en la giba del camello y con la habilidad de un tuareg le hacía extender sus rodillas y ponerse en pie. «¡Mira, abuelo, ya puedo viajar contigo!»

En abril de 1939, finalizó la guerra civil española tras caer Madrid, el último bastión, en manos del ejército de Franco. El balance era aterrador: miles de muertos y heridos en ambos bandos; centenares de hombres que combatieron con el ejército republicano, comulgasen o no con sus ideas políticas, fueron recluidos en cárceles y campos de concentración distribuidos por todo el territorio; otros, tuvieron que abandonar el país por miedo a las represalias y, muchos de los que se quedaron perdieron sus bienes, privilegios y fueron condenados al ostracismo. La guerra había acabado en los campos de batalla, pero la paz y el reencuentro entre aquellos que sobrevivieron a tan abominable contienda, no parecía que fuese a producirse ni pronto, ni fácilmente.

Cuando Hussain preguntaba por Ibrahim o por Leo, donde quiera que pusiese los pies en la península, nadie tenía una respuesta que aplacase su permanente angustia producida por la incertidumbre. Ni siquiera el general Bens, que en alguna medida había podido seguir la trayectoria de ambos, pudo calmar su desasosiego cuando fue a visitarle a su casa en Madrid.

—Las últimas noticias fiables que tengo son las del doctor Armengol, ya sabes, mi amigo de Barcelona —le dijo Francisco Bens mientras paseaban por el parque del Retiro, callando todo lo que sabía sobre lo sucedido en el frente que pudiese preocupar o entristecer más a Hussain.

—Pero Francisco, ¿están bien? —le interrumpió Hussain.

—Por lo que yo sé, según me dijo el doctor Armengol, estaban bien cuando embarcaron en el puerto de Barcelona. De eso no tengo ninguna duda porque él, Paco y Lola estuvieron allí despidiéndolos.

— ¿Cómo qué embarcaron? —le interrumpió Hussain.

—No sé muy bien los detalles, pero, si sé, que sus vidas corrían peligro tanto por parte del ejército de Franco como del de la República.

—No lo entiendo, Francisco —le dijo Hussain poco después de que un transeúnte, un tanto exaltado, le estrechase la mano mientras le decía «¡Viva el Ejército de África y viva Franco!» Era evidente que su piel tostada y su vestimenta no pasaban desapercibidas en esa España de vencedores y vencidos.

—La guerra ha sido terrible y tanto en uno como en otro bando se han cometido atrocidades de todo tipo. Ibrahim y Leo han vivido y sufrido con todas esas desdichas más de lo que puedes imaginar. Puedo asegurarte, que cada día que pasaba estaban, anímicamente, más alejados de toda esa barbarie.

Tras la visita a Bens y después de charlar por teléfono con el doctor Armengol, Hussain regresó a Tifariti con toda la información que había podido obtener de ellos.

—El 29 de enero, los dos, embarcaron en Barcelona en un mercante, el Santo Antao, con destino a Cabo Verde —les explicó Hussain a Shara y a Dahia a su regreso de Madrid,

—Entonces, ¡están vivos! —exclamaron las dos mientras se abrazaban dejando que sus lágrimas corriesen a borbotones por sus mejillas.

— ¿Por qué lloras mamá? —preguntó el pequeño Ibra al entrar en la jaima y verlas abrazadas.

—Nada Ibra, nada —Shara corrió hacia él para alzarle y propinarle un beso de esos que dejan huella— ¡papá está bien!, hijo, papá está vivo.

— ¡Papá está vivo! —repitió una y otra vez Ibra mientras saltaba y se revolcaba sobre la alfombra bereber de color azafrán, sin saber, con claridad, qué era tener un padre vivo sin haber tenido padre. Por la alegría de su madre y de su abuela dedujo que sería algo bueno, aunque nunca hubiera disfrutado de ello.

—Pronto volverá a casa —se apresuró a decirle Dahia con más felicidad que la que cabía en su cuerpo.

Hussain tuvo que calmar los ánimos y recordarles, que lo único que sabían es que a finales de enero estaban bien y que se alejaban de la guerra en un barco civil de carga que, gobernado por el capitán Yaco, se diría al archipiélago de Cabo Verde.

Queridos Hussain y familia,

Nunca en la vida sentí un dolor tan grande como el que siento en estos momentos. Se me entristece el alma al tener que deciros que el Santo Antao, el mercante en el que viajaban Ibrahim y Leo fue interceptado y abordado por oficiales del buque de guerra Castillo de Olite. Al no llevar documentación que justificase su presencia en el barco, fueron detenidos y trasladados al destructor. Al día siguiente, el Castillo de Olite fue alcanzado por baterías situadas en la costa de Cartagena. Según me comenta un compañero de la marina, de los más de 1400 tripulantes que navegaban en el Olite solo unos pocos pudieron salvar su vida al recorrer nadando los casi dos mil metros que les separaba de la costa. Soy consciente de que es una pésima noticia y más, después haber sobrevivido en la guerra durante estos tres larguísimos e interminables años.

Esta misma tarde viajaré a Cartagena para hablar con este compañero y si es posible, también lo haré con alguno de los supervivientes. Os mantendré informados.

Recordad que la esperanza es lo último que se pierde.

Recibid un fuerte abrazo,

Francisco Bens
10 de marzo de 1939.

El cielo se rompió en mil pedazos y las afiladas agujas de cristal azul se clavaron en los corazones de Shara, Dahia, Hussain, del pequeño Ibra y de todos aquellos que habían conocido, tan solo hace unos pocos días, la buena noticia del regreso de Ibrahim y de su amigo Leo. Nubes oscuras eclipsaron, durante días, la luz del sol, de las estrellas y de una luna esperanzadora que crecía como nunca presta para alumbrar su llegada. El dolor era intenso y amargo como la vida, tal como dicen los saharauis al tomar el primer té; dulce como el amor que sentían por ellos, cuando toman el segundo y el tercero, suave y lento como la muerte que, a la sombra de las horas, entona con un suave susurro la fugacidad de la vida.

Queridos Hussain y familia,

Tengo la satisfacción de comunicaros que Ibrahim y Leo están vivos. ¡Alabado sea el Santísimo! Tras llegar a nado a la playa fueron detenidos y conducidos al campo de concentración de Cartagena. Gracias a la ayuda de algunos compañeros con los que compartí cuartel en Dakhla, he podido sacarlos y en estos momentos se encuentran conmigo. Esta vez, y disculparme si os he fallado en otras ocasiones, me aseguraré personalmente de que regresen a casa sanos y salvos, como puedo aseguraros que se encuentran en estos momentos. Os pido que tengáis la paciencia necesaria y me concedáis, en estos tiempos tan difíciles y complejos, el tiempo que sea necesario para planificar y asegurar el viaje de regreso.

Os envían un fuerte abrazo y quieren que os diga que vayáis preparando los tres tés y que tengáis el convencimiento de que se sentarán sobre las alfombras de la jaima para celebrar el reencuentro.

María y yo, nos sentimos muy afortunados por haberos conocido. Sentimos una felicidad inmensa y esperamos que, pronto, podamos visitaros y celebrar esta gran noticia.

¡Están vivos y vuelven a casa!

Francisco Bens
15 de marzo de 1939

Epílogo

La caravana se detuvo en el oasis de Ubari, al suroeste del Sahara occidental libanés, después de partir de Tifariti y de atravesar, durante casi tres meses, los inhóspitos mares de arena de Marruecos, Argelia, Túnez y Libia. Hussain había conocido ese lugar en su viaje al Nilo y se había prometido que algún día, si contaba con la bendición de Alá, se establecería allí con su familia. Ubari no era un espejismo, era una realidad que podía vivirse con los cinco sentidos, un paraíso en el que su sexto sentido le había convencido de que allí encontraría la paz y la libertad que anhelaba para todos sus seres queridos.

Una docena de camellos y una cincuentena de ovejas y cabras avanzaron por los solitarios desiertos, bajo el mismo cielo que una docena de saharauis y un gaditano convencidos de que, al final del camino, encontrarían el apacible lugar del que Hussain les había hablado. Él, encabezaba la caravana que avanzaba dibujando sombras que bailaban sobre el mar de dunas al son del viento rojo y cálido del Sahara. Tras él, caminaba Ibrahim que cogía las riendas del camello que montaba su pequeño hijo Ibra y a su lado, Leo, que, ataviado como un bereber, no perdía la oportunidad de comentarle cuanto sus ojos alcanzaban a ver, después de meses y meses habitando en la oscuridad. Y con ellos y en ellos su querida familia, Shara, Dahia y cinco rosas del desierto, una de ellas, Tayri, encandilaba a Leo por su belleza, su tierna mirada y su dulce voz.

Más de veinte lagos les esperaban entre las ambarinas dunas del desierto de Ubari y escogieron el Umm Al-Maa para levantar las jaimas. Su superficie era alargada, como los labios dispuestos al beso y en su alma, el agua alcanzaba una profundidad de más de diez hombres. En la orilla, abundaban las palmeras datileras, los juncos, las acacias, tamariscos, arbustos espinosos... Luces, formas y colores configuraban un entorno que satisfacía, sobradamente, las expectativas de todos ellos y hasta las de los camellos, las ovejas y las cabras que los acompañaban.

Atardecía, con tonalidades diferentes a las de cualquier otro lugar del mundo, mientras el pequeño Ibra alternaba las piruetas en las dunas con los chapuzones en el lago.

— ¡Mira como nado, papá! —gritaba al saltar al agua una y otra vez reclamando la atención de hasta las palmeras datileras. A Ibrahim, se le llenaban los ojos de estrellas con cada exhibición de su pequeño, que tanto había añorado durante los inacabables años de guerra. Ni en sus mejores sueños había imaginado este momento que colmaba todos sus anhelos y le regalaba un futuro esperanzador para su humilde familia y para su entrañable amigo Leo. «¡Alabado sea el Todopoderoso! a pesar del camino que me ha hecho recorrer para llegar hasta aquí», se decía mientras las estrellas titilaban en el cielo de su mirada, se nublaba el mundo y unas dulces lágrimas florecían en la comisura de sus ojos.

Shara no se cansaba de mirarle desde la insignificante distancia en la que ahora se encontraban. No había dejado de hacerlo desde el día en que le conoció, ni tampoco, durante los años que vinieron después. Ya no era en sueños, aquí, podía acariciarle como sucedió la noche de su boda cuando yacieron bajo el mismo cielo sobre la arena del oasis de Bir Tigissit. Shara, le amaba con locura y sabía que, de una u otra manera, siempre navegaría por la piel tostada de su cuerpo, recorriéndola de norte a sur, de este a oeste, deteniéndose en todos los puertos. Tenía la certeza de que izaría y arriaría la mayor cuantas veces fuese preciso, que besaría cada centímetro de cubierta y que se amarraría al mascarón de proa hasta alcanzar el paraíso.

— ¡Shara!, ven —gritó Ibrahim haciéndola un gesto con la mano para que se acercase— y dile a Tayri que venga.

—No se te ocurra decirle nada, Ibrahim —le dijo Leo con voz amenazante, contradicha por una mirada complaciente que evidenciaba sus deseos.

—Venga Leo, con perder la vista tuviste suficiente. Ahora que la has recuperado no vayas a perder la lengua.

—Ya, tienes razón, pero… ¿qué le digo?

—Pues, que quieres comértela de la cabeza a los pies… ¡y qué se yo!, dile lo que quieras como me has dicho a mi para forjar nuestra amistad y afecto. Hasta estando ciego nunca dejaste de hablar con tu corazón, amable, generoso…, pero prepárate, que viene.

Se sentaron bajo la luz de las estrellas, sobre alfombras que rodeaban una fogata colocada junto a las jaimas. Sombras y llamas agrandaban su presencia cuando el sol se ocultaba por el horizonte pintando, una vez más, de amarillo anaranjado la aterciopelada piel del desierto. Una luna llena legitimaba la plenitud y el logro, y las estrellas, lucían esplendorosas para ellos y para todos los que, habitando bajo el mismo cielo, estuviesen dispuestos a verlas.

—¡Mira, papá, una estrella fugaz!

—Si, Ibra —respondió su padre sin poder evitar que algunas imágenes de los destellos de las mortíferas armas acudiesen a su mente.

Shara, llenó las tazas de té y las repartió entre los que estaban sentados junto al fuego.

—Mamá, yo también quiero.

—Pues claro, Ibra, te dejaré probar un poco.

—¡Agg…!, que mal sabe.

—Si —dijo Hussain—, los saharauis decimos que es amargo como la vida. Este otro que nos pone Dahia…

—Es dulce como el amor —se precipitó a decir el pequeño Ibra, mientras su padre le cogía en brazos y le zarandeaba en el aire.

—Y el tercero, es suave, como la muerte.

—Pero tú Ibra lo tomarás otro día, porque ya es hora de irse a la cama —interrumpió Shara mientras le cogía en brazos y le llevaba a la jaima.

Dahia y Hussain, se excusaron alegando que el viaje había sido largo y el día muy ajetreado. Leo, henchido de valor y amor, le dijo a Tayri si le acompañaba a caminar bajo las estrellas. Shara, se echó sobre los colores de la alfombra mágica con los cinco sentidos dispuestos como los pétalos de la rosa del desierto. Ibrahim, colocó la mano sobre su cuerpo y avivó el fuego que prendieron antes de partir y que mantuvieron encendido hasta su regreso.

Otras publicaciones de

José Luis Meneses

www. joseluismeneses.com

www.ingramcontent.com/pod-product-compliance
Lightning Source LLC
LaVergne TN
LVHW091140150826
845672LV00005B/990